青谷穗

郑尔奎 著

中国海洋大学出版社

图书在版编目（CIP）数据

青谷穗 / 郑尔奎著. -- 青岛：中国海洋大学出版社，2016.10
　ISBN 978-7-5670-1284-4

　Ⅰ. ①青… Ⅱ. ①郑… Ⅲ. ①散文集—中国—当代
Ⅳ. ①I267

中国版本图书馆CIP数据核字(2016)第263280号

出版发行	中国海洋大学出版社
社　　址	青岛市香港东路23号　　邮政编码　266071
出 版 人	杨立敏
网　　址	http://www.ouc-press.com
电子信箱	oucpublishwx@163.com
订购电话	0532-82032573（传真）
责任编辑	王　晓
电　　话	0532-85901092
印　　制	潍坊鲁邦工贸有限公司
版　　次	2016年12月第1版
印　　次	2016年12月第1次印刷
成品尺寸	166 mm × 220 mm
印　　张	16.75
字　　数	322千
印　　数	0-1000
定　　价	36.00元

目录

序 一首关于家园的诗

奶奶的故事 001

小镇匪事 005

父亲教夜校 011

当老师真好 013

儿女圆了我的梦 016

父亲的背 018

父亲烟未了 021

老爸 023

仲秋望月念父亲 024

母亲 026

口粮 029

老碾 033

家有长兄 035

家有贤妻 042

家有儿女 046

求知 051

女儿小时候 054

我送女儿上大学 057

抉择 060

小妹 063

大嫂 067

故乡在远方 071

岚山行 074

亲家 076

那山那人 079

南山情 082

野菜飘香 085

摔破的陶瓷盆 088

路在脚下 091

山路弯弯 094

伤痕 097

追梦 100

我和我的杂耍队 102

记忆 112

再回西安 114

小镇狗肉香 116

缘 …..119

俺家的老邻居 …..122

犟眼子 …..124

外号 …..127

谎言过后 …..130

背河 …..133

一段往事 …..136

年味 …..139

岁月与春联 …..142

我和春联 …..145

赶年集 …..147

炕席 …..150

爆花机 …..153

又到二月二 …..156

春燕 …..159

黄尖子鱼 …..162

粽子 …..165

新《观刈麦》…..168

故乡山水 …..170

瓜田里的故事 …..172

青谷穗上的绿蝈蝈 …..174

地瓜当家 …..176

财神会 …..178

信不信由你 …..180

迷信 …..183

十月山会 …..186

许孟瓷 …..189

老井 …..192

酒魂 …..195

饮水思茶 …..197

今日有雨 …..199

小镇外乡人 …..202

打工者谈人生 …..204

开吊车的女工 …..207

小老丁的开心事 …..210

卖蝉龟的小女孩 …..213

想不到 …..215

做点好事并不难 …..218

常赶集的猪仔 …..220

爷爷的故事 …..223

吹破天 …..227

没尾巴老李 …..231

占卜者说 …..233

加油啊！汶川 …..237

附录

父亲的远方 …..241

母亲是世界上最美丽的女人 …..246

后记 …..252

序
一首关于家园的诗

爸爸要出书了。我并不惊讶，因为在我心中，爸爸无所不能。

爸爸会种地。"春雨惊春清谷天，夏满芒夏暑相连……"在二十四节气轮回的四季里，爸爸深谙庄稼的成长规律，种小麦，掰玉米，播黄豆，刨地瓜。春耕夏作，在每个收获季节，爸爸总是说，今年又是个丰收年。

爸爸爱好文艺。年轻时登过台，唱过戏，参加过村里的杂耍队，会舞狮，会耍龙，演什么像什么，还因此参加过中央电视台的节目录制。戏曲名段、传奇故事，他娓娓道来，绘声绘色，常常让听者入神，唏嘘慨叹。

爸爸能写会画。书法漂亮，尤其是一手毛笔字，每年春节，街坊邻居都买来春联纸，请爸爸写春联。爸爸会画画，小时候，爸爸经常将我的课本包上书皮，郑重写上书名和我的名字，还会写上几句勉励的话，然后画上几笔简笔画。我的课本常常让老师惊讶，这是谁给你写的，谁给你画的啊？

爸爸心灵手巧。小时候给我们制作玩具，用秫秸扎一把手枪，做一只小鸟，惟妙惟肖；用木头做一个陀螺，转得飞快。上小学的时候，爸爸用年画和秫秸给我和哥哥做了一个八卦风筝，每到傍晚放学的时候，就带我们到田野里放风筝，风筝飞得好高好高，我们的笑声传得很远很远……后来这个风筝在学校比赛中获了大奖。

爸爸会品茶。爸爸一生不好酒，就好茶。喝水必喝茶，不管什么样的茶，是包装得简陋还是富丽堂皇，爸爸一看一品就知其品次。爸爸从来不迷信包装，也不十分相信价格的标签，看重的就是货真价实，真实体验。

爸爸无所不能。爸爸能出书，是因为爸爸是个读书人。

我深信爸爸有很高的文化水平，虽然他只上了6年小学，就是这点墨水，足以支撑起他的文化人生。爸爸能读书看报，能写会画。过去街坊邻居常常找爸爸代写书信，代写文书，代写一切需要用文字表述的东西；找爸爸解读书报，解读说明书，解读各种用文字说明的东西。在乡亲们眼里，爸爸似乎多了一个认知世界。

读书是为了明理，是为了更好地认识世界、创造世界。在我看来，读书打开了一个更广阔的精神空间。人生识字忧患始，读书让人心智澄明，有了更远的梦想，同时，也因为这些梦想，会体味到更细腻的伤痛和挫折。这也是爸爸作为一个读书识字的农民所不一样的地方。梦想、伤痛和挫折构筑了一个人的精神世界，也为创作提供了丰富的养料。

爸爸60岁花甲之年开始提笔写作，10年完成近20万文字。也许创作量并不算大，但是如果联想到爸爸的创作环境，这也是个值得钦佩的数字。爸爸只读了6年小学，之后在几十年的时间里，与土地打交道，是地地道道日出而作、日落而息的农民，没有读书的闲暇，没有练笔的机会。60多岁的农民并不像退休人员有充裕的时间，而依旧是农事繁忙，劳作不辍。在柴米油盐的忙碌而琐碎的日子里，爸爸的写作见缝插针，点滴积累。爸爸并没有像样的书桌，爸爸的书桌是一个仅可以放上纸张的方凳，而自己是坐在马扎上写作的。凭借小学6年的学识，从提笔到构思成文，到写出文章，到形成近20万文字，实属难得。爸爸将作品取名"青谷穗"，界定了这部作品的题材和基调，但同时，也是含有作品文笔青涩、非成熟之作的意思。其实，爸爸的作品从文笔，到立意，虽不能与学识渊博的作家学者相比，但也可见到不俗的功力。

爸爸的作品，单篇成文，在10年的时间里陆续完成，如今从头细读之，作品互有关联，成为一个自成体系的文学世界。爸爸的作品就是关于家园的一首诗。作品围绕故乡小镇许孟镇展开，这个小镇也许是第一次正式地被纳入文学世界。爸爸写了生活在这个小镇上的亲友及街坊邻居的故事，写了这片土地的风土人情，写了所经历的时代变迁、普通百姓的家长里短，写了自己的心路历程，写了流传在这片土地上的佳话和传说。爸爸笔下所编织的文学世界，散发着雨润大地后翻开的泥土的气息。无论是笔下北回的春燕还是青谷穗上的绿蝈蝈，无论是没尾巴老李还是常赶集的猪仔，都是最熟悉的家园印记。他笔下所描述的人物，所叙述的事件，所体现的风土人情，只留存在历史长河里，留存在在意的人的记忆里。属于沉默于缤纷当下的峥嵘岁月，也许是第一次，由爸爸隆重地诉诸笔端，展示给熟悉或者陌生的读者。这一些过往，都足以引起我们深深的敬意。无论是苦难还是伤痕，都是行走的印记。没有过去，哪有现在？这恰恰是我们的根之所系。爸爸的作品描述的是爸爸经过的路，属于爸爸的心路历程，也是一个农民的家国情怀和精神史诗。

一个农民写作和出书，无论从哪个角度讲，都是一件奢侈的事情。付出的时间，所费的金钱，抵不上衣食住行来得实在。然而，生活中毕竟不仅仅有衣食住行，还有情怀和梦想。有人说，当人岁至深秋，想做什么，就做什么，不必难为自己。那么，写作，为自己立传，为自己所生活的这片土地立传，正是爸爸想做的事情。

在写作的时候，爸爸常常提笔静坐，望向远处，出神冥想。岁月悠悠，青春成为往事。细细思量走过的路，大漠平川，沟沟坎坎，白云苍狗，秋染丛林。几十年过去了。祖辈曾经怎样在这片土地上生活，父辈曾经有怎样的生活悲欢？所有的路都渐行渐远，人生不断面对离别，长亭古道，芳草天涯。一路走过，风吹过来，伴随着时间的流逝一切都将失去踪迹。爸爸的写作，就是为自己走过的路进行的梳理，是对经历岁月洗礼的家园的守护，是对人生的一个崇高的礼敬。

爸爸用文学笔法讲过去的故事，写身边的人。并不是家史描摹，不适合以考据的方式寻求人物和事件的准和确。爸爸写了一个时代里的一个小镇，一个小镇上的一群人，写的是这山、这水、这人；写的是岁月中的跋涉，苦难中的坚守，人情的美好，永远不灭的希望；写的是关于家园的一首诗。

爸爸要出书了，感谢爸爸再次以他的认真和执着，为儿女做出了表率。也希望有缘的读者跟随这本书做一次精神的旅行。金风送爽，瓜果飘香，大地迎来了收获季节。相信，你和我，都会有满满的收获。

辽阔大地，
无论丰腴还是贫瘠，
父亲是辛勤的劳作者，
种豆得豆，种瓜得瓜。

如梭岁月，
无论快乐还是艰难，
父亲是忠实的守护者，
秋去冬来，春回大地。

他了解大地的宝藏，
知晓岁月的秘密，
他牵念慈母手中线，
怜惜窗前小儿女。

他的文字，
是与世界关于善与美的对话，
沉静心灵，
或为知音。

女儿 郑萍萍
2016年9月

奶奶的故事

"奶奶",一声呼唤,这亲切而温馨的称呼,让你高兴,让你自豪,更让你幸福无限。女人一辈子,熬得子孙满堂,被唤奶奶、老奶奶,是一生的期盼。皱纹是年轮,是岁月,是永远讲不完的故事。

喝水收个干儿子

儿时的记忆中,奶奶70多岁,弯弯的腰,驼驼的背,一双旧社会的小脚,和善的面容中流露出倔强的性格。奶奶一生行善积德,乐于助人,街坊邻居有目共睹,曾经有一件小事被后人传为佳话。

许孟村早年称许孟街,离马耳山约有20里地,属街店集场,做买卖的很多。我们家老宅在村子前面,门前有宽阔的场院,左侧有一眼老井,一条小道绕井穿过,延伸到远处,右前侧是一片望不到边的柳林。

那是麦收过后的一天,天快正午的时候,空气闷热,没有一丝凉风,那柳林中的知了一个劲儿地嘶鸣。奶奶到老井打水做饭,刚提起一罐水还没落地,小路上急匆匆跑来一位挑担货的人。他张口气喘,浑身是汗,向奶奶讨要凉水喝。奶奶还没有顾及回话,行路人已急急搬起水罐要喝。奶奶见状,忙从场院边抓一把麦糠放入盛水的罐中。白色的麦糠漂浮在水面上,行路人一时很难饮下。他抬起头朝奶奶生气地瞪了一眼,说道:"看你这老人!这水俺不白喝,会给你钱的,看看你这唱的哪门子戏!"说话间周身的汗水已解了大半,随即用嘴吹拂麦糠,吹一口喝一口,吹一会儿喝一会儿,足有半个时辰。

奶奶也错过了做午饭的时间,等行路人喝足了水后,才面带笑容解释道:"小伙子,你还生气吗?谁还没出过远门,看你浑身是汗,大气还没喘过来,急匆匆就喝,这样会生病的!"接着又说:"大娘如果不乐意,会中午饭没做,还足足等了你半个时辰?"

听完奶奶一席话,小伙子才如梦方醒,领会了奶奶的良苦用心,急忙拱手拜谢。之后,奶奶把小伙子领回家中酒饭一顿。以后的日子,小伙子还常来看望奶奶。后来,小伙子成了奶奶贴心的干儿子。

讨饭的也是人

古人戏言:一等人生在兵马城市,二等人坐落在街店集场,三等人住在荒山野岭。

小时候的我,心里是这样想的:二等人也不错嘛,比上不足,比下有余。我家老宅子前边是集市场,逢四排九日便是马耳山后有名的大集。我家离集近,每逢集日这天,家里格外忙活,有置放东西的,有搁工具的,有亲戚有朋友,还有乡下的乡亲乡邻。奶奶总是不厌其烦,尽其所能提供方便。渴了喝水,饿了吃饭,久而久之,我家成了过路人、落难人的落脚点。

家里有位老妈妈,岁数与奶奶差不多,我和哥哥都喊她奶奶。不知道的以为我们是一家人,知道底细的人了解,这个老妈妈是一个讨饭的外乡人。

听母亲讲这老妈妈来俺家已有三个年头。有一年冬天,奶奶见一个衣衫褴褛的外乡老太太露宿街头,因生病有两天没上门讨饭了。经细问获悉,老太太老家是惠民地区,因家乡闹水灾逃荒来了。奶奶听后心为所动,亲手搀扶她回家,吩咐家里人抓药看医生。当时在场有许多围观者,多数人赞同奶奶的做法,极少数人说:"说白了就是一个讨饭的老太婆,浑身脏兮兮的,郑老太太是不有点儿傻?"话传到奶奶的耳朵里,她不厌其烦地对家里人说:"讨饭吃的也是人。人人难免有落难时,人到难处想亲朋,救助这个讨饭的老人就算积德吧!"

奶奶就是这么个怪人,她认准的理儿,八头水牛也拉不回来。

流年似水,那讨饭的老妈妈在我家住了十余载,从感情而言早已融入这个家族,成了家中的一分子。

直到1958年,全国实现人民公社化,老妈妈才被党和政府接回原籍,再次回到养育她的那片土地安享晚年,这也是老妈妈最好的归宿。

为了孩子

是祖上积德还是奶奶一生行善？收获膝下满堂孙。父母生下我们兄妹六人，两个妹妹最小，是当时农村中家庭人口较多的。20世纪50年代末，农村物质生活贫乏。"大跃进"后的1960年，国家面临严重的自然灾害，国民经济困难，农村土地贫瘠，粮食歉收，灾荒降临。那时老百姓没白没黑，为填饱肚子而奔走他乡。

那年的春天好像来得特别早，伴随着春荒的人们，却没有留意那山水一色、柳绿花红的大自然风光，更多的话题是议论如何不饿肚子。田野里野菜挖得已无踪影。村前的柳林里，护林员不时呼喊并追赶前来采树叶子充饥的人们。

八口之家已两顿饭没动烟火，弟弟妹妹都还小，饿得只是哭。奶奶70多岁了，那个年代也算是高寿了，身子骨并不硬朗。她弯腰牵着小弟的手说："走！咱娘俩去南山你姨奶奶家。"母亲听了只有赞同，但考虑到一老一少，怎能走十几里的山路？忙吩咐我和奶奶同往。奶奶拄着拐棍，我领着弟弟，祖孙三人前行。翻过两座山后，天已正午，不远处便是姨奶奶所在的村子——小庄。

那年那月，老百姓有句口头语：穷怕亲戚富怕贼。为了不引起姨奶奶家人的反感，奶奶让我不要再送，让我赶回家去告知家里人不要挂念。我站在路边，望着体力不支的奶奶和早已走不动的弟弟，心中好像打翻了五味瓶，百感交集，不知是啥滋味。

这年闹春荒，姨奶奶家新添了两张吃饭的嘴，难免有点儿慌张，闲谈间她流露出一句话："我的老姐姐，你自个儿来多好，住个年了八载也中，偏偏带了个小孩子来！"奶奶生来性格倔强，听了姨奶奶的话心中不悦："我就是为了孩子少挨饿，不然甭说住一年，哪怕住一天也别想留住我。"姨奶奶熟知奶奶的火脾气，赶忙好说歹说才算完事。

漫漫岁月，转眼到了岁末。年关将至，生活照旧没有新的起色。身体本来并不壮实的奶奶，在饥饿中病故。奶奶临终嘱咐母亲："一切为了孩子，一定让孩子们吃饱。"

半个世纪过去，中国人终于度过了艰难的岁月，迎来改革开放，普通老百姓都步入了殷实的康庄大道。缺吃少穿的日子成为老人们遥远的记忆。将弯弯的月亮比作香蕉的孩子们已经难以想象70多岁的老奶奶领着饿得走不动路的小孙子为吃口饭而走亲戚的情景。然而老奶奶的舐犊之情却坚定了我们战胜艰难的信心。

  在那个最寒冷最困难的冬天，1960年12月19日，奶奶永远离开了我们。多年后的今天，我想告诉奶奶，现在我们过上好日子了。

农历二〇〇九年八月廿二

小镇匪事

　　大江东去带不走沧桑岁月镌刻的故事，山河依旧几度追忆夕阳下的情感。当人生大戏到了落幕之时，回首当年，那些逝去的陈年旧事，却依然历历在目，翻腾心潮。品味得失，方觉平淡是真，虽人生苦短，却也别有一番滋味。

　　老父亲已是 86 岁高龄了，生活虽然不能完全自理，出不得厅堂，须儿女侍奉，但精神依然矍铄。回想父亲的一生，历经风雨，尝尽人间甘苦，坎坷多难，曾经几度险路逢生，多亏上天庇佑，晚年得福，天赐儿孙满堂，安享人间天伦。高兴之余，父亲对我们讲述了他早年的许多传奇故事……

　　许孟街（现称许孟村）位于诸城市南乡，离村十几里地便是马耳山地带，是五莲县少有的小平原。因属街店集场，村里大多数人家靠做生意维持生计，农忙时干庄稼活儿，闲时做点小买卖，生活也算得上是衣食无忧。20 世纪 30 年代，爷爷靠祖上留下的几亩薄地，风里来雨里去，用勤劳的双手耕耘着全家人赖以生存的土地。如果赶上好年景，老天爷风调雨顺的话，地里的收成好，还可以勉强糊口度日。

　　奶奶一辈子接连生了 6 个姑娘，直到爷爷 50 岁那年才有了父亲。老来得子，一家人很是高兴，所以父亲小时候倍受全家人的疼爱。当时，一大家人辛苦劳作，日子过得虽然称不上富裕，但好歹也没有饿着肚子。

　　好景不长，"九一八"事变，中国人民刻骨铭心，日本侵略者的铁蹄踏进了中国的土地，中华民族到了最危急的时候。国逢战乱，汉奸土匪也横行乡里。常言说得好，穷人怕挨饿，富人怕偷抢，日出而作、日落而息的庄户人家也过着终日担惊受怕的日子。

　　越害怕，狼来吓。那是一个漆黑的秋夜，庄稼已经陆续收进了场院，劳累的庄户人都早早地准备休息，乘凉的人也无影无踪了。赶巧出嫁在外的大姑妈带着小孩子回了娘家，忙活了一天的爷爷也早已经进入了梦乡，街坊四邻大多也熄灯入睡。突然间，从村前的柳树林里闪出几个鬼鬼祟祟的黑影，惊起了阵阵狗叫。接着，大半个村子的狗咬成了一片。那狗的异常狂吠声，惊醒了熟睡的人们，老实巴交的庄户人胆怯地躲藏在屋里，惊恐地伸着脖子张望着，心想今晚不知道哪家又要生出事端了。

"咚咚咚……"一阵急促的敲门声。"掌柜的，借个宿？"门外有人敲门借宿。警觉的爷爷连忙穿衣出来开门，心想：是福不是祸，是祸躲不过。"吱呀"一声，门闩拉开了，还没来得及敞开门，五六个黑衣汉子踹门而入，其中一个黑衣人用手枪指着爷爷说："放老实点，动就打死你。"那些家伙跑进屋子里，把女人们赶到一边，从被窝里拖出三个熟睡的孩子就走。此时，屋子里一片哭声，三个孩子挣扎着喊着妈妈。奶奶和大姑妈呼天抢地地哀求土匪放过孩子，那些灭绝人性的土匪，任凭奶奶百般哀求也不肯松手，抱着三个孩子急匆匆地跑出了村子。哭声、叫骂声引来了很多好心的邻居。

众邻居得知是土匪绑票，纷纷拿起棍棒镐头追到村前的河边，想救回三个孩子。一个头戴礼帽、手拿文明棍的土匪头叫嚣道："都给我滚回去吧！再向前一步，我就不客气了！"话音刚落，举起手枪朝天"叭叭"放了两枪，老实的村民哪见过这阵势，不由地退了回来。

一个抱孩子的土匪，顺手摸了一下孩子的屁股，惊叫道："他奶奶的，还是个臭丫头片子。"随手把这个孩子扔在河边的沙滩上。女孩子被摔得哇哇直哭，爷爷赶上来双手抱在怀里。后来我听父亲说，那个年月，女孩子是不值钱的，所以土匪不愿意绑女孩子，那次被土匪扔在河滩的女孩就是我现在的六姑妈。

三天过后，有人传信，叫爷爷拿两百大洋赎回两个孩子，一个是父亲，另一个是大姑妈的儿子，该怎么办？两百块大洋不是小数字，家里是无论如何也拿不出这么多钱。大姑妈当时是回娘家，身上也没有带钱。那个兵荒马乱的年月，亲戚朋友也很困难。爷爷一生辛劳，又是老来添子，就算是砸锅卖铁也要把孩子赎回来。于是他求亲告友，东取西借，忍痛卖掉了村后的二亩地，还是凑不齐。古人言：用急卖了藏天地。只好把祖上传下来的三间草房也卖掉了，这样勉强凑足了一百块大洋。爷爷忙找传话人（中间人）从中说和，确实没有办法可想了，先让孩子回家吧，以后慢慢地凑齐。

奶奶说有一件事感觉很是奇怪，那晚上孩子是在被窝里让土匪抢走的，半件衣服也没穿。两天后，大姑妈把孩子的衣服放在院子里晾晒。天黑时，孩子的衣服不见了，别的东西半点儿没丢。奶奶心里想是否传话人拿去给孩子穿了？心里有疑问，也不便询问。

许孟街当时有两百多户人家，是个杂姓村子，街上有户开面锅（面馆）的胡八，人送外号"笑面虎"，眼宽心黑能说会道，山上兵痞土匪都常来他店里落脚，据说他和土匪常有来往。迫于他的淫威，邻居称呼他八爷，背地里骂他坏八。因为只要有利可图，这坏八什么伤天害理的事都能做得出来。

一日，爷爷提着两盒点心来找胡八，想托他情面帮忙赎回两个孩子。胡八听完爷爷的来意说："郑老二，我懂你的心情，疼儿子。不过，土匪为的是钱，孩子无大碍。古语说，财去人安乐嘛！"爷爷又说钱仅仅凑了一半，望八爷多说说好话，日后孩子回来了，一辈子不忘大恩大德。坏八好不情愿地接过爷爷的一百块大洋，在手里颠了颠，然后说："好吧，我尽量说说看吧，都是乡里乡亲的。"

世人都说，光阴似电，日月如梭，那些日子对爷爷奶奶而言，真算得上度日如年，盼天黑望天明，期盼两个孩子能早日平安回家。又是几天过去了，还是没有两个孩子的消息。因为想孩子心切，奶奶病倒了，大姑妈也整天茶饭不思，爷爷更是愁眉紧锁消瘦了许多。

没别的办法可想，再找胡八。他不耐烦地说："土匪传话不凑齐数绝不放人。"这正是：屋漏偏逢连夜雨，船破巧遇顶头风。连唯一的希望都没有了，爷爷一筹莫展，失去了往日的精神。奶奶说："老头子，你可要挺住呀！你是家里的顶梁柱，不管有多大的难处，没有过不去的坎儿。"奶奶又说："三姑娘也该有个婆家了，看看找户有钱的人家嫁了，带点彩礼钱先赎回孩子吧。"爷爷无语。

农历九月二十六日，是枳沟街大集，与许孟街相距30里地。爷爷心里想，一来去赶个集卖点儿货，二来到远表亲家告告帮（借钱）。那年月天下穷人都一样，表亲家生活也很艰难。爷爷没好意思把借钱的事讲出口，午饭没吃便匆匆往家赶，因肚中饥饿又加上有愁事在身，只觉得浑身没了力气。

枳沟东南方向有座庙山，山下有座破旧的山神庙，庙前有一条小路伸向远方，路边有块不大的青石板，爷爷坐下来休息。随即装上一锅子老旱烟，取出打火石点燃，狠抽了一口，鼻口喷出长长的烟雾。因倍感困倦，他便躺在大青石板上睡着了，口中的长烟斗掉落在地上。

睡梦中见一白面银须的老者飘然而至，手拿拂尘，仙风道骨，言道："不用犯愁，孩子平安无恙，三日内便有喜事传来。"爷爷从梦中醒来，发现银须老者已经无影无踪了，方觉是梦。爷爷生性耿直倔强，从不信神灵之说，但适才梦中所见让爷爷看到了希望，一改昔日的常规，猛然翻身起来，双膝跪下，磕头念叨："山神爷爷保佑，今小民有难，若保佑孩子平安回家，他日我定给您重修庙宇，香火还愿。"自言自语之后，精神倍增，也不觉得疲乏和困倦了，便兴冲冲地迈开大步，朝着家的方向走去。

农历九月二十九日是许孟街逢大集的日子，秋冬之交的季节，天高云淡，艳阳东起，老井那边古槐树上的喜鹊不停地叫唤。爷爷起大早，拿起扫帚清扫好久没有打扫的院子，心里预感着有喜事来临。

爷爷家住在村前，门前靠柳树林的地方便是集市场。每逢集日，我家门前总是车来人往，门庭若市。太阳一竿子高的时候，远远地看见正南小路上走来了一老一少两个赶毛驴的人，毛驴驮着两个箩筐，箩筐上面盖着菠萝、松枝叶子，正直进了爷爷家大门。年老的开口喊道："东家忙啥呢？还认得俺不？"爷爷赶忙迎了上去，顺手接过牵驴的缰绳，回应道："快里面请！您看我这老眼昏花，怎么就是想不起来呢？"年少的中年人接着说："俺是刘家南山人，这位是俺父亲。"爷爷说："对不起，原来是张老弟到了。"张爷爷不再多言，将铺在箩筐盖子上的松枝叶子拿掉，掀开盖子，只见筐子里面各坐着一个小孩，正是爷爷盼星星盼月亮想念着的儿子和外孙，父亲那年9岁，大姑妈的儿子、我的大表兄也刚满7岁。亲人相聚抱头大哭，爷爷连声道谢："兄弟你是俺老郑家的大恩人。"奶奶闻声赶来，一下子跪在院子中，双手合十，口中念道："谢天谢地。"随即母子紧抱在一块儿大哭起来，大姑妈也抱着大表兄哭起来。父亲现在说起当年那场面时依然沉重哽咽。

宾主落座,酒过三巡,来自南山的恩公张爷爷,讲述起夜半枪声和父亲与表兄脱险的故事。

那是一个漆黑的夜,天阴沉沉的,有点山雨欲来的感觉。刘家南山位于五莲县松柏林街以南20里地,山高沟深林密,奇松怪柏,周围全是山地,是土匪出没的地方。山上有片片菠萝树,山民有养蚕、放蚕的习惯。山上有几间草屋,住着三两户看山放蚕的人家。那张爷爷便是其中的一户,吃罢晚上饭,张爷爷的老伴因身体不适,早早入睡。张爷爷想给小毛驴拌上草料再休息,回到屋里还没来得及脱鞋上炕,忽听远处传来几声枪响,刚想吹灭油灯,这时大黄狗"汪汪……"叫了起来,他出来喝退大黄狗,但见篱笆墙外有个孩子模样的黑影边走边喊"大姑,大姑"!张爷爷走到跟前一看,原来是两个孩子,大的背着一个小的。张爷爷赶紧把两个孩子带进屋子里,叫醒熟睡的老伴,烧汤饭给孩子吃。经询问后,方知两个孩子是从土匪窝里逃到这里的。老伴听后不停地掉眼泪,激动地说:"老头子,快把两个可怜的孩子藏起来吧,不要让土匪再发现,孩子的爷娘该多担心呀。"随即吹灭了那盏昏暗的油灯。

终于盼到了天明,张爷爷把两个孩子送到山下村子里,众乡亲纷纷说起昨夜八路军武工队进山剿匪的事情,都为这两个从土匪窝里逃出来的孩子庆幸。张爷爷请大家想办法,善良的乡亲问起两个孩子家住在哪里,姓什么。两个孩子只知道许孟街,姓郑。有个中年汉子看了看孩子的模样说:"看这小孩子模样,长得很像许孟街的东家。""对,就是赶集放东西拴牲口的那户人家。"有人又说。张爷爷听了乡亲们的话提议:"不管是不是东家的孩子,总之都是穷人家的孩子,谁家丢了孩子谁不着急呀,赶明儿正好是许孟大集,我就把两个孩子送过去,让东家看看。"于是,第二天张爷爷父子便用毛驴一路护送孩子来到许孟街。

张爷爷装满一锅子旱烟,抽了两口接着说道:"我生怕半路让土匪再认出来,索性把两个孩子装进箩筐,又用菠萝松树枝子盖了。两个孩子真是听话,一路上没有出声。老郑哥哥,你有福气,这不,孩子平安回家了。两个孩子遇难呈祥,将来一定是大富大贵之人呀!"爷爷笑道:"应该这

么说，人不该死终有救，刘家南山遇贵人，我代表全家人向您和刘家南山的乡亲们道一声谢谢了。"自此后，爷爷传下话去，刘家南山乡亲来，都要以大礼接待，以报答刘家南山人的救子之恩。

1947年，人民解放战争节节胜利，如风卷残云，许孟街也迎来了解放。斗地主、分田地，穷苦人翻身做了主人，村里召开批斗会，以前作威作福、欺压百姓的坏八，已经受到人民的公判，得到他应有的下场。

村公安员告诉奶奶，父亲当年被土匪抓去，就是坏八向土匪报的信，村里的老百姓都知道，只是不敢言语。经过此事之后，奶奶经常告诫自己的儿女们：人应以善为本，救人于急，举头三尺有神灵，善恶自有报。

梦已圆，儿女平安，爷爷信守承诺，重修了山神庙，放鞭炮、烧纸钱、供香火还愿。老父亲当年化险为夷有惊无险，是巧合还是冥冥中早有神灵保佑？谁都说不清楚，我想或许只有爷爷心里最清楚吧！

岁月无痕，记忆永存，本文叙述的是一个真实的故事。父亲少年多难，中年坎坷，老年多福多寿，赶上了新时代，遇上了好时候，收获膝下满堂儿孙，现已拥有30多口人的大家庭，家业发达，人丁兴旺。大姑妈的儿子，父亲的外甥刘群，现已是84岁高龄，曾任黑龙江鹤岗市林业局局长，目前退休在家安享晚年。本文被土匪扔掉的丫头，我的六姑妈虽仙逝多年，她留下的儿女们现在也是小镇上有名的大户人家。

谨以此文献给在那艰苦岁月中，为生活拼搏奋斗的长辈们和善良的刘家南山人！

农历二〇一一年八月三十

父亲教夜校

从来忠厚传家远，唯有诗书继世长。

我们家虽谈不上诗书继世，但忠实厚道做人，是半点不为过。儿时的记忆中，父亲能写会算，早年读过几年私塾，是村里为数不多的文化人。

新中国成立初期的50年代，百废待兴。农村小学还没有全面普及，农村的文化教育相对落后，农民读信写信都要求人。农村贯彻国家扫除文盲的指示精神，各村成立农民夜校，很自然父亲是夜校老师的首要人选。

童年的印象中，父亲年轻英俊，高高的个儿，留着分头，穿一身青黑色的中山服，内套一件白衬衣，还真像一位教书先生。父亲爱整洁，爱看书，喜欢抽烟，但一生与酒无缘，到晚年还滴酒不沾，一直保持着良好的习惯。

在那个年代，农村办夜校是一件新鲜事。前来报名的大都是读小学超龄的青年。父亲自编教材，顺理成章，俺家就当成了老师办公室。课堂就设在村小学的教室，房梁上挂着两盏煤油吊灯。每天晚上父亲提前到教室，敞开门，点上灯，静候学生们来上课。父亲办事认真，用现在的话来讲，就是爱岗敬业。任凭刮风下雨盛夏寒冬，不曾缺席晚点，单提任劳任怨这点，内中还有一段小插曲呢！

那是一个漆黑的夜晚，天阴沉沉的，伸手不见五指。放学后，学生们都陆续回家，父亲锁好门窗，仗着走过千回万遍的老熟路，朝着家住的方向摸去。我家在村子前面，距学校一里多地。这时路过一个巷口，猛然间从内巷中蹿出一条恶狗，不分皂白朝着父亲猛扑过来。无论父亲怎么踢，怎么吆喝都无济于事，最终还是被它咬伤了。回到家来，母亲见状吓了一跳，一边嘟囔着骂道："是谁家的死狗！赶明日非去找它主人不可！"一边急忙撕开一块布条，给父亲包扎好伤口，然后又说："看你干的这好差事，操心费力又不讨好,到明日里快别干了!"父亲忍着疼痛,只是默不作声罢了。我了解父亲的心思,他认准的路一定走下去,谁说了也不算。

日复一日,年复一年,没注意到很快六七个年头过去了,从夜校走出来的学生,有的招了工到了县城,有的干了大队会计,还有很多干了生产队会计。他们都各有千秋,为社会发展进步做出了贡献。

桃李无语自芬芳,凡是读过夜校的学生,每次遇到父亲后都彬彬有礼,改变了以前老邻居的称呼,道一声"老师好!"多么亲切的问候啊,一日为师,终生为父,多么神圣的事业。

村子里有些上了岁数的人喊父亲"先生"、"秀才",不管出自什么心理,父亲听了总是乐滋滋的。父亲今已85岁高龄,身体已不如往昔,在腿上还留有当年被狗咬伤的疤痕。再回首那些被人遗忘的往事,父亲笑了笑说:"不悔。"

农历二〇一〇年二月廿十

(该文发表于《青岛日报》2010年7月27日"随笔"副刊)

当个老师真好

　　童年多梦想，是个无忧无虑的时期。它充满了欢乐与希望，包含着美好理想和对未来的追求、探索。童年天真烂漫，对事物充满好奇心。童年啊，真好。假如时光可以倒流，我愿再回到童年，真是别有一番滋味在心头。

　　"大跃进"的1958年，全国实现人民公社化。那年我读小学三年级，受"大跃进"浮夸风的影响，全学区的学生集中在仁里村，上共产主义学校，吃食堂饭，劳动与学习相结合，实际上半点效益也没有，大多数时间是在庄稼地度过。我们班的班主任孙玉桂是位既严谨又和蔼、极富责任感的女老师。有一次，孙老师带领我们到坡下参加义务劳动。晚秋的田野上，早已没有绿的模样。大地到处露着黝黑的脊梁，隐隐感到冬天的寒意。忽然从乱草岗那片坟地里跑出一个身穿红棉袄、头发蓬乱的疯女人，拿着一根树枝朝同学们这边走来，嘴里还不停地大喊："你这死鬼！快给我出来！快出来！"同学们个个惊恐失色，慌忙跑在老师的周围，像一群被追逐的小鸡，扑在老母鸡翅膀底下。老师高喊："同学们不要怕，快到这边来！"接着对疯女人大喊："滚！滚远点！看我怎么收拾你！"可能那疯女人怕老师，乖乖地跑了。

　　同学们都松了一口气，我心里想，孙老师真勇敢，硬把疯女人赶跑了，保护了同学们的安全。当个老师真好！像慈母，更像严父。

　　那是星期六上午最后一节课，全班召开座谈会，自由发言。题目是："你长大了干什么？"这也是下周的作文题。首先同学甲站起来说："我的理想是长大了当一名人民解放军，保卫祖国的安全。"同学乙说道："我的理想长大了当一位医生，身穿白大褂，救死扶伤，为人民服务。"同学丙接着发言："等我长大了，要当一名优秀的工程师，建桥梁盖大厦，为祖国建设增砖添瓦。"同学丁说："我的理想是长大了当一名科学家，学好科学知识，将来到月球、火星上去发展。"此时，沉思无语的我，静听同学们的高谈阔论。老师看我有点走神，高声问我："你长大干什么？"我没来得及思考便脱口说道："和您一样，当一名好老师！"全班的同学都笑出了声，孙老师也笑了，笑得是别样的甜蜜。也不知什么原因，我却没有笑。

"大跃进"过后的1960年，国家经济不振，农业歉收，物价飞涨。老百姓生活困难，饥荒即将到来。家家户户都在想一个问题，今年的春荒该怎么度过。

也就是在这年，我以最优异的成绩升入了许孟完小。新来的班主任李京福老师老家是即墨，白脸堂高个子，穿戴朴素，整洁大方，而且平易近人。这个完美的第一印象留在了我的心里。

俗话说，无粮不稳，如果饿着肚子，干什么也没精神。虽是阳春三月天，人们已无心欣赏那桃李花红、风和日丽的春光，只有肚子在咕咕地叫唤。

八口之家是生产队的大户，奶奶70多岁了，哥哥在县城当工人，我是父母次子，弟妹们都还小，饿得直哭。母亲对我说："儿啊，别再上学了，等过了这个春再去上学吧！"接着说："你看人家都去坡下挖野菜，咱也跟着一块去挖吧？"我看了饿哭的弟弟妹妹，母亲满脸愁云和无助的眼神，没有言语，提起篮子去了坡下。

灾荒之年，庄户人家的日子都不好过，漫坡遍野都是挖野菜的。我每天仅挖一篮子野菜，有荠荠毛、苦菜子、蕨菜、羊蹄爪、地菜、山菜……还有许多野菜叫不上名字。劳动锻炼人，干就是学习，通过这次挖野菜，跟婶子大娘学会了很多知识。比如，什么样的野菜有毒，什么样的野菜营养丰富，还有什么样的野菜不能吃，让我受益匪浅。几天没有到校上课，人在坡里，心在学校里，那心情、那境界，无以言表，恰似一股无名火燃在心中，不知是啥滋味。

一天两天过去了，三天四天还没有到校。李老师来家访，一进院门，我忙迎上前喊："老师好！"又招呼母亲说，"老师到咱家来了！"母亲忙放下手中的活儿计，拿凳子让老师坐下，便滔滔拉起家中那些事。说什

么奶奶年纪大了身体又不好，家里人口多，能干活的少，张口吃饭的多，并告诉老师等秋后有收成了，再让孩子去上学。李老师听完母亲一番话，语重心长地对母亲讲："大娘，困难是暂时的，全国人民都一样，让孩子去上学吧。他学习很好，千万不能误了他的前途啊。"李老师停了片刻，又说："不瞒您说，我老母亲也饿死了。大娘你放心，有难处学校会帮助解决，我与校长研究过，给孩子减去学费，请您一定要坚持，无论如何都不能误了孩子学业。"听完了老师的话后，母亲没有再唠叨，只是一再点头。

时间跨入1963年，老百姓生活依旧没有多大好转，缺柴少粮已不是新鲜事。国家物资紧张，买什么东西都以票供应，五口人三尺三寸布票。完小毕业了，五莲六中招收新生。入学通知书提到，每个学生要交五元学费，带一床被子，这又给父母出了个难题。父亲言道："五块钱可以借借，一床被子怎么解决？全家人共一床被子，你拿去了家里人盖什么？"母亲接着说："不上也罢，你已经上了五六年学了，只要不是睁眼瞎就中了。"

流年逝水，50年过去了，祖国富强了，改革开放迎来了中华盛世。世界看中国，农民得实惠，缺吃少穿的日子一去不复返了。

假如当年不那么贫穷，假如那时再多一分坚持，也许我的理想不是梦——当个老师真好。

农历二〇一〇年二月廿二

（该文发表于《日照日报》2014年1月18日文教周刊）

儿女圆了我的梦

人生在世，从呱呱落地，咿呀说话，越过童年，直到娶妻生子，才算是成家立业。漫漫人生路，包含着许多的辛酸与甜蜜，更有对事业理想的追求和无奈。

感谢上苍的厚爱，赐我一双儿女，从此追求有了目标，奋斗有了寄托。除了给予子女更多的关爱，同时又寄托了无限希望。

20世纪的80年代，儿女先后入学，希望就从这里开始。也是从那个时候起，每逢过年写春联，我便把父亲早年常写的春联贴在大门上：

从来忠厚传家远，唯有诗书继世长。

我告诫儿女，为人要忠实厚道，挺直腰杆走正路，干干净净做事，坦坦荡荡做人，要奋发学习，只有知识才能改变命运。儿女个个都心系父母，期盼儿子如江海之波涛，汹涌澎湃、勇往直前，愿女儿知书达理、聪明贤惠、才智过人，这是做父母的向往。

那些年，家中并不富有，在农村供两个孩子上学是很不容易的，包括学费、学杂费也是一笔不小的开支。我和老伴说："生活再苦也不能苦了孩子，困难再大也不能误了孩子的学业，家中有条件上，没有条件也要上。"老伴点头表示支持我的决定。两个孩子很懂事，学习刻苦认真，不旷课不早退，学习成绩始终在班级名列前茅，而且都是班里的学生干部。儿子读高中时还是班长，时至今天还有许多当年的老同学见面还是叫他老班长，感觉更亲切。

机遇来源于大好形势，儿子和女儿都赶上了新时代。国家的发展重在教育，敞开的大学校门面向全国的学子，有才你尽管发挥，有智你使劲用。十载寒窗苦读，一分汗水一分收获。他们在时代的大潮中，实现了心中的承诺、人生的价值，以理想中的第一志愿第一专业，迈进了大学校门。

有句古语说得好："家贫出孝子，状元出寒门。"

艰苦是一笔财富，它锻炼了你的意志，能使你在人生道路上百炼成钢。春去春又回，寒来暑又往。儿子师范毕业后在中学任语文教师，全心投入教育事业，曾荣获地区优秀教师称号；女儿研究生毕业后也在大学任教。

母以子贵，父以女荣。街坊邻居都夸我和我老伴有福气。我笑而回答，是子女干了父亲想干而没干成的事业，是他们圆了我金色的梦。

农历二〇一〇年二月廿六

父亲的背

60年前,正是20世纪50年代,我才刚刚懂事,对很多事情没有清晰的记忆,但是却清晰地记得父亲背着我去吃香油果。

那时候,全国的经济发展缓慢,我们的小家还在为温饱起早贪黑。但无论是富贵之家还是贫困小户,疼爱宠爱孩子的心是一样的。隔段时间,父亲就会带着我和哥哥去不远的邻居老孙家吃香油果。对于常常吃不饱、而且正处于对香甜食物怀有特别兴趣的年龄段的我和哥哥来说,跟着父亲去吃香油果那真是乐到心底的事情。

父亲20多岁,高高的个子,背着我,大步流星走在前面。以淘气闻名乡里的哥哥,乖乖地紧随父亲身后。大家兴冲冲地,因为我们要去吃香油果啦!

香油果就是我们今天俗称的油条,由纯花生油和优质面粉外加适量的食盐和白矾,纯手工制作而成。当时孙家炸的香油果在村里很有名气,吃香油果的时候,我亲眼看见了制作的全过程:先把和好的面切成相等的面块,取两块面在手中左右旋转,然后放入沸腾翻滚的油锅里。用两根长长的竹棒在锅中不停地翻转,眼看着香油果越长越大,等一两分钟后便可捞出锅来。两股并一股,只见皮滑滑的,薄薄的,吃到口里脆脆的,真是香极了。父亲总挑最好的放在我的碗里。有一次,一根果子被我不小心推到了地上。父亲捡起来用口吹了吹,舍不得扔掉,就把粘满尘土的果子放到了自己的碗里。

哥哥年长我4岁,经常带我出去玩。兄弟俩玩玩闹闹,吵架打架是家常便饭。每每此时,哥哥最倒霉,只要我哭了,无论是谁的错,挨打受骂的总是哥哥。记得哥哥小时候对父亲赌气说过一句话:"等我长大了,看

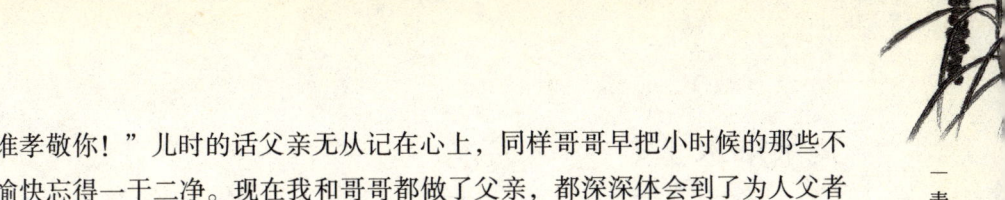

谁孝敬你！"儿时的话父亲无从记在心上，同样哥哥早把小时候的那些不愉快忘得一干二净。现在我和哥哥都做了父亲，都深深体会到了为人父者对孩子的怜惜与疼爱。

父亲不仅要带我们吃香油果，时不时以糊涂官的身份处理一下我和哥哥间纠缠不清的"官司"，他还是家中的顶梁柱，要养家糊口。

到60年代，我相继添了两个弟弟、两个妹妹。因没有经济来源，粮食又歉收，家境相对贫困。弟弟妹妹都还小，而年迈的奶奶又体弱多病，父亲和母亲起早贪黑拼命干，生活并没有起色。父亲为生产队赶地排车跑运输，论体质，父亲并不是赶地排车最佳人选，但为了多挣几块钱，贴补家用，硬是坚持干了好几年。那年冬天，父亲独自去胶州送货，行至中途赶上了突如其来的雨雪。

听父亲讲过，当时，茫茫的雨雪中，前不归村，后不遇店，实在无处落脚。小毛驴被风雪夹击，任凭鞭子抽打都不肯前行。父亲只有驾车拼命赶路。离家时穿的那件老皮袄，早被雨雪浇得湿透。泥泞的沙土路上，脚上那双老布鞋已看不出鞋的模样，浑身上下雨水淋淋。不知走了多少路，过了多长时间，等到了旅店已是掌灯时分。停放好地排车，再拴好牲口，要了一碗面汤，干啃了两个煎饼。想到明天要继续赶路，父亲借伙房的炉火烘干了老皮袄。烘干后的皮袄，因皮毛收缩失去了本来模样。

不知因为是气候湿冷还是身体不舒服，是孤独的处境还是凄凉的心情，总之，父亲一夜未眠。

父亲的辛苦是不会一一跟儿女交流的，我所了解的来自于依稀的记忆，还有父亲很多年后作为浮云往事的闲谈。在父亲的这些闲谈故事中，我们兄弟姊妹六人都健康成人，成家立业，儿女成行。

时光匆匆，父亲已经是80多岁高龄。回首往昔，令人感慨万千。岁月冲淡了儿时的记忆，但忘不了小时候父亲背着我去吃香油果，忘不了父亲当年胶州路上的雨雪行。

农历二〇一一年五月十八 父亲节

（该文发表于《青岛日报》2012年10月16日"随笔"副刊）

父亲烟未了

农家有句口头禅,功夫三吊三,莫忘地头那锅烟。意思是说,工钱多少莫论,农活儿再累,总有休息的时间。

在日常生活中,庄户人家常念叨:干活儿累的时候,和伙计抽锅烟歇歇;心情不愉快的时候,抽锅烟消消气;夏季天热的时候,坐下来抽锅烟凉快凉快;天寒地冻之时,快抽锅烟暖和暖和。传说古年间,老旱烟人称"忘情草"。

寻常百姓家,亲朋相见,彼此常常少不了抽包烟,喝喝水,拉拉家常,既拉近距离,又增进感情。好抽烟的人,谈话之间,少了这包烟,像少了位重要知己一样。这包烟似乎能够活跃气氛,放松心情,让空气都变得友善起来。反之,没有这包烟,也可能会疏远感情,产生隔阂。曾经听老人讲过这样一个故事,说两个老亲家隔着两垄地在锄地。休息的时候,张家亲家一摸烟包,发现烟叶抽完了,举目一看,隔着两垄地,李家亲家正蹲在地头含着烟斗。张家亲属有心招呼一声,要斗烟抽,但又碍于情面,似乎亲家不邀请,自己主动索要,很没面子。但是无奈李家亲家一直没过来招呼,便随地找了块枯秧茎按在烟锅里,过过烟瘾。之后两人关系疏远了。后来经回娘家的媳妇了解,才得知,李家也在生张家的闷气,说那天自己恰巧没烟了,张家亲家在地头抽烟也不招呼他一声,他无奈随地捡了粒干掉的野兔屎按在烟锅里过了过瘾。烟锅子"滋啦滋啦"也不知道什么味儿。每每听到这里,我们都笑得前仰后合。

儿时的记忆中,20岁出头儿的父亲早就学会了抽烟。那个时候家中人少,父亲又在乡工商联工作，加上年轻帅气，碍于场面，手中不差钱。父亲每天抽一包烟（庄户人称洋烟），我清楚记得多半是"骆驼"牌香烟，最贵的当然是"大前门"牌了，每包得5毛多钱。按50年代的经济状况，可以说价格不菲，一包烟钱可买3斤粮食。老百姓有句顺口溜：抽洋烟，摆洋鼻，家里没有个粮食皮。

母亲经常念叨，庄户人家吃饭穿衣量家当，提示父亲要勤俭节约过日子，该用则用，求人办事另当别论，不是说"老熟人还不如'大前门'"嘛！

"大跃进"过后的60年代，由于自然灾害粮食歉收，家中又相继添了四个弟妹。那期间是我人生中记得最清楚、日子最艰难的岁月。添了四张吃饭的嘴，父亲不得不辞去那份工作，另找活儿，忙忙碌碌，挑起了八口之家的重担。

生活艰辛，为了让全家人少挨点饿，母亲起早贪黑，拼命操劳，多了一些辛苦，少了一些唠叨。生活的压力并未让父亲戒掉抽烟的习惯，只是改了抽烟的方式，从抽烟卷，改成了抽老旱烟。

老宅子前面有块空闲的场院，父亲栽了一片黄烟苗，因土质好长得黑油油的。采下的烟叶经晾干后，抽起来有劲儿，有种天然的草香。左邻右舍抽烟的叔叔大爷，经常来家里拿烟叶抽。父亲来者不拒，久之，人缘加烟缘，在乡邻的印象中父亲是一个和气、善良的大好人。

80年代，社会主义的中国已迈入改革开放的新时代，党和政府鼓励农民发家致富，跑市场做买卖，搞养殖，各尽其能。政策引路，父亲又忙了起来，干餐饮跑市场又开粮店。儿女们相继成家立业。家中生活水平提高了，日子富足了，衣袋里又不差钱了。伴随父亲多年的那支弯脖烟斗又停下了。经济增长而香烟价格也提高了，如"青州"、"金鹿"牌香烟每包也两块多。父亲好抽"时代"牌，因从口感与价格而言还较适中。社会步入新时代，家家户户都富裕了。此时满头白发的母亲再不用为生活而奔波，在安享晚年的同时又添了新话题，念叨父亲少抽烟，注意保护自己的身子骨。父亲每次听了点点头表示赞同。我想母亲的话是很有道理的，不仅是爱护父亲的身体，还有一点是节省钱罢了。

又许多年过去了，遗憾的是母亲未能更多地享受今天的好日子，离我们远去。父亲酒水不沾，但抽了一辈子烟。近几年因身体的原因，遵医嘱不再抽烟了。目下老父亲已出不了厅堂，生活上不能完全自理，但精神依然饱满。儿女们都忙于生计，不能整日陪在身边，多少有点儿孤独。为缓解忧闷，父亲时而抽上一根烟。妻子把老父亲又抽烟的事告诉我："你看咱老爸又抽烟了，你也不说说！"其实我知道，妻子是为了父亲的身体健康着想，但抽烟是父亲一生的爱好，他岁近90之高寿，人生大戏快到落幕之时，再抽几年又何妨？我也是抽烟族，能够理解父亲的心境。父亲烟未了。

抽烟有害健康，有百害无一利。多数人都知道这一点，在社会经济发达的今天，偏有那么些人仿父辈继走抽烟路。而香烟价格步步提升，每包烟十几元或几十元不等。黄山泰山红塔山，山高烟高接云天。

正是，劝君莫抽烟，学时容易戒时难。

农历二〇一二年四月廿四

（该文发表于《青岛日报》2012年8月7日"随笔"副刊，标题为"父亲与烟"）

老爸

　　老爸今年八十八，耳未聋眼未花。白发印记了时光的远去，皱纹里藏着春秋冬夏。流逝的时光中有老爸的足迹，蹉跎岁月包含了酸甜苦辣。那满腮的胡须啊，不知藏了啥？

　　老爸今年八十八，手捋银须乐哈哈。积善人家庆有余，言诵诗经教儿娃。知书达理人之本，乐善好施传世家。金钱名利身外事，平安顺利走天涯。人生知足心常乐，家中和谐无牵挂。

　　老爸今年八十八，乡邻面前把话拉。四子两女家中宝，家庭事业皆发达。大儿古稀已退休，二儿业已岁花甲。三子勤俭家业旺，四子退休力挺拔。大女贤惠人称赞，小女勤俭家业发。勇将帐下兵无弱，家有强儿邻居夸。

　　老爸今年八十八，正值人生夕阳花。盛世之年逢寿辰，儿孙满堂赶回家。喜庆鞭炮连声响，大红灯笼高高挂。大女捎来龙头杖，小女提着威利发。茅台贵宾五粮液，鲤鱼螃蟹小龙虾。许下心愿吹灭蜡，先把寿字给老爸。儿祝老爸体康健，愿似南山松青拔。女儿愿爸多高寿，爸在儿女常回家。亲朋好友把酒敬，老爸擎糕乐哈哈。改革开放逢盛世，农民日子似芝麻。

　　忆往昔，峥嵘岁月似秋寒。看今朝，祖国建设如春花。老有所依有保障，农村迈入城镇化。吃饭穿衣平常事，勤俭家风莫忘了。世间唯有天伦乐，子孝孙贤和谐家。想梦追梦梦实现，盛世凯歌颂中华。苍天若是随人愿，望爸再活八十八。

农历二〇一四年二月廿十

仲秋望月念父亲

又一个中秋,月明如素。父亲去世业已月半,总感觉他还在身边。也许人生早有定数,老父亲寿终 89 岁,遗憾的是没能赶上今年的中秋节。

民间有句顺口溜儿,上有高堂,下有儿郎,田增五谷,家存余粮。这是庄户人家所期盼的日子。父亲去世那些天,我心里异常沉重。人都说天有不测风云,半年没有下过一场透犁雨,时至六月天,正是暑期伏顶,坡下的庄稼青苗早已旱得变了颜色。七月十五看收成,今年收成几分还是未知数。父亲久病在床,人生的旅途已近终点,寿命已到最后时分。那些日子儿女都昼夜陪伴守候在病床前。古人云:父母在不远游。其实儿女多但并非都要留在父母身边。

父母养育我们兄妹六人,其中大哥、四弟都在外地工作,两个妹子早已出嫁在外。何为家?我认为家是儿女的大后方,是根据地,是避风港,是充满天伦之乐的地方,而且有里有外才是家。

父亲病危那几天,茶饭不饮,昏昏在床,也许还有心事未了,也许在等待亲人的回归,也许还在迷恋人间的温暖。这期间,在县城工作的大哥与四弟全家来了,远在潍坊的大妹回来了,再是在外地工作的孙子孙女先后从日照、青岛赶了回来。高兴的是父亲虽大把年纪了,但耳不聋眼不花,虽吐语不清,看得出老人家心里明白着呢!

父亲去世的前一天,即是农历的六月廿九日,天公作美,雷声伴着雨声下了一天一夜,正应了人们常讲的那句话,人忙天不忙,天忙一大场。此时此景,是喜是悲?我内心深处说不清楚。四弟扶着父亲附耳说:"爸,爸爸！您听见没有？外边下雨了！"此时父亲张口无语，只是嘴巴活动了一下，示意我们自己听见了，今年收成又有希望啦！

父亲安静地走了，去了天堂，今年中秋节和母亲团圆去了，儿子心里感到空落落的。父亲的病长达六年之久，儿女们的爱护关照只是一方面，重要的是父亲的眼神好、耳朵听力好，天长日久守着电视和收音机，看新闻、听戏曲，消除了寂寞，开阔了心界。在病床上度过了漫长的六个春夏秋冬，这并非任何人都能做到的。他怀抱坚强的生活信念，保持乐观向上的心态，高高兴兴地度过生命中的每一天。

有句古语说得好，父母在，不显老。我们弟兄虽头发都已斑白，但在父母跟前永远是孩子。生活中的烦恼，工作中的不愉快，向父亲倾诉，父亲总会给你指点迷津；事业上的发达，工作中取得的每一项成就，都会回家与父母一起分享。母亲是水，父亲是山，有山有水有家园。

人生易老天难老，今又中秋，月儿又圆。举杯望明月，让月光带去儿女的祝福，愿天下父母身康体健。

后人有诗曰：
> 贤惠人本应该久存人间，
> 就生死寿又限难遂人愿。
> 奉天命离人间奔上天堂，
> 人相隔也有情永远怀念。

农历二〇一四年八月廿十

母亲

人生易老天难老,母亲过世已近20年了,假如今天还健在,也90多岁了。现在日子过得越来越好,吃的穿的都远非昔比。但是我却常常想起和母亲在一起艰难度过的苦日子。那一去不复返的时光,因为有母亲在,让我充满了怅惘的怀念。

母亲是个弱女子,身材娇小,晚年体弱多病。但是,无论怎样强悍的儿子,在危难之时,也会本能地想到母亲。母亲在头上的轻轻一拍,一声细语安慰,甚至一声呵斥,都能够让儿子瞬间找到依靠,拾起信心。在我的心目中,母亲用她的慈爱和坚韧撑起了整个家,在艰难的岁月里将6个儿女抚养成人。

20世纪60年代三年自然灾害的时候,庄稼歉收,为了咕咕叫的肚子,母亲曾带着我去河边捞榨菜。

那时候我十多岁,已经能够为母亲分忧。八口之家在那个年代,算得上是生产队的大户,老奶奶有病在床,父亲天天出工忙于坡下活。弟弟妹妹都还不懂事,家庭生活的担子全落在母亲肩上。

灶膛里已有好几顿没冒烟了,春天的坡下光秃秃,野菜早已无踪影。看着母亲紧蹙的双眉,我也在琢磨什么还能吃。忽然我想到了村子西边的一个水塘,青滟滟的水有一人多深,水面上漂浮着一片片水草,我们俗称"榨菜",但并不是我们现在吃的开胃榨菜,而是绿绿的,长长的。我脱口而出:"娘,西河水塘的'榨菜'好吃吗?有好多好多!"母亲眼睛一亮,应道:"对啊!一定能吃的,有句戏文里唱,'永江县连旱三载,河里的榨菜上了秤盘'。"娘俩儿来了精神,说干就干。我提起一个篮子,拿着一杆二齿钩,同母亲一块儿来到河边的水塘。水塘的水黑黑的,岸边又很黏滑,一不留神就可能滑到水里。母亲不让我上前,坚持自己一个人打捞。我犹豫中看到了母亲那双旧社会带来的小尖脚，没多想接过母亲手中的二齿钩就捞。母亲紧紧抓住我的另一只手，怕我不慎掉入水塘。费了很大的劲，娘俩才捞了一篮子。回到家中，母亲用菜刀切碎，淘洗干净，下锅后再撒上一把豆沫面，用大火煮沸。可能正如古人所讲"饥了甜于蜜，饱了蜜不甜"，全家人吃了顿饱饭。母亲又盛了一大碗，让我给隔壁的王妈送去。王妈高兴得不得了，还询问这是什么野菜做的，感觉很好吃。当我解释是河里的榨菜时，王妈要求改天带她一起去捞。

日子就这样一天天地过着，不懂事的弟弟妹妹嚷着不好吃，病中的奶奶也吃不进去。可能这榨菜属寒性的东西，全家人都得了浮肿病。母亲急了，继续下去奶奶的身体会垮的，家中值钱的东西所剩无几。母亲想了想，从箱子里拣出两件新棉布褂子，这是过年给父亲做的，没舍得穿，干脆去南山换地瓜干吃算了。奶奶一再问等坡下农活儿忙起来穿什么。母亲对奶奶说："古人言，用急卖了藏天地，何况是两件衣裳！等将来日子过好了，还愁没有衣裳穿！"奶奶不再坚持，母亲挪着她那双颤颤巍巍的小脚去了南山。

虽到阳春三月时，早晚间还是有些寒意。天近黄昏的时候，母亲风尘仆仆费劲迈进了门槛，嘴里还不停地自言自语，今日到小庄赶巧遇上了姨表亲，两个褂子换了十斤地瓜干，据说还很有面子，随即放下背上袋子。小弟小妹吵着要吃，母亲却吩咐我拿秤称称，看到底有多大的面子。结果不称不知道，一称吓一跳，足足少了两斤。母亲顿时火冒三丈，两斤地瓜干在那个时代那个光景下的分量，现在的我们是无法体会的。母亲又急又气，走了一天山路还没坐下来休息，背起袋子就要返回去找换瓜干的姨表亲。太阳就要落山，再往返一遍山路，母亲怎能吃得消？全家人都劝母亲算了，等过后见了面时再说，但一来母亲很生气，二来担心过后对方不认账。就这样，我的弱小的老娘为了两斤地瓜干挪着小脚，又赶往了山里。

夜幕降临大地，屋内闪烁着煤油灯微弱的光亮。我和弟弟妹妹站在家门口望着渐渐远去的母亲的背影，一股辛酸的热泪涌出了眼帘，滚落脸庞……

小庄离我们家仅有十几里路，虽不太远，但全是山道。母亲那双旧社会带来的小脚，又怎能吃得消呢？我们那姨表亲也不是什么坏人，可能也是因为饿着肚子，一时开了小差。可是我那时也很气愤，可恶！可恨！让母亲多跑冤枉路。我暗自发誓，盼自己快快长大，能挣大钱，生活富有了，不再让母亲受苦受累。

母亲再度返回时，也不知道是夜里什么时候，只知道第二天母亲两脚红肿，躺在炕上累倒了。

母亲并不是钢筋铁骨的奇女子，她只是一个普普通通的母亲，为了能让我们吃得饱、穿得暖，想尽了办法。她的一生越过了无数道沟沟坎坎。

母亲离开我们20多年了，我也已经年过花甲。过去的时光像遥远的歌谣，时时进入我的梦乡。母亲对我们的爱，对我们的付出，随着岁月的流逝，愈发淳厚。母亲生前用她最大的力量护佑着我们，在她离去的日子里，依然以她的品质和精神影响着我们，好好做人，好好做事，对生活充满信心。

很多人夸我乐观向上、吃苦耐劳，困难面前不低头，逆境之中不弯腰，这其实是母亲给予我的财富。

谨以此文怀念故去的母亲。

农历二〇一〇年十月十四

口粮

上小学的时候，我曾读过一篇关于"千人糕"的课文，说一块普通的年糕，从种子下地到收获，直到最后制作完成，要经过上千个工人和农民的忘我劳动和艰辛付出。听来让人惊讶，但随着阅历的增长，我深刻地体会到吃饭问题是何等不易，又是何等重大。且不说兵法中"兵马未动，粮草先行"，对于国家社稷也是无粮不稳。但是粮食不是无缘无故地端到饭桌上，从地里的种子，到口中香喷喷的馒头，要经过一个艰难的过程。其中除了遵循自然法则，还有社会历史因素的参与。如何吃饭，吃怎样的饭，与时代背景息息相关。

回望峥嵘岁月，关于小时候吃饭的记忆是刻骨铭心的。

1962年，在艰难的生活中，全家人缺吃少穿地供我读了六年书，盼来了小学的毕业。但因当时家里生活困难，无力供我继续读书，就此停止学业与父母分担起了家庭重担。那年我15岁。

60年代的春天，也是万物复苏的美丽季节，但因为自然灾害带来的饥荒依然在延续，八口之家天天为填饱肚子殚精竭虑，并没有对季节的更迭有多少兴趣。大家想着，不论什么糠什么野菜，只要能填饱肚子，大人孩子少挨点饿就好。

终于盼来了五月的麦收。全家从生产队分了300斤小麦。母亲过日子精打细算，为了能让全家人吃饱，变着法儿地细粮粗粮调和着吃。等场院里碌碡再滚动的时候，秋粮也打下来了，庄户人家也就不为吃犯愁了。

母亲常谈到当时居家过日子的持家之道。嫁闺女要重点看婆家三样东西、院子、锅台、炕，另大小三盘磨、粗细两把箩，从外观上的干净利索，便能看出这户人家是否勤劳能干、治家有方。这一些都与"吃饭"问题相关，老百姓都想着将闺女嫁个吃穿不愁的富裕人家。

母亲勤劳能干，持家有道。因为她，我们也少挨了些饿。至今我依然记得和母亲在门前大磨上磨麦子做馍馍的情景。

我们家门前有盘足有 300 斤重的大磨，是专用来磨麦子面的。母亲先把麦子淘洗、晾干，再上磨磨细；之后先箩细面、后箩粗面，头遍面最白，其次是麸面。老人常说，"馍好吃，面难磨"。这话半点不假，旧社会给母亲带来一双残脚，磨一次面要脚疼好几天。为了能让母亲少使点力气，我用浑身的劲儿用力推动磨盘，一圈，两圈，千回百转也不知走了多少圈。古人云，日行千里不出门，即是推磨人的真实写照。

磨面要三道工序，小麦下磨头一遍推起来较轻，石磨发出隆隆的响声。第二遍面倍加沉重，每转动一圈都要使足力气，石磨推转时，声音闷哑。第三遍则又轻又快了。当时我问母亲："娘，为什么一遍一个感觉？人推磨真是太累了，要是有个磨面的机器就好啦！"母亲的汗水丝毫不比我少，身上的衣服也早已湿透了，但还是风趣地告诉我："这就叫头遍轻、二遍沉、三遍喜死人呢！""很快，很快，听人说城里人吃面早用上机器了。"其实，磨面机究竟什么样子母亲也没见过。母亲就是这样，不管生活多么艰难，从不叫苦叫累，对生活怀着乐观态度。

母亲做的面食很可口。麦收后，按风俗要用新面做些特别的面食，如小苍龙、小刺猬、小燕子，母亲做得都十分逼真，母亲做的烧饼更是一绝。烧饼制作过程并不复杂，但要做好就需要功夫了。把面加适量的水和好，放在面板上反复挤压，即可制作各种各样的面食。做烧饼，不用擀面杖，全靠手掌推压成型，外凹里凸圆圆的，再烧慢火烙烤。烧饼出锅后，白中透着微黄，散发着令人垂涎欲滴的香味。

那时候，母亲还悄悄卖过烧饼。我家老院子前面是集市场，从远道来赶集的人很多，往往肚子饿了也买不到好吃的。那个年代市场不开放，吃穿用的东西全部到供销社买，饭店自然也是供销社设的，但必须使用粮票购买。那时候庄户人从哪儿淘换粮票？赶集上店若不捎干粮准得饿着。个体户做个小买卖把你当成投机倒把论处。卖烧饼也是小买卖，属于严格禁止的范畴。所以，那时候母亲卖烧饼既不吆喝又不摆摊，而是藏着卖。卖烧饼也是出于无奈，就是想用麦子兑换点瓜干吃，让全家人吃粗吃饱，尽可能多混些时月罢了。

母亲脚小不能走远路赶外集。为了帮母亲也为整个家，我要求跟着六姑妈去赶外集卖烧饼。母亲放心不下，犹豫不决，在我一再争取下最后母亲还是同意了，再三嘱咐我路上注意安全，到集市上别跟人家吵架，不管卖完与否，都要尽早赶回家。第一次将雏燕放飞，母亲满脸的担忧和无奈。我两眼湿润，心想等过几年日子富裕了，一定不再让母亲受累，让她快快乐乐安享天伦。

每逢一、六日是枳沟街大集，距离我家有30多里的路程。一同去赶集的有六姑妈和七婶子，还有大脚板二嫂子。雄鸡还未报晓，大家相约早起，提篮背袋抄小路徒步前往。走了好久才赶到集上，刚立脚还没等安排好，就见远处急匆匆来了几个人，离大家还有二三十步远的时候，听见大脚板二嫂子尖着嗓门一声喊："来了！快跑啊！"大家立时就像被野狼追着似的往四下狂奔。还没等我回过神来，就被一个小个子抓住了胳膊。一个瘦高个儿家伙，怒气冲冲地一把将我手中的袋子夺走了，大声吼道："你小小年纪就投机倒把，扰乱市场秩序，全部没收！"两个人抢去袋子，扬长而去。

人说男儿有泪不轻弹，只是没到伤心处。说实话，袋子被抢去的一刻，我真的哭了。在场围观的群众有的痛惜，有的愤恨，有的无奈。从周围群众七言八语的议论中，获悉那麻脸的瘦大个儿是当地市场管理所所长熊二，家里人口也不少，家庭日子也不好过。

无功返回家门，心里很不是滋味，我并没过多地解释，六姑妈早已将事情经过跟母亲讲过了。母亲只是不停地说："没事的，平安回来就好。""吃

点苦又算啥？人生在世谁都会有不顺心的事，总有一天你想卖啥就卖啥，好日子还在后头呢！"母亲事事想得开，她为人心胸宽阔，只有大度，没有抱怨。从母亲身上我学到了在学校没有学到的东西，让我日后的人生路越走越宽阔。

时光滤去了忧伤，岁月带走了贫困，充满朝气的社会主义中国，正以日新月异的变化迈进改革开放的新时代。党中央情系"三农"，市场开放，经济搞活。农民在种好地的前提下，进城务工做买卖。看今朝农业实现机械化，镇村都设上了大型面粉加工厂。乡村变城市，千堑变通途。

家用轿车开进了农家院，那老碾老磨已成为遥远的故事，我想起母亲常讲的那句话："好日子还在后头呢！"

农历二〇一二年五月十八

（该文发表于《日照日报》2015年3月28日文教周刊，标题为"母亲与口粮"）

老碾

一次偶然机会，我在五莲山区一个偏僻小村看到了一盘老碾。当时，正是农家三月，桃李花红，菜花黄，麦苗青，春风拂面。一群农家妇女围着一盘老碾碾米，有的推碾，有的簸糠，一个个喜笑颜开，忙得不亦乐乎。

古人有诗云：

　　　　清晨起来过山庄，谁家女子碾高粱。
　　　　汗渗粉面花含露，糠扑娥眉柳带霜。

眼前见到的不正是诗的情境吗？

这个山村很小，一幢幢房屋错落在山坡上，全是山石砌成。走进村庄，脚下有一种步步登高的感觉。一种不甚清晰的温暖亲切的气息扑面而来，我有一种时空交错的感觉。是什么原因呢？我想明白了，是因为进村看到的那盘老碾。

这样的老碾在我们的生活中不多见了，它的功能已经被更加省力高效的现代化机器代替。它属于我小时候的那个时代。生产工具承载着特定的生活方式，生活方式是带着时光的烙印的。看见老碾，就仿佛看到了推碾的人，看到了已经远去的推碾的生活……

小时候，我家大门院墙外有盘老碾，母亲常常早起在那推碾，"吱呦！吱呦"，忙着一大家子人一天的口粮。

离老碾不远，有一眼老井。每到清晨，碾盘旁聚集了很多碾米的妇女小孩。而老井那边，男人忙着担水，妇女在井台旁淘洗野菜。

那时候，家里劳力少，人口多。生产队分的口粮又少，再赶上闹春荒，往往一年要缺半年吃食。虽是阳春三月，花红柳绿，春意盈盈，但对饱受饥饿的人来说，已无意观赏那满院春色，心中期盼春荒早过，盼望场院的碌碡早转……

那年我在村里上小学，弟弟妹妹都还小，奶奶70多岁了，在村里老年人中也算是高寿了。父亲在水库工地很少回家，唯独母亲担子最重，既要照看少的，又要照顾老的，千方百计让全家少挨饿，多掺糠咽菜。母亲尽量让奶奶和弟弟妹妹多吃点细的，少吃糠菜，母亲和我多吃粗粮（糠馍馍）。母亲把头年秋天从坡下捡回的地瓜秧，借中午太阳光照强，放在老碾上推压，然后用箩箩成粉面，就这样压了箩，箩了再压。把压好的地瓜秧面，掺入地瓜干面，用茶碗扣成糠馍馍。母亲出生于旧社会，是脚残的小脚女人。平常走路都很费劲，再加上生活艰苦，肚中无饭，一个人推动那老碾的石磙，腿发酸，心发慌，脸流汗。我一有时间就帮母亲推碾，但终究减轻不了多少母亲的负担。

有一次，由于中午天气太热，加上脚下没有力气，母亲晕倒在老碾旁。老碾发出了一种特别的"吱呦"声，不知是厌倦了草糠树皮还是吸收了日月之精华有了"灵性"，老碾的叫声救了母亲。邻居李婶和张嫂闻声赶过去，把母亲扶回家中。她们又匆忙跑回家，端来一碗地瓜面汤。母亲喝了这碗汤，才苏醒过来。

以后的日子也不知是怎么度过的，但有一点我最清楚，任凭生活千难万苦，母亲永远那样坚强。

春去春又回，《春天的故事》这首歌唱遍大江南北。中国的农民富起来了，迎来了中华盛世，步入了新时代。家乡的老井，早被人们遗忘，自来水流进了农家院。而那老磨老碾也被推进了历史的长河中，但我不能忘怀的是有关老碾的人和事，那艰难中的温暖，母亲对家庭的担当，以及那段为美好生活而执着奋斗的时光。

农历二〇一〇年五月

（该文发表于《青岛日报》2010年8月14日"随笔"副刊）

家有长兄

常言道：家有长子，国有大臣，长姊如母，长兄如父。今天的独生子女可能很难想象和体会兄弟姊妹众多的大家庭生活的艰辛和相濡以沫、相扶相持的富足。爹娘哺育了我们兄妹6人，我们共同走过了艰难的岁月。人一上年纪，常会思量往事。有时候会觉得，小家的历史，就像一粒水滴可以折射辉煌的太阳一样，它竟带着奔流向前的时代的诸多印记。而大哥的人生曲折最能体现家族的生活变迁。在父母年迈后，大哥在家族中的地位日益凸显。我虽已年过花甲，和弟弟妹妹们一样，生活再艰难，只要想起大哥，心中便安稳。长兄的魅力竟然是这样大，像有力的屏障，永远保护着家族的航船。

母亲常打的会水娃（20世纪50年代初）

我在家排行老二，大哥长我4岁。20世纪50年代初，在弟弟妹妹还没来到这个世界上的时候，我和大哥就是好哥俩儿，成天在一起玩，不记得回家。

那时候的夏天，也是格外的可爱……

时近中午，太阳像下了火似的，风婆婆也懒得动弹，只有远处的知了在此起彼伏不停地呼叫。那时候，大哥是孩子王。记得有一次，东邻的"铁蛋"、西舍的"二毛"和"三柱"手里拿着长长的竹竿来找大哥去打知了。大哥一便来了精神，顺手拿起竹竿就往外边跑。我也嚷着要跟着去。母亲不让我去，我一再坚持，她只好叮嘱大哥好好照顾我。大哥也没有听清楚母亲的嘱咐，一边答应，一边撒腿往外跑。

我们村地处马耳山下，气候宜人，风景秀丽，土地肥沃，祖祖辈辈在这里繁衍生息。我们家住在村子前面，出门不远便是一片柳林，一条弯曲的渭河从柳林边上绕过。大哥一路小跑，和小伙伴们来到柳林。啊，好家伙！满树都是黑压压的知了。我急忙吆喝："哥哥，快到这里来，这树上有很多知了……"大哥瞪了我一眼说："这么大声，聋子也听到了，你看知了都吓跑了。"我一看，果不然，一个知了也没有了，我像犯了错误，再也不敢大声说话了。

钓知了的扣子是用马尾丝做的，系在一根细枝条上，然后再固定在长竹竿上。小伙伴们仰着脸，目不转睛地盯着树上的知了。过了好一会儿，铁蛋一个也没钓着，二毛也只套钓了几个，大哥却捉了满满的一小袋子，大家既佩服又疑惑。原来大哥有诀窍，大哥说："大家听好了，我来告诉你们一个小窍门。"大哥总是那样的胸有成竹，好像什么都懂似的。在后来的人生岁月里，我更加确认，正是大哥这种自信满满的态度，使他成为我们心中战无不胜的大哥。大哥把长长的竹竿慢慢地伸到一个知了的屁股后面，唱道："知了，知了倒爬，倒下了我也不拿……"就这样唱了三遍，真是奇怪，那知了真的像中了魔咒似的，前腿蹬蹬，屁股翘翘，慢慢往后倒爬，不一会儿便倒进哥哥给它准备好的陷阱里，大家都惊呆了。

小伙伴们马上按照大哥的方法，也钓到了很多知了。伙伴们你一言我一语，对大哥佩服得五体投地，而我比大哥还骄傲。

钓知了累得浑身是汗，大家便到旁边小河里洗澡。这条河叫渭河，上游是马耳山。夏季雨水多，山洪过后，那柳林堤岸被冲刷成了很高的断崖，水流湍急，而且河水夹杂着大量的泥沙，看不清河水的深浅。天气很热，河床上挤满了洗澡的人们。只见小伙伴们把身上抹上黄泥巴，一个一个活像小泥鳅。大哥用手塞住鼻孔，像跳水运动员，从两米多高的断崖上，纵身跳入水中。其余众伙伴，也模仿大哥的架势，先后跳到河里。只剩我一人坐在河岸边，眼望滔滔的河水，不敢移步。一直到今天我与游泳无缘，如果当年我像大哥那样勇敢，也许今天我也会成为游泳好手。

时已过午，我肚子饿了，仿佛听到远处母亲唤儿的呼声。我忙喊大哥："你听见没有？咱娘喊咱们回家吃饭了！"在我再三催促下，大哥才游出水面，走向岸边，提着收获的知了撒腿往家跑。也不知是肚子饿了，还是跑得快了，我一下子跌倒了，膝盖被磕去了一层皮，鲜血直往外冒，疼得大哭起来。

哥哥急坏了，背起我来就往家跑。不远处母亲正站在家门口，焦急地呼喊我和大哥的乳名。母亲一看情形，又疼又气，把关爱都给了受伤的我，把责备都给了大哥，似乎大哥天生就是要担责任的，无论哥错、我错，都是大哥的错。大哥一再争辩与他无关。母亲生气地说："谁让你领着弟弟到河边去洗澡的，要是掉到水里去怎么办！"大哥自信满满地说："这个放心好了，我会水的。"母亲一听更加生气了，抄起扫把就打，嘴里还不停地喊道："我专打你这个会水的！"哥哥受了打骂，委屈地哭了起来。我相信大哥有高超的游泳本领，更相信我要是掉到水里，大哥肯定会救我的。那时我认为母亲不是个清官，直到长大以后才知道母亲用心良苦，更觉得当时孩子单纯。

一晃50年过去了。与大哥回想起这些往事，大哥的眼睛常常湿润。我知道大哥思念在家门口喊我们乳名的母亲，他情愿再被母亲打一次。午夜梦回，我也常常听到已离我们而去的母亲的声音。

放猪的工人（20世纪50–60年代）

20世纪50年代初，我记得大哥那年10岁，农村小学开始招收新生。新中国成立之初，农村孩子上学是件新鲜事。大哥嚷着要去上学，吃过早饭后，父亲领着大哥到村小学报名。老师是外地人，听说老家是即墨的，说话很和气，问大哥叫什么名字。父亲说还没有起名字，老师让家长起个学名。父亲早年上了几天私塾，在当时农村中也算是识字的人。父亲想了想说："就叫郑尔祥吧。"老师提笔在报名簿上清楚地写上"郑尔祥"三个字，大哥从此有了正式的名字。

父亲对儿子寄予厚望，愿儿子一生事业有成，幸福吉祥。

那时候，学校没有伙房，教师轮流到学生家吃饭。有一天，有好几个老师跟着哥哥来到家里吃饭。第一次见到那么多老师，我不由地想去上学，便嚷着也要去上学。其中有个漂亮的女教师热情地对我说："小朋友，等明年再上学好吗？"我没有回答，那时我非常羡慕哥哥能够上学。怀着上学的期盼，等待着明年。

时光荏苒，转眼间大哥小学四年毕业了，我也进了学堂。遗憾的是我没能和哥哥一起上学，大哥没能升入高一年级（当时的完小）学习。我想，也许命运对大哥的将来早有安排。

历史跨进1958年，人民公社普及全国，在总路线指引下，全国人民都在"大跃进"，大干社会主义。也就是在这火红的年代里，大哥成了五莲县青山园艺场的一名工人，那年大哥15岁。

大青山距离五莲县城约20里地。一片荒山坡地，园艺场就建在那里。初次建场，一切从零开始，困难是可以想象的。建场迎来第一个冬天，工人睡在临时搭建的窝棚里，早上起床被子上落满了雪花。钟声一响工人们都要忘我地劳动，当时有句口号："苦干、实干，拼命干！我为建场做贡献。"

和大哥一块进场的还有童年的伙伴铁蛋，数他俩年龄最小。领导安排他们干饲养员，每天到山里放猪，活既脏又累人，还觉得孤独，怎么办？有一天铁蛋对大哥说："郑哥，你看咱们这是当的什么工人，天天在这大山里转悠，连个人影也看不见，我看就是个放猪的！"大哥说："我们还年轻，等等看，不能老是让我们放猪吧。"那时候，从农村出来当工人是很难的事情，工人的名声也很好。

有一次太阳快要落山了，恰在这时候，走失了一头小猪。两个人找了大半天，最后在一片草丛里找到了。回到厂里的时候，天已经大黑了，食堂里早已经开过饭了。又累又饿，别提那是啥滋味了。这时铁蛋又对大哥说："我看快回家吧，这工人还不如当农民自在，什么园艺场，说白了就是村里的林业队。"听完铁蛋的话，大哥犹豫了半天，突然一股豪气冲上来，说："走，回家！"

天还没有亮，当工人们还在梦乡的时候，两个童年的伙伴，结伴不辞而别，背起铺盖卷，便踏上了回家的路。也许是思乡心切，也许是为脱离了枯燥的工作而高兴，80里山路啊，还没到中午就赶回家了。母亲见儿子回家，别提多高兴了，忙着和面包饺子。因那个年代只有逢年过节才吃饺子，这是母亲对儿子的最高级别的款待。好久没有见到大哥，我也跟着问长问短，哥哥一口气说了一通。母亲疼儿心切，说："你看看你哥哥脸也黑了，身体也瘦了。工人不做也罢，回家也好，娘还真的舍不得呢！"但是，当时父亲的态度却非比寻常，正是父亲当时的一通话改变了大哥的命运。他说:"刚刚建厂当然条件差点,困难是暂时的,将来会好的,明天你就给我回场去,庄户人的孩子还怕吃苦吗?"

我清楚地记得,在大哥回家的当天,父亲就去邮局给场领导打电话,意思是说孩子年纪小,不懂事,望领导原谅。场领导理解做父母的心情,原谅了大哥的轻率鲁莽。

秋天是一个收获的季节,远处飘来谷米的芳香,大哥再次整理好行装,带着全家人的嘱托和希望一路欢歌奔向大青山——五莲县园艺场。

我这里要说,大哥童年的伙伴铁蛋没有回场,而永远留在了农村。是父亲语重心长的一句话,改变了大哥的命运,使大哥走向施展才华的人生之路。

时光匆匆,转眼已是60年代,国家遭受了连续三年的自然灾害,人民生活极端贫困,物价飞涨。当时奶奶70多岁了,身体多病。大哥每月省吃俭用,捎回几斤粮票添补家用,或捎几块钱给父母。我知道依靠大哥的工资,根本解决不了贫困。

1960年腊月,奶奶去世了。那是一个寒冷的冬天,也是我们家最困难的冬天。奶奶去世,没有告诉大哥,因年关将至,怕影响大哥的工作。后来大哥曾经说,他一生最大的遗憾,是奶奶临终前,没见最后一面,他是在奶奶的被窝里长大的……

就是在这艰苦的岁月里,大哥扎根大青山,磨炼意志,迎来了大青山的花果飘香,也开启了大哥的事业梦想。

为了闯关东的弟弟(20世纪70-80年代)

80年代,社会主义中国加速了前进的步伐,邓小平南巡,给开放的中国插上了腾飞的翅膀。城市在发展,农村正繁荣,国逢盛世13亿人民正步入新时代。

乘着时代发展的大好机遇,大哥也凭着过硬的技术才能,调到县法院工作,机遇来源于形势,来源于改革开放的社会潮流。也就是在那段时期,大嫂和三个女儿进了城,以农转非形式在城里安了家,摆脱了多年来职工家属的艰苦岁月。在新形势下,三个女儿毕业后,相继都有了工作。大哥凭着爱岗敬业、吃苦耐劳的精神曾多次被评为先进工作者。但是有一件事总是萦绕大哥心头，那就是"闯关东"的弟弟。

"文化大革命"时期，农村经济相对落后，也是我们家生活最困难的时候，弟兄四个再加上两个小妹妹，是当时生产队人口最多的大户。三四个劳动力奋斗一年，还填不饱肚子。眼看着弟弟们都快到了娶亲的年龄，父母心里焦急。当时"闯关东"在农村已经形成了风气，而且愈演愈烈。迫于无奈，父母决定让四弟独闯关东，去投奔姑家大表兄。四弟含泪离别马耳山下世代生息的热土，辗转去了黑龙江。在姑家表兄的帮助下，到水泥预制厂当了一名工人，凭着山东人闯关东的那股豪情和拼劲儿，靠父母给予的强健体魄，获得了大家的认可。四弟憨厚老实、吃苦耐劳的性格，感动了爱情之神，一位聪明美丽的东北姑娘和四弟建立了家庭。

随着市场经济的发展，有些工厂经营不善，在市场竞争中，失去了经济效益，工人面临下岗，在东北工作的小弟生活也日趋艰难。

有句俗话说得好，"天下爹娘疼小儿"。老母亲70多岁的高龄了，自始至终挂念着远在东北的儿子，把四弟留在东北是老人家的心病。母亲希望儿子在身边，再苦再累，有个照应。儿子再大，母亲总是不放心他们在外漂泊。全家人一直在关注四弟调回山东的事。大哥也时时挂在心上，但始终没有遇到合适的机会。不久，体弱多病的老母亲去世了，临终前对我们弟兄说："你们弟兄四人，都是娘身上掉下来的肉，手足情深，砸锅卖铁也一定把我那傻儿子调回家。"

时间一天天过去了，大哥东奔西走，办理四弟调动的事，半年后调令终于盼来了。是四弟福气大，还是九泉之下的老母思儿心切，这些都不重要，关键是大哥的辛苦换来了一家人的团聚。

家族的守望者（20世纪90年代–21世纪初）

当你遇到解决不了的困难的时候，第一个想到的人会是谁呢？年轻的时候，多半是父母，母亲在你头顶上的轻轻抚摸，父亲一句蕴含力量的简单的话语，就能让你减缓压力，增强勇气。而成年之后，当自己需要给父母以安慰的时候，谁能分担我心头的压力呢？是大哥。

大哥不是具有通天能力的人，却是可以出主意、想办法、化解忧愁的人。有一次，三弟开车出了车祸，消息传来，每个人身上都惊出一身汗。大哥听到后，非常紧张，除了知道出事了，什么都不清楚。他马上带上钱，带着两个女婿赶赴医院。在医院看到正在包扎的血淋淋的弟弟，大哥百感交集。一了解情况，对方没事，没伤着，弟弟有事，但是伤是皮外伤，不打紧。大哥放下心来。可是再一问，三弟的驾照竟然过期没审。大哥的火气"噌"又起来了。身心沮丧的弟弟没有迎来大哥的安慰，反而迎来一顿训斥。这种训斥正是来自亲密无间的亲人的训斥，是像严父的训斥。三弟虽然觉得委屈，但是这出于关爱的训斥，是无可辩驳的。

大家庭的生活总会有磕磕碰碰，有一些需要大家同心的大事，大哥总是以身作则，公平合理地化解问题。谁也没有规定长子就有这些责任，但是像上天赐予的，大哥就是承担这些责任的人。

就这样，和弟弟妹妹们一起经营着生活，大哥也度过了六十大寿。退休在家的大哥并没有闲着。

进入21世纪，社会在进步，大哥的思想也没有止步。已经是老头儿的大哥，也学会了上网。他决定做生意，通过网络了解信息，联络客户。结果，大哥白手起家，花甲之年成立了公司。家族中下岗的亲属都成了他的员工。不知道这是大哥为自己成立的公司，还是为大家成立的公司，总之，大家都过上了好日子。

岁月送走了青春年华，迎来了人生多彩的夕阳。虽然沧桑岁月催人老，但是大哥还是大哥。

有时与大哥在一起，陌生人以为我是长兄，因为大哥的脸上永远洋溢着乐观的神情。大哥是深秋的红叶，历经风霜越显生命活力。

去年清明，大哥与大嫂回乡，获悉儿时的伙伴铁蛋和三柱都已过世，心中备生感慨。人生如白驹过隙，忽然而已。但是经历了时代的风风雨雨，人生又是丰富和美妙的。

大哥说，他的人生中没有很多经验，家和万事兴而已。

农历二〇〇九年八月初一

家有贤妻

民间有句俗语："少年夫妻老来伴。"是的，人生一辈子，风风雨雨几十年，娶妻生子，成家立业，实属不易。而携手一生的夫妻即是生活的伴侣。夫妻好做，老伴难得，沧海桑田，风雨人生，能做到夫妻恩爱，相依相伴，走到生命的终点，那是上天的恩赐，前世的造化，一生的幸福。

简朴的婚礼

那是20世纪的70年代，经亲戚朋友的介绍，我与相距十几里地的乡下姑娘相识了。妻子纯朴秀丽，一头短发，脸上透着微笑。她身穿灰色的方格上衣、深灰色的裤子，穿一双黄胶鞋，身材中等，肤色健康。头一次见面，有点儿不好意思，脸上红红的，不多言语，给你的印象就是一个心地宽广、朴实贤惠的农家姑娘。

我心中高兴极了，默默祈祷，感谢月老姻缘相配，给我一个称心如意的新娘。

我清楚地记着，婚期是农历的八月中旬，既是月圆的日子，又是农民收获的季节。那时办喜事很简单，亲朋邻居拿来几瓶酒，割几斤猪肉，相聚在一起，吃顿饭，喝会儿酒，道道喜，拉拉家常，表示祝贺。

迎亲那天，我将生产队的小毛驴地排车，装饰一下车棚，迎娶新娘。迎亲的人穿身新衣裳，放串鞭炮就行了。门上那幅喜对联是二大爷所写，至今我还记忆犹新，上联写的是"愿做革命好伴侣"，下联是"建设祖国新农村"。"文革"时期，破旧立新，改革一切旧的东西，其中包括古老的民俗。婚礼没有什么庆典仪式，也不须三拜天地，两个人携手进入洞房。好友李光亮从学校借来一台收音机，增添了欢乐，渲染了喜日子的气氛。

还有屋里屋外那大红的"囍"字，使这个农家小院充满了喜气、活力和希望，新的生活开始了。

那年那月那人

那个时候，我们家八口人，当时是生产队人口最多的户，兄弟四个还有两个小妹。我是家中的老二，大哥在县城当工人，弟妹们都很小。母亲是旧社会生人，一双带尖的小脚，干起活来很费劲。这么多人口吃饭，仅靠母亲一个人是吃不消的。妻子性情秉直，不擅言表，贤惠的她，总是抢着干家务。70年代的初期，农村的主要粮食是地瓜，头两天泡上瓜干，再用菜刀加工切碎，天不明就起床，用石磨碾成糊，再抹成煎饼。我家那盘石磨足有300斤重，两个人推很吃力，一个人更是推不转的。妻子对母亲说："妈，您这把年纪了，脚又小，往后家里的重活儿，就交给我和弟弟妹妹干就行了。"母亲听了说："我还没到不能干的时候呢！"母亲虽这样说，但看得出来，母亲的内心深处是欣慰的。

我家大门右侧，有一盘石碾，每天天不亮，就集满了前来碾米碾瓜干的嫂子大娘们。"吱呦！吱呦！"那石碾滚动的响声，常常把我从睡梦中叫醒。那时，妻子早已起床，到老井那边担水去了。

在那些日子里，粮没多吃，活没少干，老百姓跟着场院的碌碡吃饭。望收成盼丰年，生产队年终结算，每个劳日才合三毛钱，生活的艰辛可想而知。随着季节的变换，转眼到了冬天。冬闲变冬忙，妻子与其他妇女一样，投入到治山改土的行列中……

日子在一天天过去，眼看年关快到了。我在计办新年的同时，心想光忙于生计，也没给妻子买身像样的衣服。我惭愧地告诉妻子："你嫁到这个家让你受苦了，活儿没少干，劲儿没少出，丈夫对不住你了。"妻子听后微微笑了，说："你快别说了，大家都一样，只要一家人和和美美，苦点累点又算啥！好日子还在后头呢！"我突然觉得，妻子的微笑竟然是那么美丽。

小屋情深

岁岁年年，转眼间，三弟也已到谈婚成家的时候。这么多人挤在一起怎么办？看到母亲有点儿为难的样子，妻子主动对母亲说："妈，您老不要犯愁，俺已与俺那口子商议定了，俺搬到西跨院那两间小屋去住，腾出这大房子让三弟娶媳妇就行了。"当时母亲听了很感动，高兴地说："媳妇真是通情达理，替父母分忧，只不过让你又辛苦了。"听了母亲赞美的话语，妻子又一次甜甜地笑了。

西跨院的那两间小屋，原先是柴草棚，仅放点零乱的东西，缺窗少门，黑洞洞的。我和妻子用秸秆编制了一个单扇门，来遮挡风雨，就这样维持了好几个冬天。

然而，这两间小屋，却包含了一家人对生活的希望，它充满了生机、温暖与关爱。值得我自豪的是，儿子和女儿都在这小屋子里降生。做了母亲的妻子，白天下地干活儿，收工回来还得料理家务。晚上点着那盏昏暗的煤油灯，为两个孩子缝补衣服，直到夜深十多点钟方睡。那小屋是摇篮，是温室，是避风的港，更包含对美好生活的寄托和期望。在那亲情浓浓的小屋里，儿子和女儿度过了最美好的童年时光。

时过境迁，也许对小屋情有独钟吧，也许小屋藏着那个年代、那段生活的记忆。至今，那两间饱含深情的小屋还坐落在老宅的西跨院。

回报

又是一年芳草绿，改革开放的春风吹绿了神州。与时俱进，加快发展，振兴经济，甩掉贫穷，中国的农民朝着小康大路迈进。

几度辛劳，几度拼搏，家庭经济宽裕了，日子好过了，我们家搬进了新居。儿子正念初中，女儿也在读小学。因初级中学坐落在许孟，周围十几个自然村的学生都在这里就读。住校有困难，许多学生每天一趟往返院校。妻子告诫儿子，尽己所能，去帮助那些有困难的学生。有个学生，和儿子同班，因离校较远，儿子带回家中住宿。事后才知道，这个学生很小时候母亲就去世了。妻子一再叮嘱儿子，在学习上互相帮助，同时在生活上她像对儿子一样关心他。几年过去了，他们都有了自己的工作，依然在生活上互相关心照顾，一直是知心朋友。

在学校里，许多乡下来的学生问儿子："你也是乡下来的吧？"儿子反问道："为什么？"一学生回答："许孟街的学生有傲气，看不起乡下来的学生，而你有点儿不像。"儿子笑着说："真的不像吗？那是你的偏见。告诉同学们，我的家就在许孟。"

寒来暑往，岁月在辛劳与忙碌中度过。一分辛苦，一分希望。妻子的付出赢得了回报。值得高兴的是，儿子和女儿都先后进了大学门。目前，儿子、儿媳都在岚山中学任教，女儿大学毕业后又获得了硕士学位。他们志愿献身教育事业，将知识和爱心奉献给莘莘学子。

有一天，已读小学的孙子在喊："奶奶，您的头发和妈妈的不一样，有许多白色的！"在妻子微笑的同时，我忽然发现妻子当年头上的秀发，也不知何时斑白。已是花甲之年的妻子是老太婆，更是我的老伴儿。我默默无语，心里想说："亲爱的妻子，这个家庭你的辛劳最大。"

光阴飞逝，生活继续。有句话藏在心底无从说出："老伴，我爱你，愿你有个好身体，我愿终生陪伴你。"

农历二〇〇八年五月

家有儿女

　　有句戏文这样说："天上有宝日月星辰，地上有宝走兽麒麟，国中有宝四大朝臣，家中有宝孝儿贤孙。"

　　儿女是国家建设的栋梁，是家庭和谐的幸福元素；儿女是生命长河的延续，是父母的生活依靠和精神寄托。儿女是一壶浊酒，平凡中品味苦辣酸甜，平淡中淘漉激情澎湃；儿女是一杯清茶，朴实中体味温馨芳香，朴素中感悟生命真谛。儿女是天伦之乐的歌者，是完美世界的舞者，是用一生的精力也无法讲完的感情故事。

——题记

儿子结婚十周年

　　今年的农历二月十三日是儿子结婚十周年，我和老伴都穿戴一新，乘车来到儿子儿媳的工作单位。

　　阳春三月，万物复苏。春风早已吹进了校园，那草坪上已经换上绿色新装，报春的杨柳早已吐露新芽，嫩绿的枝叶像孩子的小手在微风中挥舞。春燕北回，舒展着矫健的身姿飞翔在校园和煦的阳光和绿柳之间。"爷爷好！奶奶好！"小孙孙边喊边跑了过来，把我和老伴的视线拉了回来，原来是儿媳领着小孙孙迎接我们来了。老伴快步迎了上去，把小孙孙搂在怀里，左看右瞧亲了又亲。儿媳笑着说道："爸妈您二老老远赶来，也不早打个电话，让我们开车接你们去，快到家里休息吧。"

　　儿子家住在教育小区，环境优美怡人，前有大海送清爽，后有青山做屏障，楼房层叠，绿树环绕，燕舞花香，美不胜收。走到儿子的门前，儿子早开了门等候，走进房间，不禁让我有一种特别的舒适感，客厅内窗明几净,新潮家具整洁漂亮。

"今天我下厨,炒两个好菜让爸爸妈妈尝尝我的手艺。"儿子高兴地对我说。儿媳知道我有爱喝茶的习惯,早早地泡上了一壶绿茶,端到我的面前。我情不自禁地说:"好茶!"忽听门铃声声,小孙孙忙跑去开门,同时喊道:"小姑回来了!小姑回来了!"远在青岛工作的女儿提着礼品盒走了进来。老伴见到女儿格外亲切,高兴地说:"萍萍,你怎么赶来了?今天不上班吗?路上顺利吧?"面对老伴一连串的问题,女儿笑着说:"昨天在网上和我哥哥聊天知道的,哥哥说爸妈今天到,我自然要来了,这才是一个团圆之家!"听了女儿的话,一家人都爽朗地笑了。是的,这才是一个团圆之家呀。

十年磨一剑,结婚这十周年,夫妻俩付出了太多太多。我不由地想起儿子刚成家时的窘迫,现在还历历在目。风雨十年,如今儿子一家有了房有了车,而且工作干得很出色,让我倍感欣慰。这时小孙孙拉着我的手,要去书房,看着贴满了奖状的墙壁,我一个劲地称赞小孙孙聪明,孙儿天真活泼爱玩好动,现已经读小学四年级了,触景生情,不由得让我想起了那些往事。

儿子和儿媳是大学的同学,毕业后被分到两地工作。刚参加工作的他们没有顾得上照顾自己的生活,却把爱岗敬业、立志为教育事业奉献青春作为己任。2000年儿子结婚了,婚后住在单位的两间平房宿舍里,清淡艰苦的生活从这里开始。那时,儿子每天在岚山与虎山之间往返20多里,晴天一身土,雨天一身泥,十年间骑坏了两辆摩托车。2001年小孙孙出生了。听到儿媳生了小孙孙的喜讯,高兴得我一夜没合眼。当时老伴提前许多日子在儿子那里,我一个人在家里真的按捺不住高兴的心情,逢人就说,逢人就讲。世上没有比添了孙子更高兴的事,我一刻也没有停留,打电话给儿子说:"我准备在2月13日去岚山看你们,去看我还未谋面的小孙孙,因为那天是你们的结婚纪念日,这样更有纪念意义。"于是我在儿子结婚一周年的日子里,赶到了岚山儿子的家,看见儿媳躺在床上,小孙孙在妈妈怀里甜甜地入睡。儿媳说了声"爸爸来了",正要起身,我连忙说道:"快躺好,别起来。"接着说,"你辛苦了,你给咱郑家立大功了!"儿媳脸上透露出温馨的笑容，看上去眼睛有些湿润，我想这是一个母亲发自内心的喜悦吧。

有福修来同船渡。儿子爱岗敬业，任劳任怨，每月的工资发下来，都做了适当的安排，从穿着到生活都本着勤俭节约的原则，从不在外乱花钱，什么酒馆舞厅从不踏入半步。儿媳告诉我，儿子是个当家的男子汉，更是一个合格的丈夫，每次下班从不在外停留，早早赶回家，他常说哪怕割一斤肉，一家人吃得也格外有滋味。

俗语说：不是一家人，不进一家门。儿媳聪明贤惠，朴素大方，被同事们称作贤妻良母。爱美之心，人皆有之，但儿媳向来俭朴，从不化妆打扮，始终保持一位普通女性的本色，在学生眼里是一个好老师，在家中是一位贤妻、一位好母亲。

有一副春联：平安福中福，和睦财中财。

有人说："贫贱夫妻百事忧。"尽管生活中有忧愁的时候，工作还有许多不如意，结婚十年儿子儿媳从来没有吵过一次架，两个人相敬如宾，患难与共，以平静的心态笑对人生。

老百姓有句口头语：孝敬爷娘不怕天，纳上田粮不怕官。我经常告诫儿子，做事先做人，人行好事莫问前程，上苍有眼，绝不会亏待一个善良的人，一定会让好人一生平安。

时光荏苒，儿子结婚十周年，对家庭而言是希望，是庆祝，是幸福生活的一个里程碑。儿女在外，我不要求他们常回家看看，来个电话报平安就足矣。儿子每两三天就给家里打电话，这已经成为他的一个习惯。一个温馨的祝福，一声爸妈的呼唤这就足够了。天下父母都心系儿女，心中有一个期盼，望儿女平安幸福到永远。

这正是：家有儿女是一宝，社会和谐不可少，人家自由天伦乐，岁到古稀未觉老。

回家

这天是星期天，是在县一中念书的女儿每月一次回家的日子。刚吃过早饭，我就与老伴杀鸡煎鱼，炒了几个女儿爱吃的菜，等待女儿回家，一家人吃一顿团圆饭。

冬天的太阳落得特别早，下午 5 点钟夜幕已经早早降临，站在村口的老伴还没有看见女儿的身影，心急如焚的她不停地念叨：莫非学校又有什么安排，改了时间？还是汽车晚点，究竟是咋回事？

"当家的，你快到车站看看去。"老伴边说边催促我。我刚迈出门槛，便见女儿风尘仆仆地迎面走来，老远就喊了一声"爸爸"。这时天已经黑得看不清女儿的面容了，但是有一点确信，女儿的声音有点心酸的味道。

室内灯光通明，暖气盈盈，饭菜早已摆好。一个月没有见到女儿，刚才那急躁牵挂的心总算放下了。眼下女儿已站在面前，心里全是高兴和喜悦。老伴说道："快洗把脸，暖和暖和好吃饭。"晚饭虽然晚点，但女儿吃得津津有味，老伴却没顾得上自己吃饭，只是一个劲地往女儿碗里夹肉，眼睛一个劲儿看着女儿的脸，看是否瘦了黑了。老伴想什么，我最了解。可怜天下父母心呀，儿女在外就是父母的牵挂。

我想向女儿询问为什么这么晚才回家，但看到女儿那高兴的样子一时也没有了言语。过后，老伴告诉我那天女儿回家的事情……

那年女儿读高三，为迎接高考，学校重新安排学习时间，周六又增加一节课。这天是学生每月一次回家的日子。下了课女儿便迫不及待地收拾行李，急匆匆往车站跑去。从五莲一中到汽车站相距七八里路，女儿归心似箭，又怕误了班车，一路小跑朝车站奔去，虽是在寒冷的冬天，北风呼啸，但也丝毫没有减慢她回家的速度，汗水已经挂满面颊，回家的心情越来越强烈。

解放路是县城最繁华的街道，车水马龙，来往的行人都用惊异目光注视着这位狂奔的小姑娘。站台内五莲至许孟的班车，仅剩下最后一班车，好险，女儿心里念叨，顾不上擦掉脸上的汗水，疾步跨进了车内。同一时间售票员招呼乘客快上车，并告诫车内的乘客买上车票马上发车了。这时，心情还没有平静下来的女儿顺手摸了摸衣服口袋，心突然又紧张起来，因走得匆忙，没有来得及回宿舍取钱，找遍全身所有衣袋，只找到了两元钱硬币。没有钱怎么坐车呢？女儿犹豫一会儿便无奈地转身下车。售票员是一个中年阿姨，待人和气又快言快语，见女儿下了车，便追问："小姑娘上哪去？车马上就开了！"女儿不好意思地低声说："阿姨，我带的钱不够……"售票员看了看眼前这位其貌不扬的小姑娘，身穿深蓝色的学生装，胸前佩戴着五莲一中的校徽，连忙说道："有钱咱坐车没钱咱也坐车，这是最后一班车，回不了家你爸妈会着急的。我也有一个像你一样大的女儿，也在一中上学呢！"说完便拉着女儿上了车，并给她找了座位，女儿心里一阵感激。

　　汽车驶出了车站，沿着宽阔的柏油路向北驶去。车没走多久便见前面不远处，有人示意司机停车，这时上来一位70多岁的老太太，看身形这老人还算硬朗。此时车内已经客满，售票员环视车内，并无空座，欲言又止。女儿见老太太没有座位，便起身让座，并搀扶着老人坐下。老太太既高兴又激动，不停地夸奖女儿是一个懂事的好孩子。售票员面向乘客高兴地说："小姑娘，你真棒！明年就要高考了吧？阿姨祝你考上理想的大学。"女儿脸红红的，不好意思地笑了，在座的乘客也笑了，这笑声飞出车外，随着奔驰的汽车洒了一路。

　　1996年7月，女儿靠着顽强的学习精神和敢于吃苦的那股拼劲儿考入了青岛大学中文系，后又获得了硕士学位。事情过去多年，每当看到女儿回家来，我总会想起女儿当年坐车的境遇，每每此时心里丝毫没有减去我对女儿的愧疚感。我给予她的太少，小小的年纪却要经受数不清的磨砺。我给予女儿的只有实实在在做人、坦坦诚诚做事和不怕吃苦拼搏向上的精神。

　　俗语说：什么都有别有病，什么都缺别缺钱。家有万贯还一时不便，假如当时女儿手中的钱再多一点，假如家中经济再宽裕点，女儿会是另一番心境。

　　时光飞逝，15年过去了，往事如烟，转眼即逝，在青岛工作的女儿，已不是当年坐车回家的小姑娘，而是一个为理想为事业勇于奋进的开拓者。

　　前天女儿来电话告诉我，说学校又放暑假了。老伴听后高兴地对我说："女儿又快回家了。"

农历二〇一〇年七月十四

求知

再次落榜，我心灰意冷，已无颜面对乡亲及父母，什么理想与志愿都抛之云外，信心也一落千丈。伴着孤独，伴着失落，伴着泪水，茶不思，饭不想。此时的我，那心情，那境界，那滋味，无从言表。眼前一片迷茫，我埋头躺在了床上……

也不知过了多久，母亲推门走进我的房间。"快起来，吃饭去！弄坏了身子怎么办？身体才是最重要的。"边说边把我推出了房门。父亲坐在板凳上，低着头，抽着老旱烟。刺鼻的烟味在房中缭绕，呛得人喘不过气来。母亲咳嗽起来，喊父亲："老东西！光抽烟，又在放毒！"我慌忙推开了窗子。父母心里不痛快。父亲以前是不抽这么多烟的，但是对儿子他没有指责训斥，更多的是关爱和鼓励。父亲磕掉烟灰，说："我曾讲过，考不上高中，人家笑话，考不上大学不笑话。因毕竟那是少数，但一定要争取！"母亲接着说："这点儿挫折算什么，你是个男子汉！"母亲咳嗽了一会儿，又说："儿子别忘了，你名字叫'郑一'，是老郑家唯一有文化的人，一定考上大学，要数一，不能落后。"

父母语重心长，对儿女寄予无限希望。连续高考落榜，二老对儿子没有放弃，心中只有鼓励、鞭策和期待。那眼神，那期盼，让我振作，让我奋起。此时，我忽然发现父母老了。父亲那宽厚的脸上皱纹又深了许多。虽然体质很好，但背已明显驼了。母亲也没有当年的风采，头上银发又添。我再也没理由不学习，我要让父母的希望成为现实。我暗下决心，再复读。几天后，我带着父母的沉甸甸的期望踏进了母校——县一中。

漫长的暑假已过去，学校又迎来生机。初秋的风吹进校园，偶尔飘落几片树叶。鲜艳的五星红旗在空中飘扬，课堂里传来阵阵读书声。我擦了擦眼镜，埋头进入书本中。

80年代，尽管国家重视教育事业的发展，加大对教育的投资力度，但是山区的学校建设还是很简陋的。偌大的校园仅有两处教学楼。学生宿舍还是老平房。残缺的门窗、摇晃的床铺，到了夜晚蚊子嗡嗡横冲直撞。心想这就是俗语所说的"十载寒窗"吧，艰苦是一笔财富，是来磨炼莘莘学子的。

学习时间安排得很紧。早上6点起床，半个钟头的吃饭时间，晚上学习到十点。每月回家一次带干粮。母亲为了让我安心学习，每十多天，来学校送干粮，来回往返30多里山路。为省下几块钱车费，除搭便车外，大多数时候母亲都是步行到学校。

记得那年秋季，秋雨绵绵。天气时阴时暗，间隙还有电闪雷鸣。农田五谷即将收获，可这天公不作美，让人烦，让人躁。

记得那天，也不知母亲什么时候起身。一大早，带着干粮和我的换洗衣服来到校门口。传达室老张头告诉我母亲来了。我疾步跑出校园，一眼望见母亲瘦弱的身影，一只手提着一个篮子，另一只手撑着一把破雨伞，站在校门口面向校园内眺望。此时的我，已无法控制心中那份情，一头扑进母亲的怀中。过了许久，我问母亲："这样的天气让爹来吧，大老远的。"母亲看着我的脸，左看右看，像多年没见似的，随口答道："你爹到外地打工去了，这点儿路娘累不着，放心好了。"边说边把干粮衣服递给我，并从腰间口袋里掏出50元钱，塞进我的手中。我攥着还带着母亲体温的纸币，泪水唰唰滚落出来。母亲抚摸着我的脸说："孩子，高兴点，好好学习。有时候艰苦也是一种磨炼。在逆境中磨炼自己，它将伴你在人生道路上百炼成钢。"

母亲一席话，胜读十年书。我劝母亲到宿舍坐一会儿，母亲一再坚持，说回家还有许多事，猪要喂，牛要放，庄稼要收……扭身走了。此时空中雨落尘埃。远处传来震耳的雷声，我站在雨中，看着疾步远去的母亲撑起破伞消失在风雨中。风雨中母亲的背影深深烙在我的脑海中，令我终生难忘。

光阴飞逝，转眼已是冬季。元旦佳节，学校放了三天假。回家才知道，母亲那天被雨淋湿后，得了伤寒住了十多天院。本来短短的三天假，全家人相聚高兴高兴，可又飘起了雪花，漫天皆白。看来短时间不会停下来，原计划第二天返校，母亲一看天气说："孩子赶快回学校吧，趁现在雪不大，如到明天肯定走不了啦。"我想和母亲多待一晚上，心在犹豫中，说："娘，我……"母亲急了喊道："别说了，快打办行李走吧！我也想让你多住几天。但如果明天大雪扑面，你怎么回得去！误了学习哪能行！"在母亲的催促下，当天下午我回到了学校。

纷纷扬扬的大雪下了一天一夜。清晨放眼望去，银装素裹，大雪覆盖了整个山城，校园里积雪有半尺多厚，许多同学没能够及时返校。我再一次体会到母亲的良苦用心。

又是一年芳草绿，转眼高考在即。校园里彩旗招展，焕然一新。考场门外悬挂一条横幅，上写"知识改变命运"六个金色大字。场外聚集了很多陪考的家长。这天，父母没有来。母亲说不愿给我增添思想上的压力。紧张的三天过去，接下来是漫长的等待。

也不知过了多久，这天清晨，家中那棵梧桐树上有对喜鹊，喳喳叫个不停。母亲高兴地说："今天喜事要盈门，我儿考上大学了！"全家人沉浸在喜气中。忽然邻居家小孩跑过来说，邮递员来了。全家人慌忙跑到街上，这时邮递员也下车来。我激动地接过大学通知书。大红的喜报上写着"山东师范大学"。我高兴地对母亲说："娘，我考上大学了！"母亲听了说："什么？你再说一遍！""我被山师大录取了！"我回答说。只见母亲跪在地上，双手合一，口中念道："谢天谢地！"是祖上有德？还是上天垂爱？这都不重要，关键信心的力量是无穷的。是母亲给了我知难而进的勇气，我以优异的成绩第一志愿被山东师范大学录取。

时光匆匆，寒来暑往。大学四年转眼度过。我又志愿回到母校任教。我立志用知识报效国家，把更多的学子送进知识的殿堂。

去年春节回家看望父母，二老身体明显不如往昔，但精神很振奋，内心更年轻了。有句话涌在我心头无从说出："伟大的母亲，儿欠您太多了！"

（注：此文根据家乡众多高考学子故事虚构而成）

农历二〇〇七年八月廿十

女儿小时候

天下父母都有共同的期盼，愿儿女满堂子孝孙贤。

上了年纪的人除说话有些唠叨外，总爱追忆逝去的时光。尽管过去的岁月包含着许多酸楚和艰难，但希望与信心的力量总让你乘风破浪，勇往直前。

儿子三岁那年的农历正月初七日，是传说中灶王爷从天庭返回百姓家的日子，伴着迎灶王回家的爆竹声，女儿降生了。一个新生命的到来，给整个家族带来无限喜悦。妻子临产时赶巧我没在家守候。因随大队文艺宣传队到乡下演出，戏中有我的角儿，抽不开身。直到今天，觉得女儿出生没留在妻子身边陪伴，是我终生的遗憾。

70年代的农村经济欠发达，农民的生活相对困难，仅仅能填饱肚子。全家人准备过年的面没舍得吃，米粒没有一个，更谈不上鸡肉鱼蛋。是岳母捎来二升米维持了整个月子，妻子有次还因饿着肚子流泪。营养供给不足，奶水当然不足，女儿因吃不足奶水而哇哇啼哭。我的心躁急如火，除了内心自责，剩下的便是许多的无奈。

那些年庄户人家的口粮是地瓜和瓜干煎饼，白面除过年过节，平常日月是不常吃的。生活条件受限制，两个孩子也艰苦。女儿身体营养不足，并经常感冒打针。啼哭时我便把她背在背上，哼哼呀呀到处走走，慢慢她就睡了。因为打针在女儿心中烙上的阴影，有一次女儿正玩得高兴，忽然莫名其妙地大哭，抬头一看，原来是赤脚医生从远处经过。

常言道，孩子日久不见长得快。但做父母的知道拉扯儿女是多么不容易。两个孩子快进学前班了，还从未照回相片。我和妻子议定为两个孩子拍个照。那些年，在农村只有乡驻地供销社开了一家照相馆，吃过早饭我就领

着他们去了。两人那时虽不明白什么是照相，但从着装看一定是件大好事。儿子在前面跑，女儿跟在后面追，我也紧随其后。摄影室里黑洞洞的，拍照的老师连头带脸被一块红布蒙着，说："准备好了？笑一笑！"两个孩子不知所措，因从来没见过这玩意，反倒有点紧张。只听"咔嚓"那老师按动了快门，说声："好啦！"可能技术不过关，连去了三次才算拍成。次数多了孩子反倒路熟了。一听说去照相，不用大人领就去了。

转眼间儿子和女儿从学前班相继入学。儿子和女儿乳名中都有一个"海"字，希望他们将来有大海一样的胸怀，走遍祖国的天涯海角，前程远大，志在四方。以后的日子证实了这一点。

要玩具、玩游戏是孩童的天性，受家庭经济条件的限制，可以说我没有给女儿买过像样的玩具，而是靠他们自己的想象力和创造力自己制作，如泥人、泥枪、搓泥钱玩。女儿找来各式花布缝小袋袋，装上玉米粒踢毽子玩。

许孟小学在村子前面，出门靠公路。兄妹俩上下学一前一后一起到校，从不旷课。小学五年我与妻子没到校接过一次。妻子嘱咐两个孩子在学校要团结友爱不打架，认真学习，听老师的话。在每次家长会上，班主任都做了认真的评语，对女儿赞许有加。记得女儿读二年级的时候，有一天放学回家高兴地说："爸爸，我当班长了！"我听了甭提多高兴了，对孩子说："当班长证明女儿学习进步了，但一定履行好你的职责，可千万别骄傲哦！"

女儿读二年级的那年春天，学校举办风筝比赛会。学校要求每个学生自己制作或到集市上买一个风筝。我童年时曾经自己制作过，急忙找来材料扎了个八卦风筝，系上一条长长的彩色尾巴，放在半空中迎风摆来摆去，格外引人注目。比赛结束，女儿的风筝被同学们评为一等奖，兄妹俩高兴得手舞足蹈，直说爸爸有本事呢。

刻苦读书，认真学习，寒来暑往，任凭刮风下雨，女儿从来未旷过一次课。有一次下雨天家中仅有一把雨伞，哥哥让给妹妹，妹妹又让给哥哥，最终兄妹同撑一把伞去了学校。

常言说，爱美之心，人皆有之。尤其是童年时期，每个学生的家庭状况不相同。我告诉女儿吃饭穿衣看家当，能吃饱肚子就是好饭，穿在身上能挡风避寒就是好衣服。艰苦的生活并不代表在同学们面前没有面子，好好学习，丰富知识，才是硬道理。

有一天，我到皇华镇赶集时从供销社给女儿买了个皮书包。虽不怎么美观但很耐用。女儿放学回家告诉我说："爸爸，这个书包真好，全班就我一个呢！"我回答："当然了！爸爸的眼力错不了，只要我女儿高兴就好。"

孩子就是这样听话，受家庭的影响及父母的言传身教，从小养成了艰苦朴素、勤俭节约的良好习惯。那个不很漂亮的书包成了女儿学习的动力，陪伴女儿读完了小学和初中。

放飞理想，学无止境。在家度过了8年的学校生活，女儿长大了。那年中考，女儿以优异成绩被五莲一中录取，女儿的学校同时被录取的仅有6名学生。

新的起点，新的学习生活，女儿更感路之遥遥，奋步不能停息。

韶华易逝，转眼间时光已度过了30多个春秋。每当看见儿子和女儿的那张发黄的黑白照片，瞧那幼稚的眼神，我便想起了带他们去照相馆的情景，仿佛是在昨天，然而时光已经远去。

农历二〇一三年五月节

（该文发表于《青岛日报》2014年3月18日"随笔"副刊，标题为"远去的时光"）

我送女儿上大学

我送女儿上大学，已是 15 年前的事。经历了 15 个隆冬酷暑，春华秋实，女儿已经从十八九岁的桃李年华进入而立之年，我的头发也已经花白了许多。金秋时节，看到身边的街坊邻居，欢天喜地又相当隆重地筹划着如何送孩子上大学，心中感慨万千。天下父母之心，既愿儿女常绕膝下，又希望他们远走高飞，有所作为。送孩子上大学，就像老燕放飞雏燕，虽有千般牵挂和不舍，却又满心欢喜地送他们去飞。

1996 年女儿接到了青岛大学的录取通知书。

青岛离家并不远，但我也是只闻其名。我并不像我的父兄，曾经走过南闯过北。方圆几十里地，是我从小到大生活的地方。外面的世界我从书本上见过，听邻里讲过，但是对我而言，不过是纸上谈兵。人生第一次，我要陪女儿出趟远门。

老父亲年轻时曾去过青岛，说什么又坐车又坐船，分不清南北，说得有点神乎。那毕竟是早年间的事啦，但我半辈子未曾出过远门，心里也有点儿拿不准。四弟年轻，闯过关东，又识文断字，最后决定由他陪我一起送女儿到大学报到。

清晨起早，我们从家乡小站坐上了开往青岛的汽车。满载乘客的汽车途经诸城市，蜿转东去。正当金秋时节，秋风从车窗涌进，送来扑鼻的瓜果清香。放眼车外，一幅秀美的金秋图展现在面前，红的高粱、黄的稻谷、绿的青山……秋天，对一个热爱土地的农民而言，是金色的，流淌着丰收的喜悦，正和我当时的心情一样。

不知何时，汽车已经驶过胶州城。海风吹进车窗，送来阵阵的鱼腥，有一乘客喊道："看，那是大海！青岛快到了！"放眼望去，真是乡村有乡村的秀美，城市有城市的风光。

心随车行，怀着美好的憧憬与期盼，到达青岛长途汽车站已近中午。学校有专车迎接新生，我们急匆匆地提着行李挤上了车。车上人很多，家长倒比学生多一半。我们晃晃悠悠随车往学校赶去。

繁华的市井车来人往，有些路段车头顶车尾缓缓前行。这是我不曾看到过的城市景象。迎新生的客车在一个很普通的校门前停了下来，随车老师喊道："四方校区到了！"随之下了几位学生和家长。我想，大学原来也可以这样貌不惊人。汽车又左拐右转行驶了一段时间，四个大的金字"青岛大学"很有气魄地映入我的眼帘。我心里舒了一口气，这就是女儿的大学。

校园内彩旗招展，报到处人头攒动，相当热闹。家长中有母送儿父送女，车马云集。有许多家长提着大皮箱，当然也有扛着尼龙袋的，让我的自尊心稍有安慰。四弟跑这问那，接待报到新生的志愿学生很是热情。交了学费，填了几个表，领了几份材料，接着我们就去找宿舍。路上问了一个小伙子大概去处，小伙子自告奋勇带我们到了宿舍楼。终于找到了女儿的宿舍，宿舍房门经过了认真的装饰，上面贴有一条粉色的标语："我们好像在哪儿见过"。

推开宿舍门，里面连家长带女孩有十几个人。大家互相寒暄了几句，叫什么名字？家是哪里的？为女儿整理了床铺，简单吃了点午饭，又到楼下的商店买了些日用品，到校园的银行存了点钱，下午很快过去。

太阳西垂，学校为远道而来的家长安排住宿。青岛大学东院靠山坡处，有几幢平房，那是学校安排的临时招待所。吃过晚饭，大家都在外头纳凉。毕竟是秋天到了，夜晚还是很凉爽的，恰恰又坐在高处，眺望远方，已是万盏灯火。喧闹一天的都市渐渐平静。突然，一串鞭炮声腾空响起，接着成片的爆竹声从四面接踵而至。大家正不明其事，我忽然想到当天正是农历七月廿二日，传说是财神爷生日，家乡人又称"财神会"，虽然节日不大但很是热闹。在初次造访的青岛，我望着远处温暖的灯火，在想此时家中一定充满喜庆……

在场的学生有来自东北的，有枣庄的，临沂的，其中有位济南的中年人，看着装不像庄户人，顺手递给我一根香烟，笑呵呵地问道："老哥贵乡哪里？

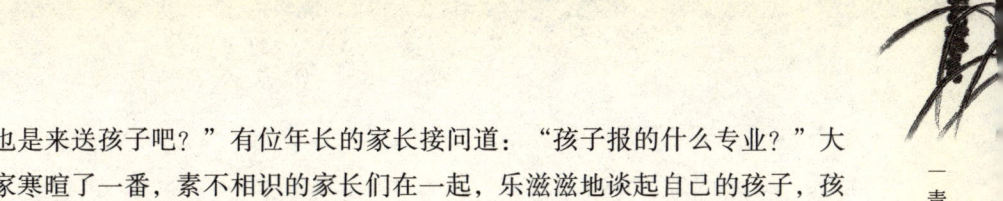

也是来送孩子吧?"有位年长的家长接问道:"孩子报的什么专业?"大家寒暄了一番,素不相识的家长们在一起,乐滋滋地谈起自己的孩子,孩子的大学,孩子的专业,孩子的未来……

不知是头一次出远门的原因,还是心事未了,总之一夜没有睡好。次日清晨,我早早就醒了。四弟心宽体胖,睡得很香。我唤醒正熟睡的四弟,告诉他要回家了。我们一同来到女儿的校舍,见8个女生住一起,虽不算宽敞,但杂而不乱很整洁。要向女儿道别了,临行前我对女儿没有过多的叮嘱,因该说的都早已说了,仅告诉女儿:"好好学习,自己照顾自己。"

我很少出远门,归心似箭。都市的繁华,大海的波涛,心中无从眷恋,急匆匆踏上回家路。路上远远看到栈桥,四弟惋惜地说:"哥,好容易来趟青岛,应该到处转转才是。"四弟的话也在情理之中,但是这次来青岛的主要任务是送女儿上大学。心想女儿在这个城市,人生的路还长着呢,机会一定会有的,但我没有对四弟解释。

岁月无痕,转眼许多年过去了。女儿早已大学毕业,顺意找到了所热爱的工作和事业。

后来每年在家乡"财神会"这天,听到此起彼伏的庆贺的鞭炮声,我常想起当年那个黄昏在青岛大学山坡上,和一些素昧平生的家长们聊天的情景,想起那年女儿18岁,到青岛读大学,正是人生的好时光。

15年过去了,我一直没有和四弟再同去青岛逛栈桥。但是无论是在言谈中提起青岛,还是在电视上看到青岛的风光,我心中总是涌起特别亲近之感,不是因为那里是我曾经造访过的地方,是因为在那里,有我的至亲至爱。

农历二〇一一年七月

(该文发表于《青岛日报》2011年9月20日"随笔"副刊)

抉择

漫漫的人生被时光所雕琢，留下斑驳的影子，有时候，会不经意间从记忆中浮现，痛楚与伤感如同最初般真切，恍然悟到，原来它不是斑驳的影子，它是停留在心底的烙印。

家业兴旺，儿女成群，是亘古以来传统中国家庭的朴素愿望。父母养育了我们兄妹六个，人丁兴旺，讲起来让人羡慕。但在全靠挣工分吃饭的大集体年代，并非全都是福气。且不说穿衣吃饭，光盖房娶媳妇都是个大难题。兄弟姊妹中我是二哥，等我娶亲的时候，已经达到国家界定的晚婚年龄。婚后妻子相继生了一儿一女，虽然家境不宽裕，粗衣淡饭，一家人还是其乐融融。

俗语说：天有不测风云，人有旦夕祸福。1979那年的秋天，一场劫难正悄悄地降临。经计划生育小组普查，妻子意外怀孕了，对当时的家庭而言也不知是喜还是悲。接下来便是村干部找上门来。经商定让我带头做节育手术，允许生下这个小孩。听了村干部的训导，我喜出望外，好像抓到了救命符。因"结扎绝育"是个新名词，虽然心里有些害怕，但想到只要能让生下这个孩子，哪怕天大的苦我也能承受。

当天下午我即来到了许孟卫生院，做手术的张大夫告诉我不要紧张，是个小手术，马上就会痊愈的。尽管张大夫多遍叮嘱，等手术结束时我还是出了一身冷汗。

一无人看护，二无人陪伴，我独自慢慢回到家门，时下家中无米又何谈保养？东邻孙嫂端来一碗荷包蛋。孙嫂家与俺是多年的邻居，一墙之隔大事小事都少不了她。此时无言说谢，双手捧着充满暖意的碗，禁不住两行热泪滚落下来。

那些年各家生活都很困难，家里又无稳定经济来源，保养谈不上，感觉身体虚弱，没办法我又二次进院。经大夫诊断，手术后引起肾炎。人在院心在家，寻思着以后的日子该咋过，病未愈即匆匆回了家。

躺在炕上，耳朵却听着外边传来的消息，村高音喇叭在宣传：一对夫妇两个孩，杜绝生育三胎……母亲说："村干部已做了口头承诺，让咱再生下这个孩子，难不成说了白说？"政策都是人定的，此时彼时还是紧跟形势好。那些日子计生小组、妇女主任三天两头登门，先是动员，后是步步加紧。这时老母亲再次劝说让我和妻子去岳父家住些日子，我思虑好久，心里如同十五个吊桶打水——七上八下，最终还是遵照了母亲的意见，去岳父家。

岳父家住在十几里的乡下，全是山岭小路崎岖不平，尤其是黑夜。妻子又身怀六甲，行走缓慢。我抱着还不满周岁的女儿，拿着几件临时穿的衣服，借着手电筒的余光前行。也不知走了多久，到了岳父家已是夜半。

70年代的农村，岳父家的日子也不好过，一时间又添上三口人，更给本不富裕的家庭带来了生活负担。在岳父家那些天，神不定心不安，一直挂牵着家里的母亲和孩子，心想老人家辛苦一辈子，如今还在为儿女担惊受累，于心何忍？此时家里一定如蛟龙搅水，闹翻了江，听天由命吧！我同妻子商定回家去，共同做母亲的思想工作，认清形势去做人流算了。

未遵母命，我和妻子回到家里。母亲见之生气地说："你这两个小东西，回来做啥？"见母亲生气又伤心，我劝导母亲："娘！如今您已到了安享晚年的岁数，还为儿女受牵累。自古道，儿孙自有儿孙福。还是顺潮流去县医院做人流吧。"母亲听后更加生气说："你两个人不配做父母，你们舍得，我可舍不得！就算拼上我这老命也不让你们去流产！"母亲虽然心有不甘，但也清楚这是强争不来的事情，低头沉思半天无语。

秋风起，草枯黄，树叶飘零。这天妻子抱着周岁的女儿随妇女主任到县医院流产。彼时我放心不下，意想跟随同去。妇女主任说："你大可放心好了，孩子有你大姐照看，你身体也虚弱，在家静候佳音吧。"

时钟点点，催人心烦。妻子同妇女主任去了县医院，我心神不宁，步步轮回，始终放心不下，当天下午即搭便车赶到县城。人民医院坐落在西南方的红罗山处，一路攀高还没走进院门，我就恍惚听到了女儿的哭声。走近时累不堪言。妇女主任抱着女儿来回转悠，女儿只是一个劲儿地嚎。我心想多亏赶来了，即伸手接过了女儿。说也奇了，女儿见亲人顿时停住了哭闹。

  妇产科病房被前来流产的人塞得满满的。在妻子病室里还有位前来保胎的年轻夫妇，从他俩的话语中知悉，妻子已是大月份，再过月余就要临盆，见我真是舍不得，就劝我们趁妇女主任不在偷跑即是。我深深知道年轻夫妇的那片善意。

  既来之则安之，既然做出了抉择，再逃脱计划生育非我所为。

  产房银灯光亮如昼，妻子去了多时没回，我放心不下，便起身去了产房，让我目睹心悬的一幕。妻子忽然大流血不止，我头一次见大夫那样紧张。大夫吩咐护士："快！快！"一位护士忙给妻子注射。过一会儿后才算恢复了平静。我心里呼呼直跳，心想："好险啊！"回到病房一夜未眠。妇女主任悄声对我说："大侄，流下一个大男孩。"我说："是男是女都不重要了，一切都过去了。"

  新世纪，新千年，历史又翻开崭新的一页。乡村变城市，人人创事业，户户忙发家，计划生育已成了老话题。多子多福都是陈年旧习。新思想、新文化、新观念，呈现在当代青年中。

  时空转换，30多年过去了。如今我已到了爷爷的辈分，往事不堪回首。经历了岁月的沉淀，沉静心灵，慢慢斟酌，有一番滋味在心头。

农历二〇一四年四月初四

小妹

2010年的元旦，天气特别好。阳光普照，空气清新，虽是隆冬季节，但未觉寒意。我接到小妹的邀请，参加了外甥玉超的新婚典礼。

新婚之日是人生中最重要的时刻之一，整个家族都洋溢着喜庆的气氛。绚丽多彩的拱门像半轮彩虹，横跨大街之上。两个金光灿烂的喜狮端坐门前。红毡铺地，彩旗飘飘，让人注目的花门和礼炮位在其中。那咧嘴哈笑的大红"囍"字，象征着百年好合，花好月圆。

吉月吉日吉时良辰，鞭炮响起，有人喊："迎亲的婚车来了！"舞狮的艺人舞起来了，唢呐吹起来了。但见数辆婚车装扮一新，在阳光的照射下闪闪发光。"啪！啪！……"鞭炮声引来了无数观看婚礼的街坊邻居，挤在人群中，听着那贯耳的唢呐声，踩着那欢快锣鼓的节奏，我情不自禁，投入了迎亲的队列，舞了起来……

婚礼庆典开始，司仪宣布一对新人的父母闪亮登场。这时场外响起了一阵掌声。小妹与妹夫咧着嘴满脸喜气，携手走来。这是人生最美最辉煌的一幕。人群中有人在说："这两口子真能干，终于盼来了儿子娶媳妇，还不算大的年纪就当上了公公婆婆了。"还有人说："人穷不能穷到老，富贵不能扎住根。"听了邻居对小妹的赞语，我想似乎很有道理。岁月滤去了忧伤，留下了甘甜。时光中，我忆起了小妹点点往事……

父母生育了我们兄妹六人，小妹最小，可能是男多女少的原因吧，全家人都很喜欢小妹。父母尤其疼爱她。记得上小学的时候，小妹嚷着叫我给起名字，叫什么名字好呢？"文化大革命"的年代，全国都唱样板戏，《沙家浜》中有一句唱词："朝霞映在阳澄湖上，芦花放稻谷香岸柳成行……"对了，望小妹像朝霞一样火红、美丽，事业蒸蒸日上，家庭如晓日兴旺发达。"郑朝霞!"我脱口而出。小妹高兴得不得了,跑着喊:"我有名字啦!我有名字啦!"

童年的时光是短暂的,像流星划过夜空,一闪而过。在学校里,小妹的学习成绩并不突出。记得读初中时曾为写不好一篇作文而苦恼,读完了初中没继续读高中,匆匆结束了学业。

人生之路千万条,只要你有信心,能吃苦耐劳,那么成功成才的路,就会像芝麻开门为你敞开。

80年代,小妹到了谈婚论嫁的年龄,与本村青年李家二小子相知相识。两人情投意合,便托人告诉父母,希望能得到二老的认同。然而终归旧社会生人,父母或多或少留有封建社会的观念,儿女的婚姻本应"父母之命,媒妁之言"才有体面,硬是越不了心中那道槛儿。父亲也算得上村里最早的文化人,头脑虽没有老娘那样守旧,但心里也不那么十分赞同和开明:"朝霞啊,婚姻不是儿戏,你要考虑再三,以后的风风雨雨你要顶得住,受苦受累莫后悔!"一家人都知道小妹的脾气倔强任性,若是都不同意的话,要急出什么病来怎么办?我知道眼下要尽快解开老娘的心结:"娘,这门亲只要俺小妹乐意,以后享福受罪不怨你,邻居称呼可以改变嘛!你老人家不要再坚持了!"母亲听了没有再反对,这算是同意了。我想母亲的心中又何尝不是为女儿好呢?

我这里要说,小妹出嫁的几年后,老娘病故。临终前最放心不下的还是小妹,并一再叮嘱我们弟兄多帮助她。遗憾的是母亲一直没到亲家吃过饭。她老人家心里始终没有越过那道槛。

老李家房子少、人口多,是当时的实况。但是全家人和睦团结,有吃苦耐劳、拼搏奋进的精神,具有贫困不可怕穷则思变的斗志,这都是最宝贵的财富。

兄弟们多,终究要自立门户。分家后小妹和妹夫买了三间旧草房,艰苦的日子也拉开了序幕。有句俗语:"不当家不知柴米贵。"油盐酱醋茶、礼尚往来都需亲自去打理,想路子抓经济这才是硬道理。在这期间小妹开过茶炉,跑过市场,一直没有起色。

常言道:"贫困夫妻百事忧。"两个人经常为家庭琐事拌嘴,有时还

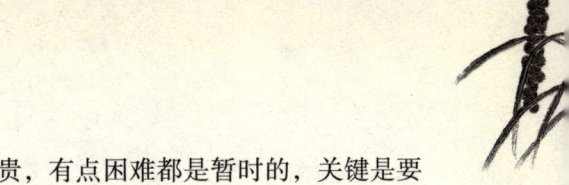

吵个不休。我曾告诫妹夫，家庭和为贵，有点困难都是暂时的，关键是要有信心和智慧，鼓起百倍的勇气，创造条件，让街坊邻居刮目相看！

听了我一番话，妹夫为之感动，很有信心地说："二哥请放心，谢谢你给我指点了迷途，等日后发达了，请二哥来做客！"

从此，小妹晨起早，操劳家务；妹夫改掉了整夜打牌的坏习惯，调整状态轻装上阵。小妹的家似一艘扬帆的船，迎风破浪，驶向理想的彼岸。

"近水楼台先得月，向阳花木早逢春。"80年代，改革开放成了关键词，城乡巨变。许孟镇地处五莲的东北部，背靠诸城市，交通发达，具有得天独厚的便利条件。

机遇来源于形势，来源于党的富民政策，而机遇总会留给那些有准备的人。财神引路，赶巧了来自诸城的姑表兄到我家看望老爷子，茶间饭后拉起家常。俗语说，三句话不离本行。表兄讲他目前在诸城做粮食生意，又说许孟是块宝地，无论啥买卖都挣大钱。老爷子请表兄帮帮小妹，表兄表示乐意相助，并提供了客户与资金。在亲友的支持下，小妹办起了许孟第一家粮食店。那来自江南的大米、东北的小米和杂粮，一车车涌来。那乡下小商人赶着地排车，开着手扶车往返于粮店。小妹忙得不亦乐乎。初中9年书没有白念，今朝总算派上了用场。记账结账清楚麻利，小妹对客户态度和气，百问不厌。粮店靠过硬的质量、低廉的价格赢得了客户的好评和街坊邻居的赞扬。有人喊："小妹，来两包方便面！"还有人吆喝："女老板，搬上两袋米。"无论你怎么称呼，小妹总是笑答不倦。天长日久，许孟粮店女老板的美誉传遍了周围十里八乡。

寒来暑往，时光在忙碌中度过。夏天汗水湿透衣裳，小妹365天没睡过一次午觉。冬天的粮店是冰冷的（粮店不宜烧炉子），小妹手脚都肿了，脸上都起了冻疮。特别是节日期间，顾客你进我出，小妹饭都顾不上吃呢！

古人有语：庄稼盼买卖算，汗水化作了金钱。夫妻俩计划增添设备，扩建店面。那旧时破草房已失去利用价值，接着建起了宽敞明亮的大瓦房。记得那年春节，小妹请我写春联，我提笔写了八个字：钱多粮足，福大财广。

粮店是信息的集散地。跨入2000年，社会步入新时代。你若有才尽管使，有智尽管用，有力尽管出，各显其能，劳有所获。来粮店买米的顾客又传来新消息，说什么东庄的王老五靠养猪发了大财，西村的陈六养貂今年净挣十几万。说者无意，听者有心。十几万多大的数字，小妹为之心动。未经妹夫同意，便托人购进了貂种，买地方建起了养貂场。夫妻俩兵分两处，男管场女管店，等到年终比比看。

究竟是福气，是运气，还是财神爷真的进了门？这一切都不可信，关键是党的好政策带来了福音。

十年巨变，貂场今年获利20万元。春节又到了，妹夫杀鸡宰羊，请客设宴，小妹让我再写春联。外甥玉超有点风趣地问我："二舅，今年还写'福大财广'？"我笑而未答，又挥毫写了八个字：发展经济，再创伟业。

酒宴上你言我语，更多的话题是如何致富。小妹看到我满头白发，略带伤感地说："二哥，你老了！"我笑了笑回答："真的吗？小妹啊，你也当了奶奶了！"大家都笑了。

青春无痕，岁月流金。

农历二〇一一年四月十八

大嫂

时光荏苒,屈指算来,大嫂与大哥结婚已有50个年头,如今都已界古稀之年。50年的风风雨雨,岁月沧桑,他们恩爱如初,感情日深。大嫂是贤妻,更是良母。大哥事业上所取得的每一个进步和成就,都倾注着大嫂的辛苦和汗水。

大嫂是一个普通的农家女,长得不高不矮,不胖不瘦,不俊不丑,文化不高,小学水平。同样受"父母之命,媒妁之言",她与大哥订了婚。60年代的农村,多数家庭生活都很困难,那时我们家也不例外,人口多,劳力少,弟弟妹妹都还小,那么多人住在三间老房子里,日子艰难,生活拮据,但大哥也许是沾了工人阶级的光,是县园艺场的工人。当时曾有句顺口溜儿:"一是军官,二是工人,三才是老农民。"大哥年轻时长得英俊帅气,同时又是国家正式工,比上不足,比下有余,在那时也算得上是优异条件了。大嫂相中大哥也有这方面的因素。

1966年的8月,月圆仲秋,桂花飘香,大哥迎来了与大嫂人生的大喜日子,结婚仪式很简单,喜事新办,一切从简,大门上贴了一副喜对联:"愿做革命好伴侣,建设祖国新农村"。大嫂在娘家时干团支部书记,那时也算得上村里的进步人士,紧跟新形势,出嫁那天捧着宝书四卷,肩扛铁锹进了俺家门。结婚二日,大嫂即到生产队里参加劳动,三日那天大哥也离家回场上班去了。

大嫂出嫁的事,伴着爽凉的秋风传遍了整个村落,引起了很大的轰动,包括学习、宣传和发扬。大队文艺宣传队还编排了文艺节目,表演唱《新人新事出在新国家》。一时间,大嫂成了家喻户晓的名人。

60年代,父母养育俺兄弟四人和两个小妹,加之生活困难,吃饭穿衣、柴米油盐都是大问题。母亲天天愁着怎么做饭，一大家人在一个饭桌上吃饭。大嫂从不嫌弟弟妹妹乱抓乱动，并主动接下了母亲手中的推磨棍，带领我们推碾推磨抹煎饼。大嫂天天下地干活儿挣工分，收工回来还帮母亲忙持家务，默默奉献，从不抱怨。

有句常语：人吃五谷，谁无灾性。父亲是家中的顶梁柱，在生产队赶地排车，经常出外拉活儿非常辛苦，饥一顿饱一顿，吃饭不定时。有一次出门回到家忽觉肚子疼得厉害，那些年公社卫生院医疗条件落后，吃药打针都无明显效果，医生说可能肠子拧了，建议到大医院诊治，又提示喝点香油也有好处。那年月香油是紧缺之物，经打听邻居李哥刚从海河工地回来，粮所供给二两香油，母亲忙跑到李哥家说明来意。李哥说："只要喝了管用，快拿去给俺大叔喝。"父亲喝了一茶碗香油后感觉稍微好些，这时全家人商议去诸城人民医院。大哥不在家，我是家里的主要劳力，但从未出过远门。大嫂说："娘，俺和二弟去诸城，娘家有位表亲在医院里干医生，您老放心好了。"母亲听了表示赞同，连声说："好！好！"我与大嫂把父亲扶上地排车，又请邻居王叔帮忙，大嫂手提保险灯跟随一边，这时候已是夜里12点钟，三个人急匆匆朝诸城奔去。

漆黑的夜，空荡荡的，只有星星在眨眼睛，好像在告诉我们，抓紧赶路，时间就是生命。

旧时的公路坑洼不平，很少有车辆来往。我和王叔拉着地排车跨高坡越山梁一路前行。大嫂不时喊问父亲："爹！您好点没有？"父亲好像没有听见大嫂的问候，只是"哼呀，哼呀"出声。那声音让人听了心急火燎，尽管汗水湿背，更加快了前行的脚步。

黑夜静悄悄，只有萤火虫的光亮偶尔划过夜空。地排车跨上库沟北岭顺坡而下，前面便是昌标通往诸城的宽阔大道。这时大嫂让我们停下车来，才发现父亲没再有那"哼呀"声。大嫂忙俯下身来，问父亲："爹！爹！您听见没有？"老半天才听父亲哼了一声，却原来他已睡着了，把大家都吓了一跳。又过了一会儿，父亲告诉我们说肚子不疼了，不去医院了。当时我拿不定主意，大嫂说："离诸城不远了，还是去看看放心。"拉车的王叔说："对！还是听你大嫂的，去医院看看好。"

当东方天际已发白，我们到了诸城市人民医院。医生诊断父无大病，只是消化不良，开了两盒"食母生"药片就算了事。听父亲无病，我和大嫂悬着的心总算放了下来。大家高高兴兴驱车回赶。

父亲健康，家庭平安，我想说感谢邻居相助，多亏李哥那二两香油，加上路途上的颠簸，舒展了肠胃，有一定的好处。总之父母的安康，是我们做儿女的福气。

季节轮回，岁月悠悠。儿女长大，父母变老，俺弟弟妹妹都一个个成家立业。大嫂把三位弟媳妇相继迎进家门，并各自分开过日子，大家庭分家完成了它的使命。

大嫂生了三个可爱的女儿，大哥工作在外只有单位休班才回家。居家过日子柴米油盐，喂猪喂鸡，照顾三个孩子上学，哪一样都得操心。那些年职工家属在生产队里并不受欢迎，大嫂挤时间去队里干活，因大嫂知道过日子必须省吃俭用，精打细算，只靠大哥那点工资是不够花销的。大哥在外安心工作，没有后顾之忧。亲戚朋友来了，大嫂尽其所有，尽其所能，热情招待客人，而平日里只是粗茶淡饭。日久天长，其言语德行，在亲朋好友、街坊邻里中攒下口碑。乡里乡亲都夸赞老郑家娶了个好媳妇。

80年代，百业待兴，大嫂和三个女儿"农转非"进了县城，并分了房。从此结束了近20年的分居两地的职工家属的日子。大哥大嫂有了一个安乐温馨的家，孩子在城里上学，后来都参加了工作，而大嫂也成了一位全职太太。基本上家务活儿全包了，如买粮买菜，打水拖地，烧菜做饭，一应杂事大哥很少过问。皆由大嫂的支持，大哥事业高升，调转县法院工作，直至退休。

前年冬月初一，是大哥与大嫂70岁生日，闺女、女婿、外甥、侄儿、侄女、弟弟、妹妹，亲朋挚友欢聚一堂。全家人都为大哥大嫂敬酒、祝福。大哥与大嫂不胜酒力，脸略显红润。我则诗兴大发，即席赋诗一首，以记之。

时光易逝流水年，五十春秋弹指间。

甘苦与共情意浓，相敬互爱到永远。

农历二〇一四年三月初二

故乡在远方

"大跃进"过后的60年代，国家遭受连续三年的自然灾害，国民经济停滞不前，农民的日子相对困难。家里人口多吃饭按定量，每人每天四两八钱地瓜干，每十天一次到大队领取。生活生活，人生下来就是为了活。人们面对春荒饥饿，各自想办法解决生活中困难。古人云："穷在大街无人问，富在深山有远亲。门口立着讨饭棍，姑舅两姨不上门。"

母亲生下我们兄妹六人，八口之家是生产队里的大户。在当时养儿多也并非是福，先盖房后娶媳妇是农村的惯例。生产队到年终估算每个劳日价值仅合三毛六分钱。一大家子人同挤在三间老房子里，吃穿都成问题，出路又何在？

民间有句口头禅：59年的猪，60年的羊，61年的媳妇起了行。娶了媳妇光彩礼钱就需花几百元。我们本地还流传一段顺口溜儿：一军官二工人，誓死不嫁老农民。又有人传曰：不管你老头黑不黑，只要带着闯东北。

人挪活，树挪死，在当时"闯东北"成了一个关键词。有的投亲靠友去了东北，还有的把女儿嫁给一个东北客，全家人也跟着去了关东。那四亲无靠者也想闯关东，挖点参，回家盖房子娶媳妇。闯关东是当时农村关注的热门话题。30多户人家的生产队，少则一两户、多则七八户人家，都去了东北。同样俺家摆在父母面前有两大难题需要解决，一是家庭人口多，眼下又面临春荒，吃的烧的都有困难；二是兄弟们多，成家娶媳妇又迫在眉睫。要闯关东必须先有个投奔地，数来算去唯独大姑家是东北，但大姑妈已故去多年，儿女们成家立业为了工作分配各地，也早已失去书信往来。大姑妈有三个儿子，若找到其中一个就有了希望，全家人多方打听信息。

一日，我看到《大众日报》刊登了一则新闻《刘相当选山东省某市革命委员会主任》，当时高兴得不得了，心里想：莫非二表兄因工作调回山东？无论是与不是去封信再说，我以老父亲的口气写了两张信笺。家里人包括邻居们都说不可能回信，我说若是真找到了有可能不回信，若是同名同姓的话会一定来信的。果然如此，半月后收到一封公用信笺，内容很简单只有两句话："谢谢！我不是您要找的那个刘相，希望另行查找。"

希望中等来失望，信心就是成功之母。几番查询终于找到了准确地址。大表兄刘群在黑龙江鹤岗市林业局工作。全家人商议闯关东的人选，说来议去最后决定派四弟去。四弟那时20多岁，体格健壮，吃苦耐劳，日后会有更好的发展。来不及写信联系，须马上动身。带着母亲烙好的干粮，背着一床被子，我同四弟徒步40多里地来到诸城汽车站。

车站内旅客云集，有许多人拖儿带女背着简单的行李卷，瞧一眼便知道他们也是闯关东的。"尔坤兄弟，你到哪里去？"人群中有一青年男子喊四弟的名字，四弟顺口回答："闯东北吧！陈伟你去哪里？""和你一样！我们坐同一班车。"叫陈伟的青年回答。真是巧得很，正好两个人路上做个伴，而且又是同学，互相有个照应。这时候售票员招呼上车了，我心里想，四弟头一次离开家，又是头一次告别父母远去他乡。我两眼失控，泪水涌了出来。但见四弟双膝跪地，朝着马耳山连着磕了三个头，转身上了车哭了。

我暗自祈祷，一切都会好的。说不定是命运的安排，上天赐福于他，幸福从这里开始。汽车驶出车站，四弟带着全家人的期盼与祝福去了远方。

鹤岗是黑龙江最北端的一座山城，那里矿山遍布，林海茫茫，是男儿施展才华的地方。值得高兴的是姑家表兄热情接纳了四弟的到来，并给安排到林场当工人。工作是很艰苦的，四弟天天在深山老林伐木、装车、扛木头，手磨出了茧子，腿磕破了皮，靠母亲给予的健康体格和山东人的豪爽，一干就是三年。后又调到国营农场工作，四弟怀着家乡亲人的嘱托，敢于吃苦耐劳，拼命工作，赢得领导与职工的好评，连续5年获先进工作者称号。喜星高照，好运又来，四弟以勇于进取乐于助人的实干精神，获得了本场一位东北姑娘的芳心。红线牵南北，姻缘贯东西，经领导提议两人喜结连理。

婚礼朴素而又简单,新房没有过多的布置,邀请好友同事吃了杯喜酒便生活在一起。遗憾的是,因父母年迈,路程又远,东北的冬天又格外的冷,父母没有参加儿子的婚礼。

结婚十周年,对四弟来说是他人生旅途中的一大亮点。追寻那逝去的时光,既有喜有悲又有苦有乐在其中,让人回味感慨。值得自豪的是闯关东,闯来了希望,他不仅成了一名国家正式工人,还收获了爱情,娶了一个俊俏美丽的东北媳妇,添了一个可爱的女儿。四弟曾风趣地对我说:"当年若不闯关东,说不定现在还是光棍一条。"

古人语:孝道儿孙不能远避远离。四弟三年一趟探亲假,而且车马劳顿,路途遥远,钱都花在了路上。每次回家全家人都高兴得不得了,但母亲还是叮嘱四弟,尽量少回家,不要浪费钱,抽空多来封信报个平安,让她听听就行了。父母都已岁过古稀之年,三五年是多久?天下父母都是为儿女们着想,但心里何尝不希望儿女都在身边侍奉。"在那桃花盛开的地方,有我可爱的故乡……"是谁在唱?是四弟。那浓浓的故乡情啊,已打开了四弟的心扉。

1978年,中国进入了改革开放的春天,农村发生了前所未有的变化。分田到户,农民有了自己的土地,国家政策30年不变。放开手脚抓经济,有劲你尽管使,有才你尽管用。八仙过海,各显其能,社会进入了新时代。

农民过上了好日子,家庭生活水平显著提高,过去的贫穷也不知去了何方。当年闯关东的人们,他们其中有的已在返乡。这时母亲希望我们兄妹想办法让四弟回家。父母怎能知道从黑龙江调回山东是多么不容易。但为了母亲的意愿,大家还是齐心协力,心往一处想,劲往一处使,经几番周折,最终盼来了调令。我这里要说的是母亲没有等到小儿回家就因病去世了,这是我们兄妹最大的遗憾。四弟一家人调回来了,并在县城安排了工作。梦已圆,母亲九泉之下也该安心了。

青山依旧,几度夕阳,眼下我们兄妹已不再年轻。四弟两口子也从工作岗位上退了下来,女儿也已出嫁成家立业。郑氏家族中,老四家媳妇是唯一的东北姑娘,她天资聪明贤惠,一口标准的东北腔。空闲的时候,每每打开电视,看到赵本山演的小品和来自东北的二人转,四弟妹就会有一种说不出的乡情。

见景生情,四弟说:"今年春节咱们到东北去,同岳父岳母一起过年好吧?"弟媳妇高兴地答应了。每个人都有父母,无论相隔千里万里都该回家看看。因为,故乡在远方。

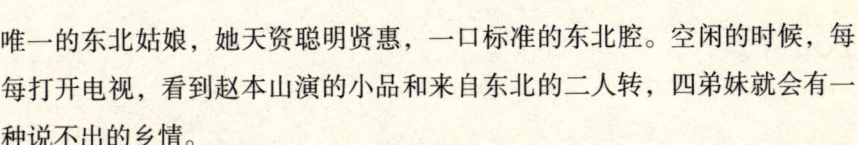

农历二〇一三年四月初七

岚山行

2000年新春伊始，受亲家之邀我有缘来到岚山，来到一个背靠青山、面迎大海、风景秀丽的小村子。村子大约百多户人家，皆因大都属王姓氏族，俗称王家庄。

天作之合红线联姻，儿子儿媳是大学同班同学，毕业后分配到岚山中学。此行之意，一是走亲家，二是看望儿子，再是品味一下岚山风情。

亲家公中等身材，性情和善，乐于助人，相逢开口笑，总是给人一种相见恨晚的感觉。亲家母说话不多，不善言表，但心地善良，特别好客。新建的四间瓦房刚装修一新，亲来友往，喜笑颜开，和谐充满了这个农家小院。

岚山春来早，河堤上的杨柳已吐出新芽。山冈增绿，那杏树桃花也在吐蕾争艳。春风拂过海面，吹来阵阵的鱼腥的气味，成群的海燕追逐着浪花，阵阵海潮涌起波浪，消失在岸边，远处帆船点点飘荡在天水相接的地方。

俗语说，靠海吃海，靠山吃山。天时地利，大海赐给人们生存的空间。酒宴上摆满了各种海鲜，有大虾、螃蟹、鲅鱼……还有许多叫不上名字的鱼。生活就是这样，当你经济富有了，天天十五月月年，饭桌上大鱼大肉已是家常便饭。我偶然发现村里每户人家的院子里，都有一棵高高的竹子，有的竹子顶端还飘着红旗。只有过年时，每家才插竹子。"红梅多结子，绿竹又生孙。"亲家那大门上的春联，让我联想是一方风俗吧。

亲家乐哈哈地告诉我，每年春节家家户户插上最高的青竹，象征着幸福的日子越来越美好，像绿竹四季常青节节高，是老百姓对美好生活的期盼。

改革开放前的60年代，岚山一片荒凉，地贫人穷，周围聚集着破旧的渔村。那时交通不便，土地贫瘠，产量低。渔民打了鱼卖不出去。那几年

农村的年轻小伙子,闯关东的多,打光棍的多,世人有谁知道日照有个岚山?看今天,这里交通发达,国道、省道、沿海大道贯通相接。要想富,先修路,交通业的发展,引来了财神爷,带动了岚山经济的腾飞。

事后儿媳对我讲,爸爸年轻时闯关东去了黑龙江,靠吃苦耐劳的拼劲儿,赢得了妈妈的芳心。80年代回山东老家,日子过得也很艰苦,五口之家弟弟妹妹都还小,爸爸最大的特点就是一生乐观,平易近人,是难得的生意人。爸爸曾对妈妈讲,日子再苦也不能苦了孩子,只要孩子们有出息,一定读完大学。爸爸风里来雨里去,做水产生意,南下连云港,北到北戴河。天有不测风云,人有旦夕祸福。那年外出做生意,路遇车祸摔伤了腿,没等痊愈便出了院,从那以后落下了后遗症,每逢下雨阴天就有感觉。

的确,亲家是生活的强者,困难面前不退却,把三个孩子送进了大学门。儿女大学毕业后都安排了工作。按说岁到花甲该享晚年之福,可亲家公还在为家庭为社会发挥着余热。街坊邻居说:"老王越活越年轻,整天乐哈哈的。"亲家公听了心里乐滋滋的,对我说:"二哥,现在不愁吃、不愁穿,儿女们都有自己的事业,没有理由不高兴,对吧?"我连连点头。

是情是缘,我又来岚山。正赶上学校放了暑假,小孙子高兴得不得了,嚷着同爷爷去看大海。儿子开车一家人去了滨海公园,游览海上风光。我站在海边眺望大海的壮观,海风送爽,心中说:"大海啊,您养育了岚山,岚山因您而辉煌,岚山的明天会更灿烂!"

农历二〇一一年七月

亲家

"俺亲家是个木匠，会做门会做窗，今日出门到俺庄……"年轻时演过的小戏剧《都愿意》中的唱段，我情不自禁又哼了出来。

人生在世谁无亲家，只是路程有远有近。亲情都是一样的，并没有距离的差别。有句古语：官找官，民找民，篱笆墙找个土大门。这是过去关于儿女婚嫁之说，事事讲究个门当户对，俩亲家才有共同语言。时下的青年人，他们不像父辈般墨守成规，在外求学、打工或发展自己的事业，山南海北汇聚在一起，在工作中组建了家庭，结成了终生伴侣，事业上顺心如意，夫妻间志同道合，这就足够了。

古人有语，摊个好更夫匠（短工）是一天的时气，找个好儿媳那是一辈子的运气，遇上个好亲家那可是终生的福气。

亲家住在日照岚山，背靠着山，面迎大海，风光秀丽，气候宜人，夏季来自东南的季风温顺凉爽，伴着海水的潮润，吹进渔村，送入港城，让人心旷神怡。冬天当北国万里冰封的时候，天赐大海的余温，在水一方，这里还是小阳春。岚山既是渔村又是茶乡，被远道而来的游客誉之"富江南"。

我住南山下，亲家住大海边，相距200多里地，很少造访。也许是祖上有德，天赐姻缘，儿子大学毕业后，在岚山教书育人并成了家。

今年夏天，儿子一家人又喜添新居。正巧学校放了暑假，儿媳来电话邀请二老去那里玩，我携老伴便去了岚山。一来看儿子新居，二来看亲家看大海。

儿子新居在蔚蓝海岸小区，环境优美，空气清新，北面是青山翠柏，南面是一望无际的蔚蓝大海，得天独厚的地理位置，让路人赞不绝口。刚踏进小区，儿子一家人早在此等候，儿媳忙接过行李，小孙子跑到跟前，高兴地喊:"爷爷!奶奶!"

迈上楼梯步入室内,宽敞明亮装饰一新。儿子刚刚泡好茶,但听有人敲门,儿媳便走过去,门开处见是亲家老两口来了。儿媳随口言道:"是爸妈来啦!"随即接过亲家带来的海鲜。我与老伴儿忙起身相迎,彼相互问候。一杯香茶入口,我说:"兄弟,我本该来先看你,却让你来先看望我,失礼,失礼!"亲家爽快地回应道:"谁看谁都一样,常言说得好,远来的为客。"亲家的话音刚落,大家都哈哈笑了起来。

古人云:靠山吃山,靠海吃海。亲家家住岚山头,与大海毗邻,算得上依山傍海,这是让路人羡慕的地方。但又有谁知晓,改革开放前的60年代,这里曾是一片荒凉之地,交通不发达,土地瘠薄无收,渔民打来的鱼卖不出去,经济贫乏,虽面迎大海,但一度被称为穷山恶水。

20世纪60年代,对上了岁数的人而言或许记忆犹新,尤其生活在农村的人们,通常的话题就是吃穿难,青年人说媳妇更难。当时兴起"闯关东"热,当地流传顺口溜儿:休管老头黑不黑,只要带着去东北。那时亲家正年轻,随着闯关东的大潮携同村伙伴去了东北。黑土地敞开他宽阔的胸怀接纳了来自山东的汉子。亲属带着亲人的嘱托和父母给予的健康体格,吃苦耐劳,把希望的汗水融入了那片热土,肯付出即有回报。亲家乐观向上、憨厚朴实的性格赢得了乡亲们的尊重,姻起缘来,不久与当地一位姑娘喜结连理,是爱情的滋润,让他感到了家庭的温暖,更感任重道远。

柳暗花明又一村,再回故乡正逢改革开放时,社会进入新时代,故乡在召唤,孝儿不远游,回乡创业的同时还应侍奉年迈的父母,这也是亲家最明智的选择。

春回岚山头,沿海路宽阔纵横,通向城镇、港口、渔村、码头一派繁忙气象,海边又响起了久违的渔民的号子声。

与时俱进,顺风顺水好行船。亲家靠他的聪明才智成了时代的弄潮儿,还是那句话,靠海吃海,干起了海鲜生意。

时光逝去,方觉年老,过去的渔村不见了,高楼拔地起,通讯连万家。三个子女大学毕业后都有了合适的工作。在奉献社会的同时,都建立了家庭,搬进了新居。此时,亲家也成了爷爷的辈分。老有所依,值得高兴的是母

亲80多岁还健在，试问，人生还有啥能比得上天伦之乐呢？

看得出亲家是一位天生的乐观派，为人处事总是谈笑风生，给人奋进，给人希望。在他身上永远看不到半点忧愁的影子，当有人问他，当年闯关东有啥收获时，亲家爽快地回答说："那就是感谢上苍的恩赐，送给我一位贤惠端庄勤劳美丽的妻子和三个儿女，还有一个温馨的家。"

漫步海滩，眺望大海，远方渔帆点点，正忙于收网归航。海水拍打着岸礁，传来阵阵的涛声，成群的海鸥在嬉戏逐浪。海风吹过脸庞，湿润润凉爽爽，有一点鱼腥的味道。大海敞开宽阔的胸怀接纳四方的游客。亲家不时地指点，或说这说那。此刻仿佛人在画中。

此情此景，我又情不自禁哼起了家乡的小调：

  亲家祖住大海旁，能下海会经商。
  上有高堂八十母，下有膝前小儿郎。
  家庭和谐人称赞，福如东海寿天长。

农历二〇一四年十一月十一

那山那人

蓝蓝的天上白云飘，白云下面马儿跑……

传说很古很古以前，家乡鲁东南地区是个一望无际的大草原，羊儿叫马儿跑，牧民在歌唱。不知什么时候在奔跑的马群中出现一匹白马，浑身雪亮没有半点杂毛，四蹄蹬开、仰天嘶鸣，被牧民称作草原上的"神马"。

"神马"有意，腾空跃入天庭，向玉皇大帝讨封，玉帝言道："马是好马，但天庭不能留你，赐你为守护神，保一方平安去吧！"神马点头领命返回原地，化作一座青山，一对马耳巍巍矗立，后人称之"马耳山"。

马耳山又称南山，横跨诸城、五莲两县，主峰海拔706米，为鲁东南最高的一座山。主峰两巨石并举，远望状如马耳，"马耳山"名声远播。在当地人眼中，马耳山是一座雄伟但没有距离的山，世世代代在它的怀抱里生活，在它的怀抱里演绎人生的春华秋实。背井离乡的时候，最凄凉的一刻，是回望家乡，远处的"马耳"消失在视野之中。远道归来的游子，轻飘的脚步是从望见天际的"马耳"开始。一方水土一方人，马耳山已经融入了当地人的血脉，山水本身就是文化。

马耳山山势陡峭，荆榛遍生。其山涧的泉水汇集成涓河，像一条弯弯的银带流入江河汇入大海。它像一座天然的屏障，默默守护在这片土地上，春夏秋冬，一年四季，为百姓送去了平安和吉祥。庄户人常年耕种五谷，上山打柴，下地忙活，勤劳治家，家家和睦相处，人人朴实坦诚。没有城里那样的高房大屋，户户都是山石垒墙，白不关门，夜不闭户。如果你是远方来的客，山里人都会大锅烧水，大碗喝茶，像亲戚那样招待你，让你沉浸在家园的醇香气息中。

许孟村面向南山，是诸城南乡出名的大集。每年的农历十月初四日是山会大集。来自诸城以北的服装针织品和南山的土特产、柴草，汇集在这个古老的小镇，不仅繁荣了当地经济，也给当地人提供了生活上的便利。

母亲平日里常说，我们家南山有亲戚，姑奶奶家就住在马耳山下的马鞍村。从古到今南山人有这样一个默契，无论你是哪家的亲戚，都被称为大家的亲戚，所以他们都称我父母为表叔表婶子。况且我家一出门便是集市，每逢四、九日大集这天，来自山前山后的大爷婶子姑娘小伙儿，都把俺家当成了南山人的停脚点。他们夏秋时节挑着苹果栗子，冬春季节挑着干柴干草，风尘仆仆到集市上售卖。那年月，小伙子穿一身黑蓝不等的老棉布衣服。姑娘爱干净，挑柴草时戴白色垫肩。有件花衣服路上不舍得穿，到集镇后才换上。他们衣着简朴，性格憨实，与他们进行买卖交易，感觉分外踏实放心。

母亲曾经要给一位姑娘在我们当地找婆家。那时候，我们这里的生活比山里终归是强些。但没想到姑娘说："俺不讨厌这个地方，但更喜欢山里人。"道出了山中少女那份纯真和直爽。那北方小平原的沃野，乡村集镇的繁华都无从让她心动。有句俗语："生处不嫌地面苦。"勤劳朴实的山里人啊，踏遍青山，风景这边独好。

也许我们家与南山有缘，姥姥家也是山里人。很怀念小的时候，每次同母亲去姥姥家，都是姥爷赶着毛驴儿接送。母亲骑在毛驴儿背上，把我放在"座箩"（用竹条编织的箩筐）里。毛驴儿顺山中小路不时地爬坡上梁，山路上留下串串蹄声。山沟深处不时传来布谷鸟的叫声，声音四声一度，很有特点，"布谷布谷，布谷布谷"，但细听来，却可以听出很多别的声音："快快播谷！快快播谷！""快快割麦！快快割麦！"你若用它的腔调喊一声："你在哪里？"随后传来的它的声音便是："我在山后！"布谷鸟的叫声洪亮清澈，显得山谷分外幽静。它的声音或凄凉或欢快，全凭听者的心情。远处的山坡上偶尔还会传来牧童召唤小牛犊的声音，"海里吆吆——喂啊——喂——"在山谷中回荡很久，不知道是什么意思，但不论在哪里玩耍的小牛犊只要听到这个声音，尾巴就会翘起，连跑带蹦跑回老牛妈妈的身边。接着就会听到牧童一个响鞭，把牛赶上了山梁。毛驴在崎岖的山路上继续前行，路上我不停地问母亲离家还有多远，母亲老是回答："快了，快到了……"

时过境迁，姥姥和姥爷都已过世，儿时的记忆早成了往事，但我仍怀念那段时光。

60年代初期是我们家生活最艰苦的一段岁月。1960年的春天，因生活所困，遵母命我再次来到南山姥姥家。大舅妈热情好客，我们刚迈进院落大舅妈便热情地招呼："二外甥来了！"要我坐下吃饭，还让多住几天。家中母亲已有好几顿没米下锅了，我归心似箭，吃了饭就要回家。大舅妈没有过多的挽留，装上小半袋瓜干，拔了一捆青菜，把我送出村外。告别时，她递给我两个瓜干煎饼说："二外甥，饿了你就吃，告诉你娘，过几天你大舅再亲自过去送些，困难总会过去的！"

常言道："穷怕亲戚富怕贼。"面对饥饿，大舅妈慷慨解囊，对生活充满信心和力量，让我永远铭记在心，不能忘怀。

世界迎来了新千年，国家强大了，老百姓富了，社会迈进了快速发展的新时代。饥饿与贫穷一去不复返了。

风雨送春归，巍巍马耳青山依旧，敞开宽阔的胸怀，接纳远方的游客。天还是那片天，山还是那座山，当年生活困难跑南山，如今生活富了游南山。无论什么时候，这片山水总能带给老百姓平安吉祥、信心和力量。

马耳山没有泰山的十八盘，也没有黄山的迎客松，儿不嫌母丑，狗不嫌家贫，不管走到哪里，忘不了养育我的南山，更忘不了自己是山里人。

农历二〇一〇年八月廿六

（该文发表于《青岛日报》2010年10月26日"随笔"副刊）

南山情

南山，何处是南山？城里人称乡下人住南山，街店人说生在山里的人才算南山。南山在哪里？在我们的心中，在你举目眺望的地方。

那是去年的一个冬日，受婚庆公司的邀请，我随民间杂耍队去参加婚庆服务。汽车驶离了通往市区的宽阔柏油路，转向山间的水泥硬化道，左转右拐后，停留在马耳山脚下的一个小村子。初次造访，所到之处皆让我耳目一新，空气清新，环境优美。村后是马耳山，阻挡了北来的寒风，虽时至冬日，还让人感觉暖盈盈的。村前的小溪尚未结冰，泉水清冽透明，从山崖上流下，溅出水花。

抬头望去，马耳山在青松翠柏衬托下更显得雄伟壮观。旧时山村的茅屋已无痕迹，接替它的是一幢幢坐落有序的农家小院，白墙红瓦，青石铺路，更感舒适安宁。

好日子赶上了人生的大喜事，喜庆的锣鼓敲醒了宁静的山村，引来了无数孩童及乡邻的围观。喜主家妹子忙里忙外，端茶递烟，喜得合不拢嘴，处处透露出山里人那份纯朴和热情。一杯清茶入口，我情不自禁地说了一声"好水"而没有说"好茶"。此时喜主家妹子并不谦虚，说："当然是好水啦！山泉水，甜甜的清清的，让你喝到口中美美的。"话音未落众人都笑了。我接问喜主："贵地叫啥村？"喜主爽快地回答说："您没听人说过马耳山前有个马鞍村吗？就是俺这里呢！""您又是哪里？"喜主人问之。"俺家是马耳山后的许孟街。"在场的同事插言道："仅一山之隔，山前山后是一家嘛！"喜主顺便又告诉我们，这里是大马鞍村，向东不远便是小马鞍村。心想古人安排得恰到好处。人间喜成对，马耳配双鞍。见有所思，听有所闻。这让我想起了小时候父亲去南山的陈年往事。

"大跃进"过后的1960年,上了年纪的人对那个年代或多或少都保留着很深的记忆。农村粮食歉收,饥荒贫穷是当时的普遍现象。同样,我们家也不例外。老的老,小的小,八张吃饭的嘴,母亲愁的是每天怎么烧水做饭。常言说得好,无草就无粮,通常是吃了上顿没下顿。70多岁的奶奶也和我们一样吃糠咽菜,再加上体弱多病,于腊月十九日病故。日子难办,丧事更难,帮忙的邻居把奶奶出殡后,母亲愁着没法做饭。幸亏三姑赶回婆家拿来三斤瓜干皮,到老碾上压成面。前来帮忙的乡亲一没有吃酒二没吃菜,喝了一顿地瓜面汤。尽管是隆冬腊月天,每个人还都喝得满头大汗。在农村老(死)了人要报丧(报信),那年头出起殡报不起丧,因亲戚来了管不起饭,只好等到二日后再去亲戚家谢孝(告诉亲人已去世),并顺便捎回人情钱(表示亲戚的回敬)。

岁末年尾,眼看辞灶小年就到了,按往常这个时候应该忙年了,抹煎饼,做豆腐,蒸馍馍,都该忙活了。常言说:"巧媳妇难做无米之饭。"难过的日子好过的年,这时母亲同父亲商议:"他爹?你还是去趟南山大姑家,一来是谢,二来是去求亲。"父亲心里想去谢孝是必然的,要不这年咋过?便点头应允。

常听父亲讲,大姑奶住在马耳山前小马鞍村,老人家虽已去世,但表兄弟们都过得不错。姑表兄是新中国成立后当地第一任村支书,在群众中很有威望。因与南山有缘吧,大小马鞍村的乡亲常来许孟赶大集。俺家出门便是集市,由此就成了南山来的客落脚的地方。

次日清晨,父亲早饭没吃就背着一条布袋出门了。走山后转小路抄近道,30多里地的山路,快晌午了才赶到大姑奶奶家,要不咋说富在深山有远亲呢?

表兄弟见面,当然少不了一些客套话。实则午饭早已做好,表大爷因父亲远道而来,忙吩咐表大娘另起锅做饭。父亲忙说:"表兄您坐住,都是实落亲戚别另忙活了。家常饭就很好,再说咱哥俩都不好酒。"主随客便像平常一样,煎饼、小豆腐、大蒜拌白菜,加上早晨饭没吃,父亲吃得格外香,可算是饱餐了一顿。

表大娘泡上一壶枣叶茶,表兄弟俩便拉起了家常。大人孩子都安康吧?

083

生活怎样？但谈论得更多的是年关将至，年忙得怎么样？煎饼抹了没有？大豆腐做了没有？一年365日盼个年不容易，给孩子们添件新衣裳。这些事宜，父亲何尝没有想到？父亲重孝在身，面对亲人有很多话难以开口，喝完一杯枣叶茶，舒展了一下面带愁容的脸，说道："表兄啊，古人云对亲不说假话，眼下确有许多难处，吃饭都成问题，何谈忙年？"父亲说完便从衣服贴身处掏出还带有温度的50元钱，托表兄买点瓜干顺便带回家。姑家表兄并没有接父亲的钱，说："表弟啊，把钱留着回家给孩子添几件新衣裳，我家细粮不多，瓜干还满够吃的，困难是暂时的，日子总会好的。"

马鞍村的乡亲，每逢许孟大集都常来俺家寄放东西，母亲总是不厌其烦，茶水相待。听说父亲来了，大家都送来许多过年的东西，其中包括煎饼、馍馍、瓜干等。乡亲们的热情相助，让父亲觉得有点过意不去。无功不受禄，用语言来表达是不够的，这份情只有永远记在心里。

父亲临行时，姑表兄说了句意重情长的话，那就是：困难面前不气馁，艰苦的日子让我们共同去面对，幸福在向我们招手，好日子还在后头呢！

岁月带走了忧伤，带不走苦难的记忆。屈指算来至今已过去50多个年头，如今，幸福美满的生活已来到平民百姓间。南山，多么亲切的称呼，寿比南山松不老，福如东海水长流。难忘奶奶去世那年父亲去南山，感恩纯朴善良的山里人和那浓浓的南山情。每每望南山，深觉巍巍"马耳"更加秀丽、可亲。

农历二〇一四年五月廿八

野菜飘香

"家菜不如野菜香。"有些人当作口头禅,尽管说者都有自己的表达方式,出自何意,我不多评议,但肯定地讲,我对野菜情有独钟。它保留在我人生的记忆里,虽经时光的打磨,仍抹之不去。

儿时的记忆中,每逢早春二月春风吹绿的时节,我约同龄的伙伴,拿着小铲子,提着小篮子,一溜风跑到村外的麦田里去挖荠菜。大家东寻西找,杂七杂八地挖了半篮子回家,高兴地向母亲报喜。母亲接过小篮子把野菜倒在地上,进行质量检查,一边拣一边对我说:"儿啊?你看这是麦蒿,这是'剪子谷'(野菜名),这两样都不能吃,往后再挖野菜一定要记住哦?"最后荠菜所剩无几。我急不可待摘去黄叶、须根,弹去泥土,用清水一遍遍地淘洗,直到叶子绿得发亮,根白得显眼,捞出来放在饭盆里加入少许盐,用手搓揉后即闻到一股鲜鲜的味道。把加工好的荠菜放煎饼里,因这是自己劳动亲自加工的一道菜,咬一口,一个字——"鲜!"

"大跃进"过后的60年代,可能受浮夸风及铺张浪费的影响,饥饿伴着春荒悄无声息地来到人们的生活中,农村粮食歉收,生活物资匮乏,物价飞涨,尤其那些生活在农村的人啊,面对困难,千方百计求亲告友,与饥饿抗争。

一元复始,万物复苏。春风唤醒了沉睡的田野,那些野菜野花迎着春风破土崭露头角。面对饥饿,我不得不停学,帮着母亲操持生活,天天跟着母亲去坡里挖野菜,从村的东岭挖到南岭,寻遍了每个角落。因挖野菜的太多了,一天仅挖一提篮野菜。刚开始不知道哪些野菜能吃,哪些野菜不能吃,那些野菜各自都叫啥名字,我都通通不知。

有句常语,干就是学习。母亲拿挖的野菜做样本对我说:"你看,这细嫩叶尖的是'苦菜'，叶宽带刺的是'荠荠毛'，叶面微红而圆的是'灰菜'，一定要记住哦？"我点头牢记心中。跟着母亲挖野菜的那段日子，我懂得了许多知识，同时知道那些野菜都叫什么名字，如：长生菜、荠菜、车车菜、薄薄丁、景景花、野绿豆、马仲菜、碗巴芽、扶子苗、明子菜等。

面对困难，家庭的日子尽管再苦再累，母亲从不抱怨，依然挑起生活的重担，乐观向上，从不气馁。母亲还教会了我好几句有关野菜的谚语：朋来收，马来战，灰菜窗里吃饱饭。意思是说朋子菜多的年份一定是丰收年，而马仲菜多多，来年粮食要歉收。如果处处是灰菜的话，定是丰收的好兆头。

当夕阳西斜，黄昏将至的时候，那小河边井台旁聚集来淘洗野菜的婶子大娘，她们仨一伙儿、俩一堆，顺手从井里打上一桶清泉倒入盆内，用菜刀把烫好的野菜剁碎，再一遍一遍淘洗干净。我家老房子东边是老井，属近水楼台，为减少担水的工夫，自然母亲也在其中忙活。她们一边洗菜一边拉呱，谈淘气的孩子，骂懒惰的男人，拉爱管闲事的婆婆，诉说过日子的辛苦。

岁岁年年，今春风又绿了旷野岭巅。清明时节，漫步田野坡间，又多了许多挖野菜的女人。不同的是往昔挖野菜充饥以度荒年，如今挖野菜是尝春鲜，再者，挖野菜卖了可以换钱。其中荠菜、苦菜卖到每斤一块多钱。村民王二娃两口子靠收购贩卖野菜，这些年发了家。在大城市的菜市场里也有了野菜的位置。

野菜要比家菜香。生活好了，现在人们更看重身体保健和养生。苦菜薄丁泡茶喝，能起到泻火降血压的功效。尤其城里人吃惯了大鱼大肉，更喜欢野菜的味道。乡下人到城里走亲串门，那些来自远乡的土特产，如地瓜、南瓜、野菜，也带着浓浓的乡土气息随之来到城里。

我家内弟媳妇的大姑妈家住青岛，80岁高龄了，老太太身子骨还挺硬朗，膝下儿女都事业有成，孝顺有加，一生习惯吃粗茶淡饭，更对野菜情有独钟。内弟媳妇每次去青岛看望大姑妈，捎带的礼物无非是玉米面、地瓜、野菜一类的东西，此乃平常之物，而老太太十分喜欢。她说："侄女从乡下远道而来，不仅仅是亲情，野菜带着纯天然的清香，还有点甜甜的故乡味道。"

眼下又到了野菜飘香的时候，人们采挖野菜再不是像昔日为了充饥，而是尝鲜。闲暇之余，约三五好友，或一家三口，沐浴着春光，呼吸着春天的气息，把自己"埋在春天里"。此时，置身田间地头，踏青挖菜，于身、于心都有着不同寻常的情趣。至于它的吃法竟不是最重要的了。无论怎么吃，野菜特有的清香是不变的，是家菜所没有的。

农历二〇一五年四月初十
（该文发表于《青岛日报》2015年6月23日"随笔"副刊）

摔破的陶瓷盆

2008年的元旦，我同文艺杂耍队来到县城，参加百货大楼的喜庆演出。百货大楼坐落在解放路的最繁华地段。市街宽阔洁净，两边一幢幢高楼腾空而立，广告牌霓虹灯让人眼花缭乱。汽车往来穿梭于市井，笛声在空中回响。人群涌动，在我眼中充满了鲜明的色彩，那一张张喜庆的笑脸，如此强烈地让我感受到来自幸福生活的讯息。社会发展真快啊！我暗暗想到。年过六旬的我仿佛也年轻了许多，思绪让我想起了多年前的一件往事……

在全国"大跃进"的洪流中，迎来了1959年的元旦。那时我在村小学读二年级。清晨起来，邻家刘伯来告诉母亲想去青山园艺场看儿子，问是否一块儿去，因为大哥也在园艺场当工人。母亲听后犹豫未决，因为父亲出远门还没回来，自己太忙脱不开身，又实在想儿子。家里最年富力强的就是12岁的我了。正好学校里元旦休了两天假，我自告奋勇前行，但是母亲不放心。幸亏刘伯拍胸脯担保，才有了我印象深刻的第一次出门远行。只是没什么礼物可捎带，匆忙之中母亲找了几件旧衣服和一个带花纹的陶瓷盆，用包袱包好，对我说："这瓷盆是你三姑给你大哥到伙房打饭用的，路上小心，别砸破了。"我欢声雀跃，连连称是。一同前往的还有小伙伴陈林，他姐姐和我哥都是园艺场的工人。

50年代，经济发展相对落后，老百姓的家庭生活只有两个字："贫穷"。当时交通不发达，仅有一条通往县城的并不宽的公路，更谈不上客运了。记得那年我家的春联是这样写的：人民公社千家富，社会主义万户春。现在想来，在当时只不过是一句口号。任重道远，小康生活的好日子也不知还要盼多久。

告别母亲，刘伯领我和陈林徒步上路。第一次出远门，我和陈林跟随刘伯，一路欢歌笑语。初次走这么远的路，视野开阔了，远山近水，感觉一切都很新鲜。我和陈林一会儿一阵小跑，一会儿停停站站，瞧瞧山上的松柏，看看路边的奇石，心旷神怡，真是太高兴了。刘伯一边走一边喊："路远着呢，别三心二意了！"一行三人顺着山间小道，越过了桐家庄，翻过了庄前两座山梁，艰难步入海阳口村前的乱石滩。这时候，只感到脚疼腿酸，口干舌燥，浑身没有气力，刚上路时那股劲儿也不知到哪里去了。大步流星的刘伯也只好陪我们两个小娃娃慢慢走。

也不知走了多少路，到县城后天快过午了，举目一片片全是红瓦房，工厂烟囱林立，正吐着白烟。一条大街贯穿南北（现在的解放路），虽没有现在这样繁华，但来往行人好像乡赶大集。县供销社门前花花绿绿，在促销削价品，有许多人在拥挤购买。陈林指着不远处高房上的一群鸽子喊道："尔奎哥！快来看呀！"我朝着陈林手指的方向跑去，心想：世界真大呀！忽然脚下被什么东西绊了一下，意想不到的事情发生了，我摔倒在地，同时甩出去的还有一直抱在怀中的陶瓷盆。我的手掌被磕去一层皮，殷红的血渗了出来，而被母亲反复叮嘱过的陶瓷盆正像母亲担心的那样，摔得粉碎。我悲从中来，感到万分的委屈却并没有感到手掌的疼痛，我为摔碎的陶瓷盆而哭泣，为母亲临行前的一再叮咛，为三姑的一片心意。赶上来的刘伯慌忙把我拉起来，安慰我："男子汉不怕人家笑话，一个瓷盆值几个钱？碎碎平安嘛！你们这些孩子，就是没见过世面，东张西望，观不完的景！有什么好看的？"其实刘伯又何尝没有东张西望，又何尝不替我心疼那个瓷盆？只是安慰一个懂事又自责的孩子，除了这样大义凛然又有什么好法子呢？

青山园艺场离县城还有30里地，没有过多的停留，我们又匆匆赶路。此时我再也没有刚离家时的兴致，也无意欣赏大自然的美景，只知道走了很久的时间很远的路。直到太阳偏西，母亲在家做晚饭的时候，我们才到了场里。大哥跑上来迎接我们，以前和大哥在一块儿没有这种感觉，兄弟相聚特别亲切。我忘掉了路途的疲惫，紧紧地抱住大哥哭了。

过元旦工人们休假一天。工人多数是来自农村的青年男女，正是年少青春，朝气蓬勃，过节格外热闹，处处都是欢声笑语："我们工人有力量……"

歌声响遍大青山。

元旦这天，场领导安排工人们到伙房领面领菜，自己包饺子吃。这是我和大哥第一次自己动手包饺子。大哥和面，我调馅。这时我又想起了那个摔碎的陶瓷盆，假如不被摔碎的话，现在该用得上了。大哥大不了我几岁，和面累得满头大汗，水多了添面，面多了加水。这块面再加两个人也够吃的，大哥擀的皮厚薄不匀，我包的饺子大小也不一。幸好有位人称李老师的大姐，帮我们完成了这道难题。大家共同吃饺子，过了一个欢乐的元旦。

时光飞逝，事隔50年了。经过半个世纪的风雨，大哥和我都成家立业，如今都做祖父了。想一想欣慰，再想一想又有一些心酸。那些经历过的无论是快乐还是艰辛都那样令人怀念。1959年的元旦，在大青山和大哥吃的那顿饺子，还有被我摔碎的陶瓷盆，在时间的光影中滤去了忧伤，只有纯朴的亲密无间的亲情，像细细的轻柔的音乐一样浸润我的人生。

那个摔碎的陶瓷盆，没有人再提起。不知道母亲是不晓得，还是假装不知道，大哥并没有用上这个三姑特意买来、母亲特意叮嘱、在当时也价格不菲的陶瓷盆。

谨以此文怀念故去的母亲。

农历二〇〇九年三月初十

路在脚下

蹉跎岁月，多彩人生，趟过多少河，走过多少路，谁也数不清，但或多或少都留在你的记忆里，洗不去抹不掉。有一天，当你发现自己已步入老年，那时再打开尘封的记忆，思绪中的流年，脑海中的往事，一桩桩一件件，带着时光的烙印，让你挥之不去，更别有一番滋味在心头。

1968年的岁末，天气特别冷，人们都忙年，其实那年头也没有什么可忙的。过节小孩子能穿上件新衣裳，除夕夜全家人能吃上饺子就满足了。八口之家，是生产队里的大户，父亲和我是主要劳动力。父亲给生产队拉地排车搞运输，这也是生产队经济收入的主要项目。

吃过晚饭的时候，父亲告诉我，不知怎的这几天老是腿疼，让我替他跑趟远门。父亲上了岁数，身体又不怎么壮实，我没有怎么考虑，就满口答应下来。因为没出过远门，心里还是七上八下的，如同十个吊桶打水，捉摸不定。父亲看透了我的心思，告诉我地排车已经装好了货，是许孟公社铁木制修厂发往胶州的油压桶。同时，父亲把早已画好的路线图递给我说："和你同去的还有李相，他推着小车你赶排车，遇到困难共同解决，按照我画好的线路图，不知道的地方要多问。"母亲也再三嘱咐，我连声答应道："是，是，放心，放心。"

第二天，东方刚泛白，我和李相已走在去胶州的路上，离开家也已经40多里地了。

古人有句俗语：六腊月里别出门。是说六月天气炎热，冬腊月里数九寒天，不适合出远门。也不知走了多少路程了，瞧瞧太阳已偏西，此时寒风阵阵，只觉得浑身上下冷冰冰的。我和李相都穿着单薄的棉袄，头上系着一条围巾，为了抵挡寒冷，只有拼命地赶路。不知是天气特冷的原因还是沙土路难行，总之很少有过往的车辆。偶尔驶过一辆卡车，车轮后扬起滚滚沙尘，扑面飞来，更觉寒冷刺骨。

这时背后传来阵阵马蹄声，只听一声"驾！"一辆马车超越了我们。我与车老板对视，但见他头戴一顶狗皮帽子，身着羊皮大衣，手握长鞭，坐在车前一侧，我忙问道："同志，请问到胶州城还有多少路？"那车老板没有急于回答，而是奇怪又感慨地上下打量，也许他是惊异数九隆冬里这俩衣衫单薄但活力充沛的年轻人的热忱和勇气。他说道："离胶州城还远着呢，脚下已是胶州地界。前面不远便是诸郭公社，那里有旅店可以歇脚。"说完鞭子一挥，"驾！"打了一个响鞭远去了。

天空灰蒙蒙的，太阳也早早没有了踪影。北风夹着雪花从遥远的天际飞来，劈头盖脸，半点不讲情面。寒风掀起小毛驴的皮毛，我紧握缰绳，拉着地排车吃力地前行，心想老父亲为了这个家，风尘仆仆常年在外，奔波劳累，实在不容易，又想我也能替父亲办事了，心中充满自豪感。迎着漫天的风雪我高声唱了起来："不怕北风那个吹，何惧雪花那个飘，挺起胸膛，迈开步，我们走在大道上……"

下了一段高坡，又翻过一座山梁，到达诸郭供销社饭店已是掌灯时分。我们匆忙停下车，拴好牲口，每人吃了一碗烩饼。那时候饭店还没单间房，住宿的地方是一个宽敞的大房间，里面是长长的大通铺。用砖垒砌一道炕墙，上面铺满稻草，再铺上苇席，这就是旅店客房。一位服务员告诉我们，住宿费每人两毛，一床被子五毛。我和李相合计了一下，决定两人要一床被子，不脱衣服盖盖腿就是。有可能是因为年关将至，也可能是因为风雪天气，整个旅店大大的房间仅有我们两个人。灯光昏暗，铺房空旷，没有一丝热度，倍觉干冷。

两人无语，合眼入梦。是睡醒了还是冻醒了已不晓得，只知道睁开眼睛时间已过夜半。头一次出远门，再加上任务还未完成，一直睡不着。敞开店门，冷飕飕、白晃晃，天地一色。此时雪已不再飘落，只有半轮残月高挂天际。我转回身约伙伴套车上路。

诸郭饭店门外即是通往胶州的大路，我们顺着夜间汽车跑过的印迹往前赶。俗语说得好：有上崖就有下坡。地排车沿着顺坡路很快到了胶州路上的最后一站——三官庙。村外有一条涓河经过，每到汛期山洪奔流，冬天河床干枯。有座过水桥与公路相接，平时都难走，尤其又被大雪覆盖了桥面。忽然，地排车有个轮子走空，车身歪倒，油压桶瞬时滚落满地。怎么办？四下无人，我与李相在冰天雪地中把一个个铁桶捡回来，再一个个装好车。天已过午，我俩的手脚都冻僵了，急匆匆再赶车上路。经过坎坷路程，我们终于到达了胶州油压厂。

阳光照在雪地上，银光耀眼，大雪给古老的胶州城又增添了美丽的色彩。

油压厂传达室的老张头说："小伙子？那个老郑头今天怎么没来？"我答道："老大爷，那是我父亲呢！"老张头赞许地说："小伙子，这大雪天的赶到这里真行！古语说，九岭十八坡三山夹一河，这是有名的胶州路啊！"我想到底走了多少岭多少坡，确实没有数过，但是有一句话我记在心里，那就是：路在何方？路在脚下。

农历二〇〇九年六月

（该文发表于《青岛日报》2010年2月15日"随笔"副刊）

山路弯弯

朋友，当你乘坐从许孟开往日照的班车，途经长城岭时，一幅秀丽的山水画展现在你的面前：远处青山，近处绿水，脚下汽车顺着蜿蜒的山间公路行驶；长城岭水库大坝雄伟壮观，水库水清澈透明，碧水延伸远处的山中，有两艘小舟荡漾在水面上；山坡下苹果园中，红艳艳的果实挂满了枝头，姑娘们一边采摘着苹果，一边哼着小曲，不时传来阵阵笑声；公路上不远的地方，有一架渡槽，像天边的彩虹，飞跨两山之间，库水清清顺着渡槽流向希望的农田……朋友，你是否觉得自己是在画中，在唱不完写不尽的诗中？

一代伟人毛泽东主席告诫全国人民："水是农业的命脉。"全国掀起兴修水利、大搞农田基本建设的高潮。

1970年的秋天，坡下的庄稼刚刚收完，公社即组建了万人水利大军，打响了前长城岭水库开山引渠的水利工程。全社的民工推着小车带着铺盖卷，涌上了前后长城岭，早年称"出夫"，后来便用新名词叫作"全民战"，家家户户都住满了民工。

长城岭村因这里是古齐长城遗址而得名，附近几个村子的人都是一姓郑氏家族，如前后长城岭村、福禄并、宋家庄子、严家庄子又号称连五村，古人云：长城岭、福禄并，不用问都姓郑。不用问我的房东也姓郑。天下郑姓是一家，心里感觉又回到了家门。

"轰！轰！"开山的炮声震耳欲聋，唤醒了沉睡的山林，为了大地的丰收，为了造福子孙后代，为了美好的蓝图，河流改道高山让路，千军万马齐参战，那开山的炮声、号角声震响了山野，给山村带来了战斗的气息。

长城岭水利工程，有三个采石矿，岭南的"石炭空"、西山的"黄狼沟"

和"狮子头",承揽了整个渡槽和渠墙的石方。采石场和工地间往返10多里山路,青年民工全部分配到运料突击队。运输工具自然是手推车。"黄狼沟"石材场,位于长城岭西山,道路崎岖不平,悬崖峭壁,沟深坡陡,称"羊肠小道"并不夸张,更像是号手吹的那小号,弯弯悠长。小车队的民工有句顺口溜:"黄狼沟采石场,山路弯弯似羊肠。独轮车小车进考场,目不转睛视前方。沉住气心莫慌,稍不留神见阎王。"在采石场运料路上,真有那么一回事,让我记忆犹新,一生难忘。

水利民工中有个叫二牛的小伙子,是我最要好的朋友,在家中更是好邻居。他体格健壮,黑黑的脸膛,一身健康的肤色,性格就像他的名字一样牛气十足,是小车队中出了名的大力士,在水利工地上被指挥部多次评为先进标兵。

"大干快上!"这是当时水利工地上喊得最响的一句口号。60年代末的那个冬天,让人感觉格外的冷,刺骨的山风扑进黄狼沟。有句俗语说得好:冷风不冻效力人。那天几十辆满载石料的小车慢慢行驶在盘山道上,每个人七八百斤的重量压在肩上,周身是汗,脸上头上直冒热气。独轮车上装有四个刹车板吱吱作响。小车前头有一个壮汉手持木棒,伸入车底双手支起木棒慢慢滑行,那刹车板的吼声,荡漾在山中,回响在黄狼沟。像往常一样,最前头的那辆小车是二牛,我跟随其后,当车子即将进入坡下的时候,我前边的二牛突然踩翻了一块石头,脚下失去了平衡!这时,满载石块的小车就像脱缰的野马冲进了沟底,小车被摔得粉碎!二牛腰椎骨折,周身受到了严重的损伤,被送进了县医院治疗,值得庆幸的是二牛没有生命危险。事后,二牛康复出院,再回到水利工地时,因身体受伤没有再回到他喜欢的小车队。

蹉跎岁月,多彩人生,时光已去40载。朋友你有机会到此处,观光游览气势雄伟的奇峰渡槽,清甜的库水顺着盘山流向远处的农田,您是否想到当年的水利建设者,他们奉献了自己的聪明才智,付出了艰辛的汗水。

穿越时空,再回首那燃烧的岁月,长城岭下热火朝天的治水大军,隆隆的开山炮声和战斗号角,大干快上忘我劳动的场面,我会自豪地对你说:"我无愧于自己的青春年代,值得!"

当年的水利民工,小车队的队员们,有的已经故去了,大多数人都成了爷爷的辈分。前天二牛哥约我喝茶,又谈起当年黄狼沟的事,他淡淡地一笑,很风趣地说:"提它做什么,那是一部惊险故事片呀!"话语未尽,我和二牛同时都笑了,的确别有一番滋味在心头。

农历二〇一〇年十月初三

伤痕

青春，让人留恋的时代，每个人都曾有过。它美丽多彩、朝气蓬勃，蕴藏着人生最美好的梦。

我的青年时期正值"文革"中的火红年代，有志青年扎根农村，广阔天地大有作为。青年人要想脱离农村到外面发展，有两条路让你选择，一是当兵，二是招工。但名额终究是有限的，偶尔有次机会，有千万双眼睛期盼，但光出头露面的人就足够了，其余干脆别想那些好事，安心在家创工分修理地球罢了。

村里那些年轻人整日里锨镢在身边，车袢不离肩。1968年，我22岁，正当年轻有为时，成了一名合格的独轮车驾驶员。

麦收过后的一个夏日，我赤上身披着一块披布（用5-6尺白布或蓝布披在肩背上），正同小车队的伙计们往坡里送粪，午间休息时伙计振邦传信告诉我："二叔，你遇上喜事啦！"我随意问道："哪来的喜事？快别胡说八道了！"这时他一本正经地又说："真事儿，刚才支书与村委老李正找你呢，让我告诉你快到新建的供销社饭店饭厅里，有人找你。日后发达了别忘记在一起推小车的伙计们。"说完后脸上流露出羡慕的神情。"你二叔还有那福气？"我大步流星朝供销社饭厅跑去。

饭厅里除支书与村委老李头外，还另有两人在座，从着装与气质上判定不是庄户人。支书示意我坐下后，简单做了介绍。说县农机局领导来咱村抽调一人去县学习农机，经村委研究让你过来面试。我只是点头。被称之为领导的陌生人随即问我什么文化程度，多大年龄，我都一一做了回答。至于体格方面已经摆在面上无须多说。那人一一都记在本子上了，我心中暗觉有希望。

命运给我开了一个大大的玩笑。恰在这时人称外号"秦桧"的生产小队长由门前经过,转眼看见支书在里面坐着,即走了过来坐下。听了一会儿并没答话,那眼一睁一闭又想坏点子啦。我心想"秦桧"到此坏了,大大的坏了!记得他半天冒出一句话问支书:"长期啊还是临时?"村支书告诉"秦桧"说暂时未定。这时村支书让我先回去,等待日后通知。我慢步迈出了门槛,刚才那份喜悦早已无存。那"秦桧"还留于店内,是否出了什么坏点子?说了多少坏话?又说多久?无人知晓。

时间无声无息一天天过去,一直没等来通知,希望变成失望。几天后听说那"秦桧"家的二小子到集市上买蚊帐买衣裳置办行装。

"秦桧"家的二小子是生产队的小猪倌,其貌不扬,身不满三尺,大字不识,却偏偏成了招工的最佳人选。

我的心被深深地挫伤了,感到莫大的委屈,对我来讲,平生仅有的一次跳出农门、改变命运的机会近在咫尺,突然就跟我毫不相干。我想不通。

然而,当母亲知道事情的原委后,并没有太多的生气,说木已成舟又何必自寻烦恼,何况人生下来吃哪碗饭早有定数,上天早有安排。该是你的谁也夺不去,人生的路还长着呢!母亲的劝导使我开阔了心界,拿得起放得下这才是男儿本色。

60年代俺家是生产队人口较多的户,兄妹六人、八口之家,大哥在县城干,弟妹都还小。嫂子是捧着宝书四卷进的俺家门。日子虽然过得累巴点,但一家人相敬如宾,生活虽苦但其乐融融。我本想外出学到技术,在回报社会的同时也帮父母减轻家庭负担,实乃天不遂人愿也。

大嫂未婚时当过团支书,她心地善良,胸襟开阔,处事有度,对我说:"相信人间有正道,咱骑驴观灯走着看,苍天有眼,那些仗势欺人者,心术不正者,日后终得报应!"

日出日落,如梭岁月,一转眼40年过去了,社会迈入大变革的时代。日新月异,人民的生活大大提高,党和政府关注"三农",种地有补贴,农民得实惠,农民可放开手脚去干你想干的事,进城当工人已不是香饽饽。

当年招工毕竟事已遥远,飞逝的时光淡化了伤悲。命运捉弄人,假如当年招工时未碰上"秦桧",假如村支书再秉公一些,也许人生的画卷另有一番风采。
　　生活依旧，几度残阳，唯有伤痕在内心深处抹之不去。
　　　　脚踩黄土头顶天，诚实待人心自宽。
　　　　良言一句三冬暖，恶语半句六月寒。
　　　　但愿人间有正道，换来春色满人间。

农历二〇一三年十月十二

追梦

有句俗语：若要欢，闯戏班。记得小时候，村里组织戏班子，用现在话讲就是爱好文艺的人聚在一起，排演个古装戏，庆祝每年一度的家乡"十月山会"，还有在大年正月里闹新春。那戏班里总是少不了父亲和三姑父。父亲在《彩楼记》戏剧中扮演嫌贫爱富的刘大人，头顶乌纱，身穿罗兰，五缕长须飘前胸，很是威风。而三姑父在《狮子楼》中演的是武松的角儿，头戴英雄巾背插单刀，怒杀"西门"，一股子英雄气，让台下观众赞不绝口。我梦想长大了像三姑父和父亲一样做戏中人，唱戏中事。

1958年"大跃进"运动中，全国各地都建立了人民公社，乡里又再次组建了戏班子，只不过名称是茂腔剧团，业余性质，同样靠挣工分吃饭。剧团汇聚了全乡各路英才，同时吸收了许多文艺新秀，吹打弹唱，阵势宏大。那年我12岁，读小学三年级，没能赶上好势头，剧团人才集结，生旦净末丑角儿一个也不缺。剧团出演了许多的传统戏，如《东京》、《西京》、《墙头记》、《恩仇记》、《三上轿》、《小姑贤》等，很受观众的喜爱。由于演员的精湛表演，剧团声誉大增，很快传遍了周围十里八乡。

50年代的农村，农民简单的文艺生活就是听戏看电影，而电影又很少到农村。一方水土养一方人，每个地区都有它的地方特色文化，无论演员演出水平好坏，同样招来四乡八疃的观众。有些戏迷，一旦听说某地方演戏，连饭都顾不得吃，扔下饭碗就走。姑娘孩童太阳没落就早早去占座位。闻听有一戏迷为听戏还闹出了许多笑话。

60年代的夏天，村里为群众消夜安排剧团晚上演出（称过麦戏），在村子南门外搭建戏台。河西某村有一戏迷刘嫂，听远处传来戏台上的锣鼓声，东邻吆喝西舍的嗓子一亮："听见没有？快开台了（演出开始），俺走了！"吃奶的孩子还在炕上熟睡，刘嫂就急忙答应："等等！"随即抱起孩子往戏台方向跑。她因心里老牵挂着听戏，脚步走得匆急，抄近道误入瓜田，被一株瓜藤绊倒在地，失手把孩子扔在地上，急忙抓起来抱着就跑，气喘吁吁跑到戏台下，待静下心来才想起给孩子喂奶。敞开衣襟喂之，忽觉被孩子咬了一下，心里暗骂一声，一时性起，扬手便一巴掌。孩子没哭，手掌却被震了一下，低头一看原来是一个大方瓜，方才是被瓜秧扎了一下。刘嫂一阵冷汗下来，心想孩子一定被扔在瓜田了。她顾不得听戏，急匆匆跑进瓜田，却摸着一个枕头，待气喘吁吁跑到家才发现，孩子还在炕上睡着呢，实乃虚惊一场。

1966年，工农兵登上了戏剧舞台。村里重新吸收爱好文艺的青年，但参加的不是戏班子更不是剧团，而是毛泽东思想文艺宣传队。那年我24岁，成为业余文宣队的一名演员。

抓革命促生产，演员们白天参加生产，晚上排练节目。文宣队的主要宗旨是歌颂党歌颂毛主席歌颂社会主义。节目自编自演，如小戏剧、表演唱、对口词、天津快板等，并且演出服装简单，头上包一块白毛巾就是农民，脖子上围一条白毛巾就是工人，展示工农兵形象。编排的优秀节目去参加县文艺展演。我演的小戏剧《勤俭之风》还曾荣获创作奖呢。

改革开放的80年代，"文革"时期的文艺宣传队已完成了它的历史使命。国逢盛世，文艺又迎来她多彩的春天。新戏旧戏古装戏，尽管演，老歌新歌流行歌，使劲唱。如今，许多地方戏已定为国家非物质文化遗产。各种综艺平台、各种选秀节目层出不穷，只要你有超群的才艺，到处都有展示的舞台，去圆你的明星梦。

今朝，我们正处于圆梦的年代，但自知年事已高，再难登大雅之堂。但又不甘寂寞，几年前我同乡亲组建了民间杂耍队，在娱乐了自己的同时，也给乡亲们带去了欢乐，闲暇之余搞点文学创作送走时光。

有首歌唱道，只要你的心中有情有爱，天也蓝，地也宽，再苦再累心也甜。人生就是一个追梦的过程，虽苦尤乐。

农历二〇一三年十月三十

（该文发表于《青岛日报》2014年5月13日"随笔"副刊）

我和我的杂耍队

　　有谁能够读懂生活的色彩，有谁能够诠释人生大书的奥秘。她有时内敛，有时又张扬；她有时拘谨，有时又豁达；她有时黯淡，有时又绚丽；她有时苦涩，有时又甜蜜。掌握自己命运的人，会获取人生最美的永恒，充满奋斗的心灵，就会拥有最美的天空，最宝贵的财富。

——题记

成立杂耍队

　　年轮飞转，时光如流，2006年的春节，在阵阵的爆竹声中度过。大年初一，大街小巷，男男女女，老老少少，服装一新，走家串户拜年问好。家家挂红灯，户户结异彩，那真是"一元复始，万家更新"。大红的春联耀眼夺目，"卖冰糖葫芦啦"的叫喊声，声声入耳，此时此景，人人都徜徉在幸福之中，我却感觉好像缺少点什么。国逢盛世，社会进步，经济发展，人民的生活水平大大提高，"电灯电话，楼上楼下"已不是遥远的传说。今逢佳节没有听到唢呐动听的曲子，看不见锣鼓齐鸣的喧闹，只有稀稀落落的爆竹声，装点着传统节日氛围。昔日老祖宗留下的民俗，民间艺术舞龙灯、旱船、舞狮子、耍毛驴、踩高跷等节目，早被人们淡忘了，人人都言如今年味儿变淡了。

　　吃过早饭，女儿泡上一壶"铁观音"。一家人坐在电视机旁，收看电视节目。这时候，邻居小丁推门进来，笑呵呵地说："二叔二婶，新年快乐。"我连忙招呼他坐下喝茶。这小丁一杯茶入口，嘴巴动了动，好像有什么话要讲。我猜想，一向开朗的小丁今天怎么吞吞吐吐的，一定是有要紧的事情要说。我便说道："明言啊，有什么事情要你二叔帮忙的吗？"小丁想了片刻笑着说道:"二叔,你不觉得今年的春节好像缺点什么?我感觉不太热闹。你看这些年来我们农民都富裕起来了,住的是大瓦房,小洋楼,吃的都是山珍海味,穿的是绫罗绸缎,看着电视,听着音响,怎么就是没有过年的味道呢?我想把我们村失传多年的民间杂耍再办起来,让乡亲们高兴高兴,二叔你看怎么样?"听完小丁的一席话,我激动地拍起了巴掌,小丁的话正好说到了我的心里去了。这么多年我一直想让失传已久的杂耍再现民间,红红火火、热热闹闹才能表达出富裕后我们农民的心情。我赶忙说道:"太好了,太好了,二叔正有这个想法,你说到二叔心坎里去了。"我刚说完,小丁脸上露出了喜悦的笑容,这个厚实的农家汉子高兴地直拍自己的大腿。

小丁憨笑着说:"二叔,我知道你早年就是咱乡镇小剧团搞演出的,所以今天我就是特地来请您老出山的。我们联手把村里的老艺人和文艺爱好者组织起来,建立一个民间杂耍队,你看好吗?"

我高兴地点燃了一支香烟,思索了一会儿,按捺不住兴奋的心情,说道:"办杂耍队,我们必须请老郑头儿出山,他是我们村中最有经验的老艺人,由他出面我们杂耍队肯定能够办成。"说完话,我和小丁急忙往老郑头儿家赶去。

说起老郑头儿来,四乡八镇没有不认识他的,黑黑的脸庞,花白的头发,高高的个子,头戴一顶时尚的鸭舌帽,穿着一身帅气的西装,虽年逾古稀,但精神矍铄,浑身散发着青年人的活力,为人性格开朗,直爽,干起工作来有一股不服输的冲劲儿。他从事文艺工作40多年,现在虽赋闲在家,但是一听到锣鼓响起,就不停地跳起来,有时还会情不自禁地唱两嗓子,村里人都称他"俏老头儿"。

不多时,我和丁明言来到老郑头儿家。小丁伸手推开虚掩的大门,迎接我们的是那只长毛小狮子狗,它一见生人就不停地叫唤。老郑头儿应声出来,笑着抱起可爱的小狗,把我们请进屋里。客厅里节日气氛很浓,室内洁净朴素,一个火红的炉子在客厅的当中,上面水壶的水开得欢快,一屋子的花草开得鲜艳,春意融融,不觉窗外寒天,但是老郑头却是一脸的倦意。我和小丁说明来意。老郑头忽然来了精神,连忙催促着老伴"快泡茶,泡好茶",顺手拿出儿子送给他的"大中华",姑娘捎来的"碧螺春"。三人不谋而合,都笑了起来。

老郑头儿说:"这几年可把我憋屈毁了。年龄大了,一直闷在家里,无所事事。儿女又各忙着自己的工作,很少回家看看,只有这只狮子狗和这些花草陪伴我打发无聊的日子,我是一个爱好文艺的人,喜欢活动,再让我放弃自己喜爱的杂耍,我真的会憋出病来的。我早想组织这么个杂耍队,又苦于势单力薄,今天你们来了,这是我今年听到的最好的一个消息。我干了,还要尽快办起来。"

有些事情想起来很难,但是做起来就容易多了。走访老艺人之后,我们便开始在临近几个村招收新演员,买服装,做道具,排练节目,组织乐队,一切工作就这样紧锣密鼓地顺利开展起来,一时间一个30多人的杂耍队就组建起来了,真的没有想到有那么多人拥有和我们同样的梦想,男男女女,老老少少,上至古稀之年的老者,下至玩耍的孩童。

"咚咚咚!锵锵锵!"一阵悦耳的锣鼓响起,久违了的民间杂耍又在这宁静的乡村活跃起来了。带着全村人的期盼,带着众多农村艺人的辛苦努力,许孟民间杂耍队就这样成立了。

同乐元宵节

那是2006年的正月十五,我同郑导演与丁明言驱车往返几百公里,到潍坊市买回了服装、道具、锣鼓乐器。也许是过分高兴的缘故吧,大家顾不上吃晚饭,从司鼓到演员人人精神十足,信心百倍。大家都知道,今天是元宵节,也是杂耍队成立以来第一次正式汇报演出的日子。

迷人的元宵节之夜,明月茹素,祥瑞漫天。村子里华灯初上,鞭炮齐鸣,礼花升空,在广阔的夜空中绽放出簇簇灿烂的花朵,五颜六色,光彩夺目。大街上人流涌动,欢快无比。你听!那悦耳的锣鼓声在耳边响起,它推开了千家万户的大门,吸引着无数双眼睛跷足守望;你看!那穿着艳丽戏装,扮着各种角色的杂耍队,踏着铿锵有力的节拍在众多观众的围护下姗姗而来。"喜庆毛驴"、"吉祥金狮"和"丰收旱船"在前面开路;高跷队手舞彩绸在两边压阵;一对"幸福老人"互相搀扶,说说笑笑,那情态引得

大家都为之叫好；还有"济公"活佛穿着一身破衣服，摇着一把破扇子，神情自若，大有济世救人的风范；紧随其后的是一顶小轿子，四个衙役扮相的人抬着，一位"爱民如子"父母官，头戴乌纱帽，迈着矫健的步伐，向我们挥手致敬；一群大头娃娃蹦蹦跳跳紧随其后。兴奋的人群随着杂耍队缓缓前行，不时发出阵阵热烈的掌声和叫好声。

最让人爱看的就是"喜庆毛驴"，一个装扮漂亮的"小媳妇"骑着毛驴，在队伍中蹦跳穿梭，不时撞翻了牵驴的小伙子和赶来拾粪的老人，惹得人群爆发出一阵笑声。说起"喜庆毛驴"这个节目，它源自古代民间地方戏《王小赶脚》的故事：二姑娘要回娘家，跋山涉水赶路艰难，特意雇王小赶毛驴相送，表现了一段美好的爱情故事。在回娘家的路上，二姑娘戏耍王小，"毛驴"挣脱缰绳，一路跳涧过河，急得王小浑身是汗，也是没有办法。这时路边有一拾粪老头，见状急忙上来帮助王小拿驴。此时"毛驴"正是撒欢的时候，见有人来拦它，四蹄奋起，踢倒了拾粪的老头，撞翻了赶脚的王小……这时围观的老年人都捧腹大笑，又仿佛回到了那个久远的日子。再回首街道的那边，一对金黄色的狮子跃入眼帘，但见一位身穿红装的少女，手拿绣球，引逗着两头狮子前行，不时翻个跟斗，来几个横跨，腾空跳跃，漫步迂回，那矫健的身姿真是叫人称赞，两头狮子张着大嘴巴，威风凛凛、活灵活现，让小朋友们望而生畏。

你快看！那摇旱船的老翁，头戴斗笠，白发长髯，手持撸板，身轻如燕，两位如花似玉的驾船姑娘轻移小舟，左旋右转，随着摇船老翁的撸板一起一伏，如在水中游，在场的观众无不为之叫好。

沸腾的元宵夜，月明中天，远处的烟花还在不停地喧闹，爆竹声还在争鸣，华灯还在闪耀，杂耍队的节目结束了，但那令人振奋的锣鼓声还在人们的耳边响起。又是一个美好的夜晚，一个让人难忘的夜晚。

第一次上镜头

九九重阳，桂花飘香，也是农村一年一度三秋大忙时节。高粱红了，稻谷黄了，农民收获了希望。同时又是冬小麦播种的时候。俗语说"三春不赶一秋忙"，就是这个道理。

今日天气特别的好,天高云淡,秋高气爽。人上了岁数就喜欢早起床,洗完脸后,习惯地掀开桌上的台历,今天是农历九月九日"老人节"。岁月匆匆,似水流年,时已过花甲之年的我,虽感觉心态很好,好动好强,但是毕竟已迈入老年人的行列中,于是招呼老伴:"哎!老伴,今日到超市多买些菜,今天是'老人节',我们也改善一下伙食。"老伴笑着说:"现在生活那么好了,天天都像过年似的,你还有什么没有吃到呀!不过说到'老人节',真的觉得自己是老人了,哈哈!孙子都上小学了,还不老么?今天中午包水饺吃吧。"看着老伴满头的白发,真的体会到"白头到老"的含义,心中升起对老伴的感激,儿女不在身边,应该好好和老伴过个有意义的"老人节"。

"二叔在家吗?"杂耍队的队长丁明言说着这话走了进来,"二叔,二婶,节日快乐,祝福二老身体健康,牙好胃口好!"听完这话,老伴直夸小丁嘴甜。

小丁又说:"今天是老人节,刚才我去给老郑头儿问好。"老郑头儿说:"我们组织杂耍队到镇敬老院慰问老人们去,一起和那些孤单的老人们过个愉快的节日,献上我们的一份心意。二叔,你看怎么样呢?"我赶忙说:"很好!我刚才还和你二婶说起过老人节的事情呢。这样过老人节才有意义呢,哈哈!"说走就走,我拉着小丁就往外走去。老伴说:"小丁,你看你二叔,一谈到演出就来了劲头儿,哪像个60多岁的老人呢!"说完,三个人都笑了起来。

接到去镇敬老院演出的通知后,队员们纷纷赶来,有些人为了这次演出,都把手里重要的活计放下了,用大家的话说:谁没有父母老人,谁将来不会老呢?尊敬老人是中华民族的传统美德嘛!大家急忙穿衣化妆,整理道具,准备车辆。上车时清点人数,唯独缺少了司鼓胡志生。老胡岁数大,又受人尊敬,大家都在焦急等待的时候,只见老胡一身尘土,满脸汗水地跑来,原来他一大早到山岭地里干活去了,一听说有任务,竟然一路小跑赶来了。大家更加敬佩他了。

时间不久,我们一路敲锣打鼓,打着向老人们祝福的彩旗来到了镇敬老院。

"岁岁重阳,今又重阳,金秋送来稻花香。"敬老院坐落在院西村,占地30余亩，大门外是繁华的街道，十分整洁，一条笔直的柏油路直通院内。路的两边是常青树，一排排的瓦房，整齐美观，整洁而又干净，房前房后种着花花草草，有几位老人正在花草丛中漫步，还有几位老人在房前的活动场地，打太极拳，下棋，聊天。室内配有电视机、音响，桌椅板凳干净整齐，被褥厚实。敬老院的服务人员热情周到，就像自己的儿女一样。老人们喜在心里，笑在脸上。政通人和，国泰民安，咱老百姓喜逢盛世，受到了党和国家的关爱，更好地享受人生幸福，安度晚年。

"噼噼啪啪"鞭炮齐鸣，老人们看见我们来了，都非常的高兴，围坐在院子的四周看我们演出。"咚咚咚，锵锵锵！"我们杂耍队的节目上演了。

锣鼓开场，唢呐助阵，"喜庆毛驴"蹦跳着闪亮登场了，大红狮子阔步走来，旱船缓缓徜徉其间，活泼的大头娃娃蹦跳穿梭……一个个欢快、热烈的场面引起在场老人们的阵阵喝彩。两头金狮口中献联，"敬爱无亲疏，天下高龄皆父母；老残不孤独，人间晚辈尽儿孙"，把活动场面推向了高潮。

九九重阳，岁岁重阳，社会没有忘记，党委政府没有忘记。今天社会各界给老人们带来温暖和关爱，送来了节日的礼品，并详细地询问了老人们的生活和健康状况。县电视台"社会在线"栏目的记者也来做了采访。演出结束时，我一身彩装，满脸汗水，当时记者问我："大爷累不累呀？"第一次上镜，面对话筒真的不知道怎么回答，顺口说道："我62岁了！"记者又问道："你们杂耍队，今天来为老人们演出节目，大爷你有什么感想？"我略加思索了一下说："我今年62岁了，今天也是我的节日，我祝福天下的老人们身体健康，幸福快乐！"

第一次上镜，真的有点不自然，但是我说出了自己的心里话，队员们都夸我说得好呢！

时光飞逝，岁月匆匆，送走了青春年华，迎来了幸福晚年。"老牛自知夕阳晚，无须扬鞭自奋蹄。"年逾花甲的我要锻炼好身体，再干20年也没有问题。

记者来到炕头上

2007年的10月又是一个收获的季节，在这个秋风送爽、稻谷飘香的日子里，五莲县广播电视台《小城故事》栏目播出了《心愿》故事。节目播出后深受广大电视观众的好评，得到了群众的认可，杂耍队也从此家喻户晓。

《心愿》的主人公就是杂耍队的队长丁明言。这个憨厚朴实的农家汉子，在家境还不富裕的情况下，多方筹资借款近万元，置办服装、道具，邀请老艺人，走访、召集酷爱文艺的演员，并在妻子及家人不同意的情况下组建了杂耍队，后以自己的实际行动赢得了家人的赞许，现在妻子和两个孩子还是杂耍队的骨干队员呢！

说起丁明言的人生，还真是命运多舛。他出生在鲁东南一个偏远的乡村，村子前面不远处就是小王疃水库，祖祖辈辈靠耕种山岭薄地谋生。他的家乡交通堵塞，经济欠发达，文化落后，是个跟不上时代发展的贫困村庄。丁明言家自然清贫非常。时至80年代，初中未毕业的丁明言，伴随着贫困业已到了谈婚论嫁的年纪，仅靠父母之命、媒妁之言，他与姨家表妹结了婚。俗话说得好，成家方知柴米贵。他起早贪黑地干活，辛勤劳作，生活节俭，倒也衣食无忧，婚后的日子还能勉强过得去。这之后，妻子生了两个女孩，给这个普通的农村家庭带来了无限乐趣。添了两张吃饭的嘴巴，丁明言深知肩上的担子更加重了。于是，他更加拼命地劳作，整个人变得如一头瘦牛。

光阴荏苒，已入不惑之年的他，也赶上了改革开放的好日子。一无门路，二无有本事的亲朋，眼看着其他的人家迅速富裕起来，心里真不是滋味。他也是更加努力，但是日子依然没有多大的起色。家庭的经济状况越来越困难，这时婚姻也出现了动摇，几经争吵之后妻子离开了他。他与两个女儿相依为命，家庭一度陷入两难境地。他开始精神不振，万事沮丧。

山重水复疑无路，柳暗花明又一村。经人介绍，不善言语的丁明言来到了镇政府所在地许孟村，与俺村一户失去丈夫的人家组合了新的家庭。新的家庭承担着四个孩子的责任，还有很多的外债。但是家庭的温暖让他找到了生活的勇气，他振作精神，鼓足勇气，人生的路呀，就这样在他的脚下越走越宽。

树挪死，人挪活。五莲县许孟镇北接诸城市，与潍坊市相邻，交通便利，经济发达，得天独厚的地理位置，让它成为一个经济强镇。这给丁明言创业之路提供了便利的条件，他添置了种田的机械、农机具，学会了电焊、维修器具的手艺，既方便群众，又增加了家庭的收入。几年过去了，生活条件大大地改善，日子红红火火发展起来。

稍稍富裕的丁明言，首先想到的是群众的文化生活。他想到了幸福的日子来之不易，更想到精神舒畅才是最大的幸福。他带头组织起杂耍队，让失传多年的民间杂耍又重现民间。逢年过节，农闲时节，走街串巷下乡演出，活跃了群众的文化生活，锣鼓响处，人流涌动，老百姓都夸奖他。也有人说他是"傻子"，谁家娶媳妇，孩子过满月，谁家开业庆典，都会邀请他去，他却不收一分钱。有时人家过意不去，他也收个三百二百的。

时光飞逝，人到中年的他，满脸的沧桑，看上去老了许多，与他的年龄极不相符。他才貌并不出众，竟然像一块磁石一样，有着很强的吸附能力，号召大伙一起干。他又像一盏夜路上的明灯，照耀着前行的路途；他是快乐的天使，给大家带来了无限的快乐。他多才多艺，心灵手巧，身先士卒，吃苦在前，无论什么事情，事必躬亲，自己制作了各种各样的演出道具，买了三轮车，带着大家慰问孤寡老人、看望烈军属，三进山城，参加比赛，荣获2007年移动杯"山城之夏"第一名，并两次去日照市参加"港城之夏"演出，荣获第二名。

五莲电视台慧眼识丁，《小城故事》栏目组的记者采访了丁明言，他的故事传遍了五莲大地。小丁成了当地小有名气的人。

记得《小城故事》主持人说的一段结束语："真诚希望老丁和他的民间杂耍队一路走好。"

疾风知劲草，小丁和我们杂耍队的明天会更好。

瞧这一家子

飞雪迎春到，红梅报春归。2008年新年伊始，又是举国欢庆、万家团圆的时候，纷纷扬扬的大雪撒遍了神州大地，那迎春到的鞭炮声，在宁静的乡村越发觉得清脆。

一大早，我漫步来到老郑头儿家，祖孙三代围坐在桌边吃团圆饭，鸡鸭鱼肉、豆沙包、年糕满满的一桌子。老郑头儿名斗坡，是杂耍队年龄最长的人，也是我们杂耍队的导演。老伴儿是一位善良温柔又知书达理的贤妻良母式的农家妇女，头发斑白，脸色红润，一说话就面带笑容，是远近闻名的热心人。适逢佳节，儿女们都会来过节，儿子儿媳在县城教书，姑娘早已出嫁。今年赶巧了，远在济南读大学的外甥女，回来看望姥姥与姥爷，家和万事兴，给这个普通的宅院增添了更多的和谐与快乐。我顺口说："大叔大婶，您二老享清福吧，赶上了好年头，碰上了好时候呀。"老两口都笑了，答道："都是一样呀！都过得很幸福呀！"

　　的确，老郑头儿自年轻时就热爱文艺，又有一手好医术。街坊邻居哪家有个头疼脑热的，有求必应，大家都很尊敬他。老伴儿年轻时就是学校的校花，还是村里的文艺骨干，现在人到老年，还是酷爱唱歌跳舞，一直保持着一个年轻的心态，整天美滋滋，乐呵呵的，闲暇之余还唱几段小曲。

　　在回想过后，我告诉老郑头儿说："大叔，杂耍队今天要下乡演出，唯独旱船组临时还缺少两个人，你看安排谁呢？"当时，老郑头儿还没有回答，大婶便抢着说："演船娘子吗？就叫儿媳妇去吧。"这时，老郑头插话说："那还缺个，找谁呢？"老伴抬眼看到门外的外甥女，高兴地说："瞧！我们家不是还有一个大学生嘛！"我们大家都抬眼看去，可不是！老郑头儿的外甥女年轻漂亮，生得楚楚动人，不正是一个很好的"船娘子"吗？当时，大家就同意下来。一旁的小孙子洋洋沉不住气了，高喊着："爷爷！爷爷！那我干点啥呀？"大家听罢，都笑了起来，瞧！这一家子，都是热爱文艺的骨干呢！

　　说到下乡演出，大婶说："那天，耍狮子的王家三兄弟真是精彩呀，狮子在地上一个大翻滚，实在是漂亮呀！"老郑头儿听后严肃地说道："什么大翻滚呀！是王家老二被一块大石头绊倒了，腿上磕去了老厚一层皮，血流了好多，还是坚持演完了节目，过后还是我给他上的药呢！真是了不起的人呀！"一时大家都没有了话说，其实大家都知道每一个演员都是那么的敬业，不辞辛苦，不计报酬，这也许就是我们常说的敬业精神吧。

　　"二哥，那小毛驴怎么那么有劲头呀，你还牵不住呢？"老郑头儿的儿媳妇打破了沉默说道。小孙子洋洋双手搂着老郑头儿的脖子，好奇地问道："爷爷，那小毛驴怎么不拉驴屎蛋呢？"一语引起一家人哄堂大笑。

　　"下乡演出准备出发了。"大嗓门的王家小四又在喊起来。

杂耍队的队员们，身着五颜六色的衣服，坐在大篷车上，在雪地的衬托下，倍加光彩夺目。"嘀嘀！"马达声响，载着一群欢乐的人走向新的征程。

五莲县许孟村的民间艺术——杂耍，历史悠久，覆盖面广，是当地著名的民间节目，每逢节日，庆祝丰收，人们就会演出，表达一种对生活的热爱和对新生活的向往。它传承和发展了民间艺术，也是一种民俗文化的具体体现。中国是个多民族的文明大国，每个民族都有自己的民俗文化，国家强大了，人民富裕了，经济发展了，社会进步了，更应该发扬民俗的东西。在精神文明与物质文明快速发展的今天，民俗文化成为新时代农民生活的一部分。

民间艺术在许孟已有近百年的历史。许孟从过去到现在一直是地方经济与文化的中心，20世纪的50年代，许孟的地方戏庄户剧团曾一度红遍鲁东南，今天农民的杂耍艺术队再一次把这一民间艺术挖掘出来，在建设和谐社会的今天在建设新农村的道路上有着很高的价值。

农历二〇〇八年四月

记忆

古人有语：管有什么别有病，什么也没有别没钱。80年代的那年冬天，我突如其来的一次病惊动了家中所有的亲人。在县城工作的大哥闻讯开车赶了回来。我所住的院西卫生院医疗条件还很落后，病房恰似旅店中的通铺，偌大的房间摆十几个床位，仅住有三个病号。

常言道，病有功夫害有钱。既然得了病就是天大的事也顾不上。我当时是上有老，下有小。住院期间家中有两个年幼的孩子上学需要妻子照顾。没办法，只能让年迈的老父亲陪在我身边照顾，真乃于情不忍。

一陈姓病友长我两岁，家住乡下的涝泊村。据说家里的日子很紧巴，十几岁的女儿停学在跟前陪床。同病相怜加上住在同一病房，相互支持、彼此照应，便成了很好的朋友。老父亲是性情中人，对陈兄说："你俩都是小辈，有病需平下心治疗，让女孩子回家上学去。我虽上了岁数的人，可身子骨还壮实着呢！陪床的事我全包了。"起先陈兄执意不肯，说让老人家侍候有伤天理。后在老父亲的诚心劝说下，陈兄总算同意了。乡镇卫生院没有食堂，打水买饭都得到街上去，有时父亲还需提着吊瓶陪我到厕所小解。冬天冷风刺骨，院里又没有取暖设备。白天还好，晚间长长的夜，冻得人睡不着觉。北边窗上缺了一块玻璃，那风一股劲儿地往里钻，老父亲没睡个囫囵觉。我终于知道什么叫血浓于水，父爱如山。

住院那些日子，亲朋好友经常来看望并给自己物质及精神的鼓励。我与病友一块分享，增强了与疾病抗争的信心和力量。

一夜北风未停，冷得出奇，天刚亮，病房门开闪进一人，黑色的棉大衣裹着嘴脸，从怀中贴身处掏出两个水果罐头放在桌上，是好友任德玉。他是驾着地排车去赶枳沟大集，路上经过。他站而未坐，安慰数语，说病愈后回家再聚。因车牲口还停放在路上，他转身走出了院门。父亲只好目送门外。

院中月半，病友们先后病愈出院，我也准备回家康复。至此在县城工作的大哥，于百忙中来院看望数趟。老父亲的爱心守护，医生的细心治疗，亲朋好友的关心鼓励，让我减少了孤独忧伤，增强了信心和希望。

又是一个晴暖的日子，妻子徒步10余里来医院伴我回家。因那些年通往县城的班车较少，也许妻子为了节俭方便故而没有乘车。一起刚走出一里多地，前面一辆地排车停了下来，"郑老弟快上车吧！今儿我正巧到许孟拉化肥，有缘遇见你，那位是弟妹吧？"赶车人问道。我驻足一看，原来是早先出院的另一病友，即同妻子边上车边道："你还真有眼力，说什么来着？这就叫有福之人不用忙啊。"大家同时都笑出声来。病友扬鞭，"啪"，小毛驴四蹄奋起顺路奔去。

也许是因为特别高兴，我情不自禁放喉唱了起来："长鞭啊，那个一甩啪啪地响啊！坐着那个大车出了庄哎，要问那个大车哪里去啊？顺着那个大道回家去吆，哎嗨吆……"

古人有语：人活百岁有个娘好，种一分地有个场好。病愈回家，母亲尽其所能改善生活，把家中唯有的一只下蛋老母鸡宰了为儿补养身体，一再叮嘱我钱没有可以再挣，身体垮了那是一辈子的事。

世事沧桑，一转眼30多年过去了。母亲也撒手人寰20余载。人生有些事可以不记得，母亲叮嘱的话语却印在心中不能忘怀。

农历二〇一三年十月十二

再回西安

人生有四喜：久旱逢甘雨，他乡遇故知，洞房花烛夜，金榜题名时。

内弟家的大小子金强，去年高考以优异的成绩被西安的大学录取。这喜讯像无声的春风吹遍了不算大的小山村。状元及第，他人称赞老薛家祖上有德，大人有福气，孩子有志气。家族中充满了信心和希望。

岳父是个老实巴交的庄稼汉，同样岳母也是位贤惠的农家女，生有四子，我的老伴是家中长女。伴着时光的流逝，我目睹了四个弟弟的成长与发展。在时代的大潮中，他们都各有所成。三弟增全高中毕业后，70年代应征入伍去了西安。内弟在解放军这所大学校度过了四年的军旅生涯，是部队把他锤炼成钢，成为一名光荣的共产党员。内弟曾对我说过，这是他人生中最闪光的时段。

如今，再回西安，是去送儿子上大学，屈指算来已有30个年头。当年为卫国当兵走进军营，今日儿子来西安大学读书同样也是报效祖国。无论是当兵还是来上学同样是四年，也许人生的旅程早有定数，是巧合，还是缘分？儿子读书10年，初高中学习一直都很优秀。面对众多的高等学府，儿子执意报考了西安的大学。内弟深有感触，心想应感谢儿子给予他再回西安的机会，顺便看望留守那儿的老战友，领略古都西安的风采。

人们口中常说的西地长安，古人又称"西京"，地方戏曲中有句唱词，"啊……千里路迢迢奔长安……"小时候总想，西安在哪里？为什么又叫西京？一定是个很远很远的地方。查看地图你会发现西安在祖国的中西部。纵观中国历史，众多的王朝在这里建都，定为京城，是圣地，是宝地，更是让人注目的地方。

坐上火车西去，大约20个钟头即到达西安站。现在交通之便利，何谓

远也？故地重游，忆出许多的感慨和回味。

西安古城，这名字在我的印象中，一直遥遥而神秘。高大古城墙巍然耸立，整个城市风貌古色古香。秦砖汉瓦让岁月定格在某段悠远的时光中。对西安城至深的印象是它保存之完好。古城和新城绝然隔开，新的建筑环抱着古城，置身古城，恍如时光倒退了几个世纪。高大的城墙仿佛把时间挡在了城外。尽管经受了千年风雨，依然那么雄伟壮观，巍巍大雁塔撑开双臂笑纳前来造访的国内外游客。脚落西安，便想起年轻时在军营的那段时光，工作日的早上会有军号响起，偶尔还能听到军歌传入耳畔。久住军营对部队的生活也许觉得单调封闭，而一旦脱下军装，却生出许多留恋，随着时间的推移，会越来越浓。

内弟说，他喜欢绿色，爱军营，爱部队，在部队当兵那几年，是他人生档案中最光彩的一笔。

时过境迁，如今送儿子上大学，再回西安，时光已过30年。长江后浪推前浪，后生可畏，以高考638分的成绩考上全国重点大学。春风春雨送来春消息，内弟在外工作的女儿婚期将至，这是人生最大的盛事，幸福快乐足矣！

随着年龄的增长，人生许多的东西，包括人和事，将伴着岁月的逝去，成为烟云过往。沉静心灵，感悟人生，此时，才突然发觉自己好像已经"老"了。

农历二〇一五年三月廿六

小镇狗肉香

　　风光秀丽的马耳山下约十几里地有一小镇，地处五莲县的最北端，与繁华的诸城市相邻。因属街店集场，小镇上的人绝大多数都会做生意，为小镇的经济繁荣起了很大作用。商业街中段有座酒府，天天门庭若市，生意十分兴隆，该酒府靠"郑记狗肉"得名。这正是：真诚赢得八方客，肉香引来四乡朋。

　　经济实惠誉满乡里，又有谁能晓得酒府老板实则是个其貌不扬、名不见经传的小人物。

　　有句戏文曾唱曰：张飞杀猪卖过肉，刘备西川卖草鞋，大丈夫都有落难时，英雄莫问出处。

　　俺家族中有个三哥，小的时候同父母一家三口过日子，童年多坎坷，还没等成家，母亲就因病去世了。出身于佃户家庭原本就贫困潦倒，爷俩的日子更不好过了。父亲农忙时节靠给人家做更夫（短工），农闲时候，也不知道跟谁学会的屠宰手艺，给人家杀个羊扒个狗，挣套下货吃。久而久之成了附近四邻无人不知的"杀包子"。受家庭的熏陶，三哥无形中也学会了这门手艺，就连小时候玩游戏制作玩具也是小秤、小刀、小丁钩，全都与行业生意有关。由于缺少家庭教育，闲散惯了，刚进学堂门没几天三哥就自动退学了。父子俩虽然日子过得清苦闲淡，但还能维持生计，苦中也有不少乐趣。

　　好景不长，"大跃进"过后的60年代，国家遭受三年的自然灾害，农业粮食歉收，农民的生活条件更艰苦。因营养不良加上饥饿，病中的老父亲不久也离他而去。人生路漫漫但总得要走，此时三哥万念俱灰，人生步入低谷。

三哥的姥姥家住在南山脚下的桃花峪。姥姥已去世多年，舅父舅母眼看着外甥已到而立之年还没成个家，心里也很着急。父辈仅给三哥留下两间土坯房，三哥青年时期长得又不怎么帅气，庄户人家又叫受穷吓坏了，又有谁家的姑娘肯往火坑里跳？

后来，好不容易结婚了，夫妻同心拼命干，几年后虽添了三张吃饭的嘴，但也给平淡的生活增加了希望。为了多挣几个工分，两口子天天出坡不误工时，三个孩子无人照看拴在窗棂上长大。过庄户日子油盐酱醋茶花销哪里来，靠挣工分还得等秋后结算。平常日生活怎么办？许多的难题摆在面前，日子总得要过，可总得想点门路才是。夫妻俩商讨半天，三哥最终决定重操父业。三哥向邻居借了点本钱抄起打狗棍就下了乡，进村便吆喝："买狗来！谁家卖狗？"喊声引起村里群犬狂叫。那些好奇的孩童跟在后边喊："打狗子！打狗子！"童语无欺，何须回应，千般滋味一股酸楚涌上心头，三哥心中暗暗自语：莫怪乡亲们笑话，本来这活儿就不体面嘛，只要不偷不摸何管人家论短长呢？

那年月市场没有开放，国家实行计划经济，"斗私批修"、"割资本主义尾巴"是当时的口号。煮熟加工后的狗肉到集市上得藏着卖，让市场管理所的人遇见便没收。酒香不怕巷子深，尽管不公开卖，那狗肉浓浓的独特香味，还是招来诸多的回头客。日久天长，众乡邻有评语：许孟郑记狗肉味正纯美，久吃不厌。有人言道："冷狗肉，热烧酒，胜过千般菜。"旁听者说："瓜干煎饼就狗肉，再可口不过了。"不知是哪位又添上了一句："狗肉拌大葱，一盅赶两盅。"

我想这也许是因为生活在那个年代的人消费水平不高，生活水平有限，过惯了艰苦的日子，感觉吃什么都胃口大开，味美香甜都在其中。当代的人是否也有此胃口，我不敢肯定。

春天总是给人希望，推人奋进。邓小平南巡似一声春雷震撼神州大地。搞活市场，发展经济，有才有智你尽管使，富民政策使三哥走上了致富的小康路。

闻风而动，三哥是小镇上最早一批领取营业执照的个体户。放开手脚夫妻俩一切从零开始，买上一头小毛驴拖着地排车，跑市场赶集开汤锅，杀羊宰狗，夫妻俩靠诚信待客，以利薄多销的原则，让生意越来越兴隆。在此基础上，三哥创办了自己的品牌"郑记狗肉"，远销日照、潍坊两市及周边地区。红红火火的生意带动了小镇的经济发展，全镇有十多户参与了这个行业，如"郑家狗肉"、"正香狗肉"、"正宗狗肉"等。本行业以"郑记狗肉"为领头鹰，创品牌争一流，各有千秋。其中"正香狗肉"被评为山东省著名地方小吃，三哥也被群众誉为许孟"郑记狗肉"创始人。叫了多年的"打狗子"的外号已早被人们遗忘了。

时代不同了，现在的人更注重养生和健康。过去狗肉上不去大雅之堂，名人插狗肉盆子被认为是丢人现眼的论调，早已不适用当今的社会潮流。许孟狗肉已成为小镇的一大亮点，外乡人来此地观光旅游不带盆狗肉回去会觉得遗憾。

岁月滤去了忧伤，三哥的儿女们先后都成家立业。祖上留下的产业两间土坯房已早无踪迹，眼下是高楼座座矗立街头。

一杯香茶入口，生来就不爱多语的三哥敞开了他的心扉，对我说："何为老板？你三哥就是个杀狗的。我还是我，今天的富裕靠的是赶上了新时代，并不是我个人的功劳。"

这正是：
　　　　树高千尺不忘根，颂歌一曲感党恩。
　　　　政策招来千家富，和谐引进万户春。

农历二〇一三年六月初八

缘

古人有语：百年修得同船渡，千年修得共枕眠。大千世界，芸芸众生，友朋相聚、巧逢知己是缘，夫妻结合、恩爱百年更是难得的缘分。

南山脚下有个宋家庄，不知因何而得名，因为村里并无姓宋的人家，全村大部分都是郑氏家族。民风淳朴和谐，出门便是大哥、二叔、三爷爷。

70年代初的农村经济不发达。郑三伯家是村里一户较贫困的家庭，因常年有病郑三伯失去劳动能力，唯独妻子身体比较壮实支撑着家庭。眼见两个儿子已经到了娶媳妇的年龄，心中甚是着急。身边有一小女也到该谈婚论嫁的芳龄，仅因两个儿子还没有媳妇，才推迟了婚事。

我们家与郑三伯是同姓，俗称一家子，再因外婆家也是南山，故而格外亲切。郑三伯托父亲给女儿找个婆家，特意嘱托找个关东客，可以多带些彩礼给儿娶媳妇。70年代初闯关东是老百姓的热门话题，在当地流传一句顺口溜：不管你老头儿黑不黑，只要带着闯东北。赶巧路东邻居家来了一位闯关东的客，听说是回关里"办人口"（娶媳妇）。这位东北客给我的第一印象是才不超群、貌不惊人，满腮胡子刮得青青的，穿一件黄大衣，一个磕头虫式煤油打火机不离手，手腕上戴一块明晃晃的手表，据说是上海全钢的。看他一双粗糙的大手，无须多问，多半是在关东山扛大木出大力的。看年龄已是30大出头了。我心里想这人哪配得上俺郑家妹子？

那是一个充满希望的秋天，庄稼虽未到收获的时候，但阵阵微风吹过脸膛，你会闻到来自田野五谷那醉人的芳香。

秋风送爽，来自南山的郑家兄妹徒步十几里，来到当时较繁华的许孟小镇，带着父母沉甸甸的嘱托，满怀对未来的憧憬和希望，开始了人生第一次爱情和命运的抉择。

父母热情接待南山兄妹的到来，茶余饭后，父亲简单介绍了那位关东客的情况。听完父亲的陈述，郑家妹子一番话倒是出乎大家意料。大意是，无论男方条件多么优厚，都不愿去关东，何况与实际相差甚远。从小自己在山里长大，生处不嫌地面苦，对这方热土有割舍不断的亲情，愿在自己所熟悉的土地上生根发芽，今日相亲是遵父母之约，不好违背而已。

锣鼓听声说话听音，山妹子言语温顺，心中很有主见。考虑到关东客的确与山妹子不太相配，我忽然想到了尚未成家的姑家表弟，便把想法告诉了父亲。父亲想了片刻回应道："中倒是中，只是你表弟家日子累巴巴的，不知道女方愿不愿意。"我说："难道日子累巴就不娶媳妇？说不上山妹子与表弟有缘呢！"

于是托人传信，不多会儿表弟急匆匆来了。表弟和山妹子见了面，妹子有点不好意思，瞬间白白的脸蛋增添红润的光泽。山妹子上下打量，见表弟20多岁的年纪，虽然衣服不华丽，一身劳动装，但黑黑的脸膛上略显红红的钢劲儿，举止大方，腰圆体壮，是个可托付终身能过庄户日子的伴侣。

有句俗语说得好，有心栽花花不开，无意插柳柳成荫。一见钟情的两人乐意一锤定音。但事情往往没有所想象的那样容易，山妹子心事重重。父亲问起还有什么事情需解决，在一边的山妹哥接过话茬儿说："婚姻大事不可儿戏，就算俺妹子乐意，也得俺家父母同意才行。"父亲说："关键是你妹子乐意，其余的事什么都好办。至于嫁妆彩礼钱半个不少给，你可捎回去交给你二老，剩下的事过后我去与你父母商定。"

木已成舟，兄妹决定让哥哥先拿着礼金返回南山家，求得父母谅解和赞成。

喜事新办，天作之合。表弟与山妹子喜结连理，婚礼很简单，一没有燃放鞭炮，二没有张灯结彩，贴上一副红对联就算是过了门。对联是父亲的墨宝，上联：志同道合，下联：情深意长。庄户人有里有外才是个家。山妹子进门，缝补浆洗，一日三餐。至此，夫妻同心协力拉开了新生活的序幕。

说起那些年，姑妈家的日子着实很累巴，五个孩子七口之家，省吃俭用到年终还手够不着脚。姑妈没能赶上改革开放后的好日子，因辛劳成疾

还没到半百的岁数就去世了。家中没有女人就像失去了半边天。伴着时光的远去，三个女孩子相继出嫁了。富日子好过，穷日子也得过，姑丈一手撑起这个家庭。山妹子进门给家庭增添了活力。

十年磨一剑，汗水换来了甘泉。从三间破草房起身，如今表弟兄弟俩各自都住进新瓦房。改革开放 30 年来，表弟家跟全国的农村家庭一样都过上了好日子。夫妻俩用勤劳和智慧创造了财富，获得了四邻八舍一片赞扬声。

流逝的时光淡漠了过去许多不愉快的往事。其实山妹子婚事娘家二老并不乐意，山妹子自主婚姻更气坏了娘家人，不仅婚礼上没有露面，并且好几年没登闺女家的门。老人有语：大风刮不多时，大雨下不多时，同样，亲戚孬不多时。山妹子娘家人心中的冰也被时光融化。再者女儿是娘身上的肉，母亲又何曾不是为女儿好，只是那些年生活困苦，想让女儿找个关东客，多带点钱添补家用。由于女儿违母命婚姻自主，出于怄气，一时间转不过弯来。

春风吹绿了心田，老母亲早已是暖意融融。看到山妹子依然那样孝顺，一家人和和美美，日子越过越红火，从心里感到高兴。虽然说不出口但心里还是想，当初女儿的选择是对的，如果遵母命去了东北，孬好还是个未知数。路途遥遥想常见到女儿还不是件容易事。

青春无痕，岁月有情，它不仅蕴藏着世间的苦乐与悲喜，更有对美好生活的执着与追求。如今我们已不再年轻，表弟和山妹子也已是儿孙满堂。一日我与表弟喝茶时又谈起那些旧事，表弟感慨地说："当年是表兄你一句话，成就了我和山妹子的姻缘。"我说："是你俩有缘月老牵线，是你和山妹子的福气。"

正是：命中有缘不用忙，一生无缘傻慌慌。

农历二〇一三年五月廿四

俺家的老邻居

古人有语：有千年的邻居，无百年的亲戚。远亲不如近邻，墙东老孙家与俺家仅一墙之隔，从儿时起我就知道老孙家是俺家最要好的邻居。故而，母亲通常称呼"东边子"。

同吃一眼井，合推一盘碾，生产在一起的年代，尤其是农村，每家每户的日子都很困难。柴米油盐是老百姓的首要问题。物资欠缺，经济匮乏，有几块钱或放在炕席下或夹在书册里，拿着两个鸡蛋到门市部换油换盐已不是新鲜事。那些年在农村盛行一个"借"字，如借钱、借米、借面、借油、借盐、借煎饼、借豆腐，已不是新鲜事了。

邻居孙家两口子，论年龄比我父母小不了几岁，按邻居辈分我称之哥嫂，和俺家一样也是七八口人的大家庭。一个劳力挣工分拉巴着五个孩子，同样日子过得也很累巴。孙哥性情倔强少话，喜不露面笑不出声，吃苦能干常年没睡过午觉。他会瓦匠手艺，周围邻居都得到孙哥的帮助。谁家支个炕垒个墙，盖个猪圈，修个房，只要你告诉他就决不会误事，并且不计报酬。天长日久，"大老孙"这个外号便深深印记在人们的生活中。

常言说，家有丑妻是一宝。千人千脾气，万人万模样。孙嫂个头儿不高，黑黑的脸膛，生性贤惠直爽、乐善好施。说话开朗见底，虽目不识丁，但却懂得许多做人的道理。在我的印象中孙嫂永远是最美丽的。

因与俺家是最近的邻居，家庭中的大事小事彼此都知道。如大人拌嘴，孩子吵架，亲朋造访，无论贫穷和富有，邻居家最清楚。也许是时代的需要，邻居间相互取借已成往来。大至一二百的钱，小至一碗菜豆腐，几个煎饼，平斗借来尖斗还。有时好长日子包顿饺子，开锁后的第一碗饺子，隔墙吆喝递给母亲。"大婶子？给你碗饺子尝尝。"母亲对孙嫂说："好媳子，您人口那么多，吃顿好饭回回没忘了我。"孙嫂总是笑着回应说："婶子，您是老的，咱娘们只是异姓的差别，我不可能忘的。"

说的也是，孙嫂的娘门婆门两头儿都有女老的，每次见了上年纪的人

感到很亲切。

1961年春的一天中午，孙嫂像往常一样去井上打水，这时从井东小路上走过来一位讨饭的大娘，从外表上看得出已是岁过花甲的年纪。老人家一路口渴，想讨点水喝。因孙嫂家离老井仅有三四十步远，心想天已晌午，这位讨饭的老人肚里一定饿得慌，即对老人说："大娘，生水不能喝，前面那个门就是俺的家，过去喝碗热汤吧！"

客随主便，那老娘跟着孙嫂进家门坐定，忙盛上一碗面汤，又给老人卷上两个煎饼。此时讨饭的老人激动得也不知说些什么好，饥了给一口，胜过给一斗，心想世上还是好人多。从老人的话语中获悉，她因家乡闹荒灾来到这里。听了老人家的述说，孙嫂提出留老人在寒舍暂住，等秋后庄稼收成时再回故里。

又是一年秋风至，庄户人在期盼中迎来了稻谷登场。日子好过了，孙嫂替老人千里传书给儿子，来接老人回家。我记得老人临走时，孙嫂一家送出大门外。老人千叮万嘱告诫儿子，日后，无论生活贫穷和富贵，都不要忘记马耳山下这户善良的人家。

如梭岁月，时过境迁。社会变革，经济开放。伟大的中国正迈上追梦的年代。伴随着城镇化建设的步伐，旧时的乡村不见了，呈现在人们面前的是一幢幢楼房、一道道繁华街市的新农村。庄户人家的日子好了，甜了；邻居间的情感远了，淡了。莫论他人事，各扫门前雪。追寻其因，也许是生活好了。

旧村改造，老宅拆迁。同样孙嫂和俺家都住进了新房。生活环境好了，相处多年的邻居却远了。有时凑在一起仍倍觉亲切。

结交新邻，不忘旧居。如今，孙嫂和我的父母一代人相继故去。青春无悔，我也到了爷爷的辈分。在人生的记忆里，有很多的东西变得模糊，还有很多的人和事越来越清晰。它保留在岁月深处，令人怀念。怀念母亲与东边子孙嫂隔墙答话、递饺子端米汤并相互守望、苦中有乐的那段时光。

农历二〇一五年四月廿六

（该文发表于《青岛日报》2015年9月28日"琴岛"副刊，标题为"老邻居"）

犟眼子

俗语说：没有百年的亲戚，却有千年的邻居。从我记事起，就知道墙东边老孙家是与俺家最要好的邻居。所以在日常生活中母亲通常称呼"东边子"，我们也知道这是说老孙家。人们常说远亲不如近邻，庄户人家过日子谁敢说不用谁？再者谁家没有个三灾两难，缺了油盐、断了酱醋？家有万贯还有一时不便，有事情隔墙招呼一声就过来了。虽是异姓，天长日久感觉就像一家人。

老孙头儿出生于旧社会，从小没进过学堂门，虽不识字但却有一肚子故事。他秉性直爽，就是个犟脾气，是村里出了名的"犟眼子"。他办事认真，丁是丁、卯是卯，从不答诳语。他认为对的事儿九头水牛也拉不回来。"犟眼子"这个外号传遍了整个村子。

前些年电还没普及到农村，更谈不上看电视了。邻居间相互串门成了习惯。每逢下雨天或吃过晚上饭，老孙头儿常来俺家串门，相互拉拉家常及身边事。谈起让人高兴又不得不笑的故事，满屋的人都笑不绝口，我从未见过他笑出声来，只是关键时抿嘴一喜了事。我明知道老孙头儿有个犟脾气，但我常有话向他发问，瞧瞧他怎么能犟。我问："大爷，譬如您刚吃完饭，但饭桌还没有收拾，煮的瓜干饭菜不顺口，这时候邻居家恰巧端来一碗热水饺，您是否再拿起筷子吃点？"老孙头儿听后半点没想便说："不吃！"我又说："那俺可不，既然还热乎乎的，即便吃饱了也再吃三两个尝尝也好啊！"老孙头儿有点上气地说："那是你没吃饱，如果你吃饱了，一口也吃不下去！"

记得有一次我随意对他说："人家都说天没有边，海没有底，地球是圆的，太阳是不动的，是真的吗？"老孙头儿听了说："天没边，海没底，是对的。

那太阳不动,地球是圆的,纯是胡说!"我争辩道:"大爷,俺老师说地球有吸引力。"那老孙头儿又急了,眼睛瞪大了,气得脸红脖子粗说:"你这孩子,怎么这么能犟!地球转你头为什么不朝下,太阳不走黑夜又去了哪里!"

说起老孙头儿来,联想到一个人们常讲的小故事。故事中的主人公真的像他。这人也是十里八乡出了名的"犟眼子"。有一天那"犟眼子"在家中做大豆腐。有个经常和他开玩笑的老者正巧去他家里玩,但见"犟眼子"正烧豆汁子,便自言自语:"曹操人马八十二万"。这时"犟眼子"听了急分辩说:"八十三万!"那老者又说:"就是八十二万,又怎么成了八十三万?""犟眼子"很生气地说:"根本是八十三万,还成了八十二万!"两个人都犟着各自说得正确。三犟两犟,这时开了锅,豆汁全跑了出来,淌了一地。老伴说:"你们这两个老东西,犟过来好吃?不就是一万人马有什么大不了的!""犟眼子"说:"一锅豆汁能值多少钱?少了一万人马又值多少钱?"

大集体时期的60年代,在农村缺吃缺烧是普遍的难题。我家老宅子前面是一片柳林,经常有那么些人破坏林木,偷回家去烧火做饭。也许考虑到老孙头儿倔强正直的性格,大队任命他干护林员。老孙头接任上岗,背着捡粪篮子满林子转悠。天天与小孩妇女打交道,跑这跑那喊来喊去。日子长了,妇女小孩听到他的声音都吆喝:"快跑啊!'犟眼子'来了啦!"

一天生产队队长的儿子砍了一捆树枝,被老孙头儿看见要送大队去。有人对他讲:"快算了吧,那是当官的孩子。"老孙头儿听了生气地说:"我不管他是王爷的儿,谁破坏集体的东西,我就不放过他!"老孙头儿一心为集体的思想,受到大队领导的赞誉,并多次被评为优秀护林员,但也得罪了不少人。

他那外号"犟眼子",可算是名副其实。这与他的性格是分不开的。做人做事自己感觉无愧于良心就不用在意别人论短长。认定的事儿一根筋到底,说了算,定了干,从不后悔。说起他的犟劲儿和任性,我曾听母亲讲过老孙头儿年轻时的一段往事……

那还是新中国成立前夕的头几个年头,母亲刚出嫁不久,父亲也是人生第一次去我姥姥家。按当地的风俗头一回认亲必须有人挑着礼盒。因和老孙头儿家关系较好，又是近邻，奶奶就让老孙头儿一同前往。因那时候正是兵荒马乱的年月，土匪汉奸横行乡里，社会动荡不安，临行前奶奶再三叮嘱老孙头儿速去速回，切勿贪酒误事，他连连点头表示请放心。

姥姥住在南山，离许孟街20多里地，山路崎岖，途中还要翻越两座山梁。到达姥姥家时已快晌午，此时饭菜已做好，早已亲朋满座，洋溢着喜庆气氛。一家人推杯换盏不亦乐乎。老孙头儿很胜酒量，但半滴酒水未沾。他牢记临行前奶奶的嘱托，犟人有犟脾气，扔下饭碗就要走。姥姥一家人很扫兴，嘴里唠叨这户人家太没礼节，怎么安排这么个"犟头驴"同来，女婿刚来还没亲够就要走，主从客便走就走呗！

父亲和老孙头儿刚走出村口，趟过村西的小河不久，便见不远处有一伙人歪头斜脑，手撑文明棍从村南进了村。直觉告诉老孙头儿这伙人定是前来绑票的土匪，急忙催促父亲加快脚步一路匆匆向家里奔去。

数日后才知道绑票的土匪早有线人，获悉姥姥家那天贵客临门，竟在光天化日之下前来绑票，却没想到扑了个空，气急之下绑走了前去相喜的客。让姥姥庆幸的是我父亲和老孙头儿提前早走了，否则一块被抓了去，多亏那位同来的"犟头驴"。

时过境迁，社会已进入大变革的新时代，幸福生活进万家。庄户人家都过上了好日子。转眼间，几十年过去了，"犟眼子"老孙头儿和我母亲先后都已过世。那些穿越时空的往事，带着点点温馨，留驻在我们的记忆中。

农历二〇一三年四月廿十

外号

在古典小说《水浒传》中，那水泊梁山一百单八将，早已成为家喻户晓的人物，每个人都有他自身的特点和智能。譬如《水浒传》中的头号人物宋江，江湖中人送外号"及时雨"，因何得此殊荣？皆因黑汉子宋江平日里落下一个很好的口碑。他乐善好施，为人正直，不拘小节，遇到有难需帮者他有求必应。又如"豹子头"林冲、"青面兽"杨志，你无须看其人，但凭人们称他的外号便知道，二人身手不错，性情急躁，疾恶如仇，善恶分明，有一种初生牛犊不怕虎的傲气。又如"小李广"花荣、"智多星"吴用，但从外号你便知道谁武艺超群，谁智多谋广，都是不可多得的人才。外号往往更能够生动展示人物的性格和特点，更能够给人们留下深刻的印象，更能够广泛长久地流传。

记得有一次朋友聚会，酒桌上大家你言我语。当谈到有些人热衷于给别人起外号时，有位朋友说："俺村百分之九十都有外号，就一个人没有外号，俺'黑倔驴'二爷爷。"在场的人哄堂大笑，从古到今只要有人烟的地方，似乎就少不了外号。特别是大集体的年月，无论你在水利建设工地上，还是在生产队的田间地头，人多议论广，外号在生产劳动中产生，不胫而走，往往一跟就是一辈子，想抹也抹不去。

许孟街位于诸城市南端，属街店集场，是当地周围乡村中文化生活最发达的地区。从我记事的童年时代，村里就有个庄户戏班子，每年秋收结束后便组织起来到各村义务演出。地方戏演的都是些传统剧目，如《三劝》、《真假新郎》、《西京》等。其中《三劝》这场戏演的是一个厉害婆婆对儿媳百般刁难，逼儿子休妻，后经亲生女儿的劝说，从一个恶婆婆转变成温和善良的老太太，家庭重归于好。剧中演老旦的恶婆婆就是家族中的二大爷。他做事认真，有一股敬业精神。常言道：扮戏不像，不如别唱。那戏中老旦的角色演得非常到位，一个既狠又坏的恶婆婆展现在戏台上。演出结束后，各家各户都来领演员回家吃饭，最后剩下演老旦角色的二大爷没人来请，都说这个演员心肠太狠了。最后好说歹说才被一户人家领回家。其实生活中的二大爷心地善良，言语中透出笑容。好人把坏人演到这个份上，恰恰说明演员入戏，观众也入戏了。

"老旦"二大爷演多年戏，到老年还扶了半辈子犁，名叫斗全，但一生没富足，风里来雨里去，积劳成疾，没赶上开放的新时代便离我们远去了。那"老旦"富有戏剧性的外号也早已被人们遗忘了。

小戏剧《真假新郎》也是一部传统戏，剧中有位富家少爷姓莫名才，面相长得丑陋难看，无德无才一个浪荡公子，找一书生代替迎亲，后弄巧成拙倒成就了他人美好姻缘。这正是"丑找丑，棘找棘，瓦刀对着瓢切菜"。戏中莫才的角色是个三花脸，是戏中主要角色。异姓家王三伯是最合适的演员角色，胖腰矮个子扁脸型。导演说，演戏先抓态，王三伯是最佳人选。

戏中有句戏文："好一个莫才（方言音：磨台）老家伙……"随着剧情的深入，演员也进入了角色，那身姿那走相，给观众留下了深刻的印象。经常下乡演出，"磨台"这名字倒成了王三伯的一个外号，传遍了周围十里八乡，无人不晓。

久而久之，一句戏言替代了王三伯的真实名字。有人见了称他"老磨"，还有人称呼"磨台"、"磨盘"。言而总之都是同一个意思。只有在生产队干活的记工簿上才真正写上——"王三伯"。

生活中的王三伯整天笑嘻嘻乐哈哈，你称呼啥他答应啥，从未与人红过脸。世间事很难说都十全十美，总有那么点不如意的地方。也许王三伯在戏中经常演丑角的缘故，也许是他的青年时代家中困难所至，他打了半辈子光棍，还没等到古稀之年即因病逝去。至于生活中是苦是乐还是心酸，只有他自己最清楚。

时代在前进，社会在发展，天天都在变化着。从乡村到城市，那匆忙而去的行路人，往来如梭的车流，有谁能知晓在为谁忙？人人忙事业，户户抓经济，偶尔凑在一起也是短暂的聚会，大家各忙各的事儿。繁华城市中那来自山南海北的农民工，一群群一簇簇，人与人之间还没来得及熟悉，便匆匆成了城市中的过客。所谓的外号越来越少。因为外号往往产生于熟人圈子，产生于集体生活，来源于和谐快乐的人际交往中。现代生活的快节奏，日渐抹去棱角的处世方式，已经不是外号产生的合适土壤。

现在，想起那些与外号有关的人和日子，似乎也成了怀旧的一部分。

农历二〇一三年四月十八

谎言过后

那还是靠挣工分吃饭的大集体年代，电视还未普及到农村。每到空闲时庄户人习惯串门子，感觉与谁不错便经常到家坐坐，增进邻里感情，品品茶，拉拉家常，谈谈人生，扯扯身边事。

父亲有喝茶的习惯，喜欢串门的茶客邻居都常来坐坐。一日，同姓家有位老侄来了，我便泡上一壶茉莉花茶。老侄子年长我几岁，与我投缘的是都喜欢文艺，不一样的性格就是老侄子喜欢开玩笑。因总觉着自己的辈分小，在周围邻居中出门便是婶子大娘姑姑奶奶，说深道浅也没有和他一般见识的。

我们俩刚喝完一杯茶，从外面蹦进一个毛孩子，伸手就端水喝。"你这小东西，二叔没叫就喝水！"我说。老侄子故作惊讶地瞧着孩子："这不是老付大叔家的二公子？小名叫'大路'吧？""您胡说！俺叫'大玉'，不叫'大路'！"那孩子争辩道。老侄子叹了一口气，若无其事地自语道："叫'大路''大遇'都一样，反正是你爸爸从路上捡来的呗！"我知道老侄子又在编谎话忽悠孩子，没再争辩，静听老侄子讲些什么。

故事是这样的。当年老付大叔给大队赶马车，那可是个风光的差事。村里人有句顺口溜，"鞭子一响，黄金万两；重活儿不干，零钱不断"。一天，从县城拉货返回，走到红杏沟村北路边石坑旁，见一件老羊皮大衣像包着什么东西，便急忙跳下车，一看，原来皮袄里包着一个小孩，就没再多想，抱回家来。妻子埋怨说："咱已经好几个孩子啦，你又捡来一个，我看你怎么养！"老付大叔言道："一头牛得放，十头牛也照样。孩子是在路上遇到的就叫'大遇'吧。"

老侄子天方夜谭地说了一大通，这孩子反倒听入了神，半天才问道："你告诉我是谁养的?"老侄子一本正经地说:"是红杏沟一个叫潘麻子的老姑娘养的。"孩子听完急了大声喊道:"我不信!我不信!"转身跑了出去。老侄子边笑边吆喝道:"你这毛孩子!我还真不希望你信呀!"

两杯茶水入肚,我刚要张口说些什么,抬头瞧见窗外露出半个小孩脑袋,便接着老侄话题说:"这孩子是在路上捡的,这事儿只有你知我知罢了,他爸妈养这么大也不容易,孩子回家闹腾该怎么办?"老侄子一听,心里明白,和孩子的"故事"还没完,便回到一本正经的表情,附和着说:"没事,没事,他不会当真。"话没讲完,窗口那半颗脑袋冲进了屋里,这孩子大声嚷道:"我都知道了!我都知道了!"一溜儿烟地跑走了。

好多日子过去了,无非是几句玩笑话,谁也没放在心上,除了孩子。他当着父母哭喊吵闹,硬说自己不是亲生的,说父母有偏心眼,不给他吃好的,不给他买新衣服。付哥两口子急得打也不是、骂也不是,只是一个劲儿地埋怨:"他二叔对孩子说什么不好,说是从路上捡来的。孩子可拿着棒槌当针使,认了真。"

70年代的农村,庄户人家的日子都很困难,地瓜、糠菜是当家粮,米面只有客来客往,逢年过节才吃,尤其是按劳分配靠挣工分吃饭那些年,付哥家老少12口人9个孩子,人口多劳力少,何谈富有?农村中有句顺口溜儿:工分、工分,庄户人家的命根儿。

那年那月,儿女多并非全是福气,更多的是拉扯儿女的艰难。家里人口多,吃饭穿衣是大问题,尤其是穿衣裳,大的穿不上了,再给小的穿。"新三年,旧三年,洗洗补补又三年。"去供销社称两斤鱼,每人一条还分不到头,眼看着孩子们都到了入学的年龄,因迫于生活的压力,9个孩子只有3个男孩勉强读完了初中,其余的都在家拾草剁菜看孩子,眼下名唤"大玉"的孩子已9岁了,还没去上学呢!

一日,闲下无事,我约老侄子去付哥家串门,两人刚进屋门便喝上了一壶酒。付家嫂子即开了腔:"让您俩坑苦了,'大玉'天天跟我闹,说不是我养的,赶他走又不走,您二位快对孩子说说吧!"听完付家嫂子一席话,我知道坏了,解铃还须系铃人。当着孩子的面我做了解释,付哥那件羊皮大衣是赶马车时买的,并非是路上捡的。再者红杏沟村并没有潘麻子这个人，还有这年月吃喝都顾不上，谁还去捡别人家的孩子养，再添张吃饭的嘴！捡别人家的孩子养那才是傻蛋一个。

一场闹剧算是过去了，付哥家又恢复了往日的平静。至此给我留下深深的思考，就是闲话少讲，谎言莫开。

日日轮回，时光远去，如今付家哥嫂都已故去多年，身边的9个儿女都已成家立业，文中的主人公"大玉"也成了爷爷的辈分。昨日又谈起当年那事时，他深有感触地说："小时候不懂事，净让父母生气，可别说自那以后，在兄弟姐妹中我最受宠爱了，我是家中唯一的高学历，好歹读完了初中。"

时代不同了，今朝社会与家庭正迈入追梦圆梦的时代，计划生育已根深蒂固，深入人心。家有儿女是一宝，视为掌上明珠，从幼儿园开始，来回接送到初中。

捡来的，拾来的，不是亲养的，任你说上天去也没人再相信了。其原因，一句话，就是生活好啦！

农历二〇一四年十月廿六

背河

每个上了年纪的人都有同感，似乎记忆力大不如从前，前几天刚做过的事情，问起来，心中一片茫然。但提起那些逝去几十载的陈年往事，却历历在目，连细节都记得很清楚。那些远去的时光比当下的日月更容易掀起心中的波澜……

侄女文秀是堂哥的女儿，长我 5 岁，婆家是当地的张仙村，女婿在县城当工人。60 年代打墙夯水库，移民至诸城星元村，离娘家 40 多里地。虽然不像山路难走，但途中要趟过一条大河。走亲访友出门在外人家问起家住哪里，人们通常将这条大河作为一个重要的地理坐标，讲"家住河北某个村"。

记得那些年交通条件差，并且走的全都是沙土路。每到逢年过节，文秀抱着孩子回娘家，住半日或 20 天。回婆家时，娘家总张罗些礼物让她带着，她身边又抱着个孩子。每每此时，必须有人护送到家，哥嫂才放心。哥嫂一辈子生了五个女儿，到老来才添了一子。文秀是家中的长女，堂哥身子骨又不怎么好。老侄女、少小叔，所以每次文秀回娘家，推车相送，年轻力壮的我是第一人选。

又一次文秀从娘家返回婆家，临行前哥嫂为侄女准备一些东西，有喂猪用的石槽，还放上两只老母鸡，总之都是过庄户日子所需的东西。凑七凑八满了车。在农村手推车在当时也是先进的交通工具之一。吃过早晨饭我和侄女文秀便上了路。走小路，抄近道，翻过库沟岭，越过吕标公路，转眼已是中午，前面不远即是大河。60 年代的冬天与现在相比，似乎特别冷。虽是初冬，还未到最严寒的日子，但靠河边的地方已经开始结冰，河水是冰凉冰凉的。

有句古话：远怕水，近怕鬼，是说赶路的人到远方，过河时因不知深浅，故而十分担心。投宿客店即便有鬼也不惧怕。

大河上游在五莲界内，流经诸城市，顺流向北到潍坊市，归入大海。由此当地人又称潍河。由于所在的地理位置不相同，它不像山涧的其他河流，河床里全是鹅卵石，清澈透明一眼见底，人们通称小河的那种，大河水是黑乎乎看不见底的。河床宽约百米，河底全是细细的面沙，踩着松松的让人不知深浅，心生惧怕。幸好我已趟过多次，心中有数。冬天的大河水不很深，我脱掉鞋袜，挽起裤脚，踏进水中，顿觉冰凉刺骨。

头两趟，我先把侄女娘俩背过河去，之后我把猪石槽及行李扛过对岸，然后又把小车推过去，往返五趟，两脚冻得紫红麻木。推车上岸即准备赶路，我装上一锅旱烟抽了几口。侄女文秀很关心地说："小叔你辛苦了，大冷的天又走这么远的路，来送俺娘俩儿。"转身对小外甥说："海波，等你长大了别忘了你小姥爷呀！"我说："咱自家人这是分内的事，孩子懂啥？只要你母子平安回家就好。"

刚要起身，忽见对面过河的地方，有位姑娘朝着河水发呆。她抬眼也望见了河对面的我们："文秀嫂子，您走娘家回来啦？"原来姑娘和侄女相熟。"妹妹儿你上哪儿去来？"侄女热情答话。我见她们俩隔河答话，没多想转身又踏进河中。侄女忙招呼喊："妹妹你等一等，俺叔过去背你了，别脱脚！"我走到姑娘面前，没有言语，背对她弯下腰来。那姑娘有点不好意思地扶上我的背。此时那冰凉的河水，已没有刚过河时那样刺骨铭心，只感觉浑身火辣辣的。我想起了一段美丽的故事……

听老人讲，早年间家乡出了一位大人，名唤窦光耐。他博学多才，少年时就名传乡里。一天窦光耐同伙伴们去河中洗澡，河岸边走来了一村姑，手挽着一个包袱，望着滚流的河水来回转。无须再问一定是想过河但又不敢过。这时窦光耐赤身跑到村姑面前，什么也没说，躬下身来，那村姑即伏在他背上。窦光耐将姑娘背过河去。过得河来，村姑默默无语，含羞离去，窦光耐头也没回跃入水中。那个时代男女授受不亲，窦光耐背河的事被小伙伴们报告了师父。师父随即传唤窦光耐了解情况。窦光耐点头称是，并无半句争辩之语，提笔写了六句诗递给师父。

美女河边探急流，书生权作渡人舟。

金挽玉手金秀手，陪把龙头靠凤头。

轻轻搁在沙滩上，默默无言各自羞。

师父观阅后由怒转喜，挥手示意下去。望着窦光耐转去的背影，师父自语："此生才学渊博，日后定是国家之栋梁。"窦光耐日后的发展正应了师父的话。

青春易逝，转眼间40年过去了。文中的人都成了爷爷奶奶的辈分，但时间的流逝，并没有淡漠了青春的记忆，它依然那样清晰，依然令人怀恋。

农历二〇一三年四月廿十

一段往事

往事如云，但并非都历历在目。其中有一件事情让我铭记在心，无从忘怀，那已是30多年前的事了……

20世纪70年代末，是我人生之旅最年轻的时候，年富力强，思想上进，对未来充满信心和希望。与现在相比较，那年冬天特别冷，一冬无雪，气候干燥。

我家老宅院坐落在村前，靠河边不远处便是集市。宅院左侧是老井，有一条小路从井台边伸向村南。清晨起来扫院子挑水已养成习惯。担起水桶刚迈出门槛，我忽发现老井前边的草垛下有两根鲜树干，还没有去树皮，一看就知道是刚砍来的，眼下又无人看管，心里想这么冷的天一大早是谁从哪里弄来的？

只见老井南边拐角处有一壮汉，身穿一件破旧的黄大衣，头戴一顶旧棉帽，半敞半闭，满腮胡子已很久没有刮过，正东望西看，注视着那两棵树杆。看他那贼眉鼠眼的模样，已断定此人必定是偷树贼。爱社如家，集体财产人人爱护，也许就是生活在那个年代人共同的思想，让赃物归公还是放纵任之？该怎么办？人们都说巧事较多，村治安主任与治安员小李到公社经过这里，我即告诉了他们。治安主任看了看这两根鲜树杆，急忙问道："那偷树的到哪里去了？一起带到公社去！"明知偷树人还没有跑，但我还是说："没见着，大概早跑了吧。"随即治安主任和小李每人一棵扛走了。

俗语言，"多嘴多言弹弓打"。话已出口难以收回。那偷树贼也可能听到一些话语，知事已败露，朝着我盯了一眼，即转身远去。

事后方知治安主任把两棵树杆扛回自家去了，真乃可气可恨！悔当初不应该告诉这两个害群之马，那偷树贼不知是惯偷还是因生活所迫，再者那偷树贼瞧我恨恨的眼神，让我久久不能忘记。

母亲听我说了事情的原委。我来没见过母亲生那么大的气。老人家曾言语：人不可伤天理，应积善为本，千人千脾气，万人万模样。哪个林里还没有棵弯弯树？母亲是那样理解，那偷树的可能因快过年了，没钱办年货，也可能家里人生病急需钱，无论出自什么原因，咱都不该那样做。母亲说："快把那人让回家，大冷的天吃个饭暖暖身子，那两棵树能卖多少钱，咱给他。"但偷树人早已无踪影。

时光荏苒，社会迈进了80年代，改革开放的春风吹遍了华夏大地，经济发展，社会繁荣，人民的生活富裕了，社会主义的中国进入前所未有的盛世。

不知不觉30年过去了，往事已成为过眼烟云。但唯独当年那件事还不时显现在我的脑海，让我无从忘怀。当年的偷树贼是否还干老本行，又是否金盆洗手有了自己的事业？俗语说："三百六十行，缺一行不成花花世界。"现下那贼是否断了根？没有！车站内、集市场，大家面对扒手目视而不多言，求明哲保身罢了。正因这种现象的存在，那小偷才得以猖狂，假如每个人都有社会责任心，大贼小贼就像过街老鼠，人人喊打，那小偷岂有立足之地？

一个风和日丽的春天，这天正好是许孟大集日，我摆好摊位忙于招呼顾客。这时驶来一辆白色家用轿车，在摊位前停下。从车内走下来一位上了岁数的人，看装束像一位老板，更像一位退休的工人，看头发微有点儿斑白，身穿一件合体的人民服，看上去有点眼熟但又不认识。那人蹲下身来很和气地问道："大兄弟，你还记得我吗？想想看？"我沉思片刻还是没有想起来。那人又说："我就是当年那个偷树人呢！"一语击破水中天。相互点燃一支香烟，那人说："当年若不是您的一句话，或许现在我还后悔莫及。当年我也是被生活所困被逼无奈，那是人生第一次。"

从话语中知悉，那人姓张，家住诸城市南关，家有老小生活也很困难。那时社会上流传着一句顺口溜儿："偷偷摸摸改善生活，不偷不摸饿死不多。"不管什么原因，那是他头一次偷集体的两棵树。那次事儿过后，立志好好劳动，夫妻俩努力创业又赶上了改革开放的好时候，借城镇建设的好势头，投资创办了一所友谊宾馆，不仅改善了家庭经济条件，更重要的是服务了

社会。

　　老张站起身来，握紧我的手说："郑老师，欢迎你有时间到咱家做客，因我们已是朋友了。"

　　轿车缓缓地远去，那件压在我心底多年的往事，总算像一块石头落地，心里轻松了许多。大千世界芸芸众生，善与恶、美与丑都在一念之差。现在你再看张哥那眼神、那外表，详看细瞧也不像当年偷树贼的模样。

　　我们的社会需要真善美，需要和谐与奉献。一代伟人毛主席曾有诗曰："天若有情天亦老，人间正道是沧桑。"

农历二〇一三年二月十八

年味

岁月无情人易老，世人有意话沧桑。

上了年纪的人都有同感，一是记忆力减退，大脑思维能力差；二是童心再现，梦回童年。昨天发生的故事已印象模糊，而童年的那些往事却历历在目……

童年多梦幻，五彩斑斓，无忧无虑，在父母的呵护下长大。若问最美好的向往是什么？我想最高兴的是过年。

常言说得好，年怕中秋月怕十五，若是到了腊月廿三，年关一天近一天。每年的腊月廿三是"辞灶"，又称小年。传说中灶王爷奉玉皇大帝的旨意，一年365日在人间平民百姓家，只有到腊月廿三日这天返回天庭，并向玉帝汇报一年来的事宜。天下百姓生活是否富足？农田收成怎样？是否五谷丰登？灶王爷在天庭半月，于正月初七日再返人间（正月初七接灶王日）。腊月廿三这天家家放鞭炮，户户吃饺子，在锅灶旁贴上灶模头（灶王像），并点香供饭。灶模头两边有对联，上联是"上天言好事"，下联是"回宫降吉祥"，横批是"一家之主"。

你若走亲访友串门，此时会发现无论达官贵族还是平民百姓，厨房的锅灶旁都贴着灶模头，常食人间烟火。说也奇怪，有时小孩受到惊吓，不爱吃饭爱睡觉，也并非感冒，吃药打针也不见效。上了年纪的老奶奶便给灶王爷点香烧纸，求灶王爷把小孩领回家。很快小孩病没了，也有精神了。实际上我也很纳闷，至今连医学界也认为是谜。当有的光棍出门在外，爱开玩笑的人常问一句话："你出门谁在家看门？"光棍汉也很风趣地回应："还有灶王爷在嘛！"彼时大家都哄堂大笑。

从远古至今，有关灶王爷的传说，是崇拜还是信仰，谁也讲不清。但有一点老百姓明白，只要炉中生火炊烟升起，家庭就温暖，日子就红火，社会就和谐。

农历腊月廿三辞灶日，当夜幕降临天空中繁星密布的时候，传自农家院落的鞭炮声，会告诉你除夕将至，新的一年又要开始了。

岁岁年年，飞逝的时光把我们带进新的一年。不同的年龄有不同的向往。从辞灶到除夕，仅一个礼拜而已，老年人觉得来得太快，童年人觉得走得太慢，而成年人更希望新年晚来几天。巴节盼年是孩子的天性，过年穿新衣服，吃好饭，听戏、看耍、放鞭炮，而成年人觉得当家方知柴米贵，总觉得时间不足，还有很多事要办。想起小时候每年除夕那天，父亲总是早早起床，清扫院子，到井台打水，把家里所有的水缸全都倒满。当地有风俗，过年了井龙王也休息。大年初三方可到井上打水。再就是贴春联，杀鸡煮肉。而母亲忙于做菜蒸馍，摆桌子供奉家堂。大年夜拜家堂要选家族中德高望重的长辈，仪式比较隆重，七大盘八大碗的菜摆满了桌案。红烛闪耀，香烟缭绕，供奉的是家族中祖先的牌位。接下来便是迎家堂，也就是迎接祖先回家过年，全家族的人都要参与，而且都是男丁，女孩子是不允许到场的。从迎家堂可以看得出家族的凝聚力，人丁盛的家庭和谐。小时候我作为家中的男儿，跟着父亲参与其中，感到既严肃又自豪。

20世纪的50年代，家庭用电还没普及到农村，大年除夕夜空旷漆黑，仅有屋里的蜡烛的光亮。因供奉着家堂，让人觉得祖先都请回来了。母亲特意叮嘱我们不要随便讲话，同时父母也特别注意不称呼我们兄妹的乳名，怕误称祖先的名讳。大年五更一般都是鸡不叫狗不吱，风平浪静是个好兆头。听老人说，刮风兆战，狗咬兆乱，瑞雪兆丰年。

古人言："大年五更吃饺子没有外人。"出嫁的女孩不能回娘门。年又是一个合家大团圆的节日。无论你在天涯海角，即使赶不回家心也有所动。除夕夜心有所系，故乡的家和亲人万般牵挂在你心里。

母亲曾跟我讲过一个真实的事情。郑氏家族中我有位远房大爷，在抗战时期，儿子被国民党抓壮丁去了前线，已有好几个年头没有音信，到底在哪里当兵家中也不知道，是否还活着也无从知晓。也许是过年了想儿心切，每每五更吃饺子的时候，我大爷就站在院里的石磨顶上，面向四周对着夜空，高声呼唤儿子的乳名："儿啊，你在哪里？快回家吧！回家过年！"

寂静的夜空只有星星在闪耀，好像在回答："放心吧，你儿子一定会回家。"那凄凉的声音传得很远很远，让人心下黯然。

心诚则灵，还是祖上有德？一个春天里，儿子光荣退伍回家了。他参加了中国人民解放军，转业于海南军区。故事好像没有讲完，但让我心有所思。古老的中国年啊，是中华民族的传统大节，它经过了365天的时光，吸纳春夏秋冬四季的精华；它述说着岁月的变迁，象征着社会与家庭的团结和谐，还有人们对美好理想和幸福生活的向往。

一夜连双岁，五更分二年。大年除夕年夜饭吃饺子，老百姓又称"发芝麻"。当时钟敲至十二响，也正好是五更天。母亲开锅煮饺子，并把家中的碗筷全部放在饭桌上，以示来年多添人口。年夜饭菜不在多，但不可缺少豆腐和鱼，希望全家老少日子红火，年年有余，个个都有福。

啪！啪啪！是谁点响了新年的第一声爆竹，紧接着一声声一阵阵的鞭炮声响成一片。父亲燃放爆竹后把早已备好的芝麻籽洒满院子，祷告上天赐福，好日子像芝麻开花节节高。

母亲给我和哥哥每人两毛压岁钱，我又长了一岁。过年真好，高兴得一夜未眠。因还惦记着正月初一给大爷叔叔拜年呢！

正如我家大门上的春联所写：

　　　　田增五谷人增寿，春满乾坤福满门。

年年岁岁，岁岁年年。历史在前进，社会在发展。美丽中国让世界瞩目。日新月异的变化，人民安居乐业，生活显著提高。昔日有个穷汉曾言道："有朝一日过好了，天天十五月月年。"今非昔比，好日子已在眼前，过年不仅是穿新衣吃好饭那么简单，那匆匆而来又匆匆而去的年，是过客，是一个符号，更是一个终点和起点。

每个人都有同感，童年盼快快长大，长大以后盼当爸，满堂儿孙称爷爷，这是一个永恒的规律。盼我们的好日子就像大年五更的芝麻花开节节高，祝愿幸福的好日子万年长。

农历二〇一三年二月初五

（该文发表于《青岛日报》2013年1月13日"琴岛"副刊）

岁月与春联

地处五莲县的马耳山是我的家乡，北临诸城市。这里粮田肥沃，风景秀丽，湿润的海洋气候，赐予这片土地"月月风调雨顺，年年五谷丰登"。这里人杰地灵，家庭和睦，民风朴实，百姓传颂：若要吃好饭，诸安二县。

无论贫穷与富贵，每逢过年，家家户户的大门上都贴满了大红春联，张灯结彩，挂年画炒年糕，象征着喜庆，寄托着对美好生活的希望和追求。春联代表着吉庆祥和，国泰民安。旧社会有钱人家盼富贵，穷苦人家早贴春联，以免债主再登门。因为贴上春联就相当于过年了，大概为了图吉利讲道义吧，债主和欠债人都借此达成了一种默契，那就是一切事情等过了年再说。

家族中有位远房二大爷，是当时村里为数不多的文化人，祖上曾过了几天好日子，也算是村里仅有的财主吧。二大爷读过私塾，新中国成立后曾一度干村会计，写一手秀丽的毛笔字。二大爷乐善好施，为人好求，每每年关将至之时，街坊邻居包括村里大多数人家，都请他写春联，内容大都是迎春祝福、平安吉祥一类的话了。

1958年，全国实现人民公社化，那年我读小学三年级。春节前几天，学校放了寒假，父亲让我帮二大爷写春联，实际就是拿拿递递、牵牵抻抻、晾晒一类的活儿，也就是从那时起我爱上了写春联。二大爷先用锋利的镰刀，把厚厚的春联纸裁剪开，剩余的零碎小纸再写小杂耍，包括"福"字、"有（音）"字、横批等，然后把墨汁倒在茶碗里，放在火盆里温热，泊了泊笔峰，提笔便写：

总路线八方普照，大跃进万古长青。
人民公社千家富，社会主义万户春。

鼓足干劲儿,力争上游,多快好省地建设社会主义!这是当时我们党的总路线,也是全国人民为之奋斗的目标。

又是一年春节,这可愁怀了二大爷。"今年的春联写什么?再写旧的上级肯定不允许,更别说到集市上去卖了。"二大爷征求我的看法和建议,我想了想便说:"现在是全国山河一片红,人人都在活学活用,大张旗鼓宣传毛泽东思想,我们把毛泽东诗词写在春联上再好不过了。"二大爷听后忙说:"好!好!"随之又有了精神,大笔一挥便写道:

　　春风绿柳万千条,六亿神州尽舜尧。

　　四海翻腾云水怒,五洲震荡风雷激。

横批大都是"红心向党"、"心红志坚","出门见喜"也改写成"出门胜利",把"福"字和"有(音)"字这些象征吉祥的字样也换作"丰收"字样。老百姓也都转变了观点,说什么为的是一年一次新鲜,反正都是挣工分吃饭,谁还计较那些。但还有大部分人总爱挑选那些朗朗顺口的听起来顺耳的春联。

曾经有一位老汉在挑选春联的时候说:"我不爱听'翻腾'、'怒'的,还是'春风杨柳'好,更有年味儿,更让人感到春意盎然。"

1966年大哥结婚,喜事新办。迎亲那天,一没坐旧时的花轿,二没有现在的婚车,很难猜到,大嫂竟是肩扛铁锹、手捧毛主席著作,步行来到俺家。村里群众敲锣打鼓,迎出村外,男女老少都跑来看新媳妇。那大门上的喜对联,还是二大爷的墨宝。人逢喜事精神爽,二大爷喝了几杯喜酒后特别有兴致,又大笔一挥:

　　中华儿女多奇志,不爱红装爱武装。

噼噼啪啪!一串鞭炮过了门。

大哥娶亲在村子里成了新鲜事儿,更成了新闻,传遍了十里八乡。张嫂和李婶是村里出名的"小广播",大嘴巴张嫂说:"大姑娘出门头一回见,那新娘子脚下还穿了双黄胶鞋呢!"快语李婶回应道:"这就叫新人、新事、新国家,新媳子扛着铁锹来婆家!"话音未落即引来大家一片笑声。

新年新景新气象,春风春雨春希望。党的十一届三中全会的召开,给富有中国特色的社会主义祖国插上了腾飞的翅膀。"贫穷不是社会主义",

改革开放促发展,一个国强民富的中国阔步迈入了新时代。

再说二大爷岁在古稀,身体已不如那些年。是改革开放的春风,吹掉了压在头顶近半世纪的"地主老财"的帽子。那年春节我去二大爷家,但见那黑油油的大门上,已贴上了新春联:

国如晓日腾云起,家似春花一片红。

二大爷见我来了,显示出一种他从未有过的兴奋,意味深长地对我说:"冰化雪消,春天真的来了,我们的国家有希望,民族有希望,子孙后代有希望了!"

日月如梭,转眼30年过去了,如今我已是当年二大爷那个年纪,快速发展的中国已列入世界强国之林。世界看中国,中华民族是腾飞巨龙,正崛起在世界的东方。

我用二大爷那支粗大的羊毫,写了:

中华崛起,巨龙腾飞。

农历二〇一〇年八月

我和春联

　　　　天增岁月人增寿，春满乾坤福满门。

　　春联伴我走过了大半个人生，流逝的岁月中，有许多生活的辛酸无奈，更有对美好生活的期盼与追求。

　　在我的作品中经常提到"二大爷"这个人物，他出生于旧社会，是村里最早的文化人。他文笔清秀，刚劲有力，赢得了乡亲们很好的口碑。受二大爷指点和启发，我喜欢上了写春联，从此和春联有了不解之缘。

　　　　向阳门第春常在，积善人家庆有余。

　　我们家在村子的前面，日出先得光，左有老井，右有老碾，村前不远便是柳林和小河，看起来很具诗情画意。世代治家都是以积善为本，家业和顺，人丁兴旺。我娶妻成家，上天赐给一双儿女，家庭和谐，人生知足也。两个孩子生在70后，对儿女的成长成才我寄予莫大期望。那年春节将至，大门的春联是这样写的：

　　　　从来忠厚传家远，唯有诗书继世长。

　　岁岁年年，儿女走进了校门，接受教育，充实知识。孩子都有好奇心，为什么爸爸老写这幅老对联？天天看日日念，很自然成了顺口溜儿：从来忠厚传家远，唯有诗书继世长。日子长了，他们渐渐能理解其意，父母期盼儿女实实在在做人，不要做坏事，奋发读书好好学习，才是唯一正道。后来他们的成长和成才证实了这一点。

　　天下父母都有共同的愿望，望子成龙，盼女成凤，学业有成，将来有出息，能飞黄腾达光耀门庭。老人言："人行好事莫问前程。"90年代，儿女相继进了高中的校门，高考在即，大学在召唤。那年春节我又写了新春联：

　　　　金龙腾盛世，玉凤起祥门。

信心的力量是无穷的，我把满腔的期望放在儿女身上。学海无涯苦作舟，十载寒窗迎来最后一搏。儿女们相继以第一志愿迈入了大学的校门。艰辛的付出换来了甘甜的收获，迎来人生最闪光最绚丽的开端。

　　几年后，儿子大学毕业在中学任教，最让我高兴的是儿媳和儿子来自同一所大学，都干了同样的工作。女儿研究生毕业后也从事教育工作。他们爱岗敬业，多次被评为优秀教师。

　　那年春节的时候，我是这样写的：

虎乡传喜讯，青城报佳音。

　　中国在前进，社会在发展，家庭在变化，每个人只要认定自己的目标，不怕吃苦，逆境中学会坚强，信心就是力量，理想与希望一定会成为现实。

　　故乡生明月，别有一乡情。家是根、是港湾，是游子的大后方。那秀美的田园风光、淳朴的乡音乡貌和那世代居住的农家小院，留有旧时的记忆，充满和谐的音符。儿女在外工作，隔三岔五来个电话报平安。

　　年年岁岁，岁岁年年，春节又到了，今年的春联又该写什么？我心中有语：

吉祥门第，幸福人家。

农历二〇一一年五月廿十

赶年集

家乡许孟北临诸城市，面迎马耳山。每月逢四、逢九是集，腊月十九、廿四、廿九称作年集。每每年终岁尾，赶年集便成了最火最热的集会。

我家的老宅院坐落在村子最南面，门前有片宽阔的场院，故而又称作南场（庄稼登场晒粮的地方）。那场院靠着集市，所以才有出门就赶集的便利。

赶年集的，卖年货的，那过年的热情让乡亲们不再畏惧刺骨的寒冷。有句俗语说得好，若要受个罪，就做年生意。记得小时候，每到逢年集日子，母亲往往睡梦中被赶年集的人吵醒。他们起早远道而来，经常为占一个地方、争一个摊位而吵得不可开交。我家院子墙外也早早被卖年画的扯上绳子，挂满了流光溢彩的年画。通往集市的道路上，一大早人潮涌动，推车挑担，挎篮背袋的男女老少，不约而同地由各自的村庄奔上集市。

因家住街店集场的便利，每到腊月逢年集，父亲总会做点年生意，写春联（当地人称对子）卖是父亲的拿手戏。先把成刀的红纸裁剪成顺顺溜溜的长条，把墨汁炖在火盆里，然后，专注地挥毫泼墨，把满腔的喜悦变成喜庆的春联。

常言说，庄稼盼，买卖算。每到年集这段日子，各家各户都有自己的盘算，包括如何花钱和挣钱。同样，逢年集的头天晚上，父母也做了个大体的计划。按常规还是男主外、女主内，父亲赶年集卖春联，母亲负责花钱置办年货，奶奶在家看守门户，童年的我即成了唯一的闲人。

年集，在饱含了人们无数回忆与期待中，风尘仆仆向我们走来。集市按蔬菜、鱼肉、家禽、日用杂货几大类做了个粗略的划分，三两个干果摊混杂在菜市场里。我跟在母亲身后，随着人流往前挪动。集市上到处是商贩的吆喝声、买者的还价声、亲朋的问候声，还有打拳卖艺的，说书唱戏的也赶来凑热闹，把个年集烘托得热火朝天。

最让人感觉有年滋味儿的还数那阵阵的鞭炮声，它让人快乐，更让人心急如焚，叫时光加快了新年的步伐。鞭炮市场位于集西靠河边的沙滩上。那些卖鞭炮的有的是本乡人，还有不少是远道来的外地人，大都是黑脸膛，用粗哑的嗓门招徕顾客，唾液横飞地介绍着花色品种，鼓吹一会儿，就高举竹竿燃放几挂，随着"乒""乓"几声炸响，碎纸屑便在寒风中纷纷飘扬。见我眼馋靠前观望，母亲拉我一把说："不就是听个响声吗？远近有啥差别，记住娘的话，宁看拉屎的，也不去看放鞭炮的。"母亲的话让我笑而不解，但我相信母亲一定是为儿子的安全着想。

我跟着母亲赶紧往前挤，步入杂货市，刀啊板啊筷子碗啊，香纸蜡烛什么都有。母亲买了一摞碗、一把筷子（一把十双），让我抱着，并特意叮嘱别碰破了。我嘟嘟嚷嚷，家里碗和筷子一大些，还买这么多？路上听母亲讲道，过年，有些东西可以不买，但一定要买筷子碗，添筷子添人口嘛。心想，这也许是老祖宗留下的规矩，过年讨个好兆头，盼望人丁兴旺发达呢。说的也是，以后的十多年里，家中又添了两个弟弟、两个妹妹，成为了多人口的大家庭。

出了杂货市场，母亲领我到供销社食品门市店，给我买了些点心、糖果之类的食品。那时的乡村集市上，哪有现在超市里五颜六色的糕点和各式各样的奶糖啊！

今年岁尾，伴随着经济的发展，过去的旧集市已远远落后时代的发展。因城镇化建设、旧乡村改造，新集市扩建西移。学校放了寒假，我领着孙子去赶年集，发现刚扩建的集市比以前大多了，还开辟了专门的成衣、水果、海鲜、肉食、蔬菜、日用百货等摊位。样式新颖的时装，吸引着腰包渐鼓的乡亲们试穿、购买。我还惊喜地发现，集市上新添好多书摊，摆放着印刷精美、装帧考究的文学、科技等方面的书籍。在集市一角，还有不少生意火爆的花摊，灿烂夺目的杜鹃、蝴蝶兰、仙客来，另有许多叫不上名字的花色品种，吸引了一大堆花卉爱好者。

看看集市上那些琳琅满目的商品，我有些喜出望外，买了两串冰糖葫芦给孙子。站在拥挤的人群里，发现集市上车辆云集，还有那老人的慈祥、孩童的天真、年轻人的欢快、灯笼的闪亮。我又想起了多年前跟着母亲赶年集的情景，回味着那时的快乐，忽觉岁月匆匆，时光远去，更感叹家乡年集的巨大变化。

农历二〇一六年腊月

炕席

上小学时曾读过一首诗：泥瓦匠住草房，纺织娘没衣裳，卖盐的喝淡汤，编凉席的睡光床。

当然，诗人笔下所描绘的是旧时社会的情景，今天随着人们物质生活水平的提高，有了更新更美的追求，实际点儿讲就是老百姓关注的那些事，衣食住行，暖屋热炕，让人感到生活的美好，家庭的温暖，其乐融融。

眼下时至"三九"天，旧历新年也为期不远，老伴携我同去商店逛逛，顺便买席子回来。其实炕上的席子并不破碎，只是旧一点点，因为过新年嘛，更新一下炕席也是应该的。俗语说，人要脸，树要皮，炕上须有被与席。节日期间亲友造访，屋内收拾得温暖整洁，让人感觉心情舒畅不是？

位于许孟商业街南端，有家土产门市店，厅内摆满了各种式样的炕席及编织品，前来光顾的消费者多数是上了年纪的中老年人。面前是琳琅满目的样品，凉席、行席、皮革席、机器合成的海绵席，唯独缺少过去的人工编织的枣花席、苇席、山席。店主人介绍说："今冬流行海绵席，既美观又暖和，铺在炕上绵软软、暖和和，既舒适又好看，无须烧炕过冬天。"听了店主人一席话，老伴有所心动，经讨价还价后最终花了60元钱。虽觉价格有点贵，但按当时的物价及现在的经济条件来看，还算适中。当我问起当年的人工编织的枣花席为啥不见了，店主人有点无奈地说，咱庄户人所称的"枣花席"，原产地在胶南县两城镇。现在原材料缺少，在当地种席秫秸的不多了，再者人工编织费工不少，故而市场上已不多见。枣花席红白相间，花纹美观有序，铺起来舒适环保，对人体有益，而且携带方便，好大一领席叠吧叠吧放在提包里就可带走。有关枣花席的编织工艺已被列为国家非物质文化遗产了。

有句风趣话：家有房子千万间，睡觉仅用三尺宽。一席之地何言宽也？记得小时候，全家老少七八口人合住三间草房，尤其是冬天大人孩子都挤在一盘炕上，同盖一床被，共铺一领席。奶奶白天在炕上双手烤着火盆儿，靠着温炕，倒也没觉着冷。伴着日出日落，没有太多的考虑。生活啊，别有一番滋味在心头。

鸟儿总有离巢的时候，兄弟中大哥已娶亲成家在外，接下来我也到了谈婚论嫁的年龄。那还是"文革"期间的60年代末，打破旧观念，提倡婚姻自由，恋爱结婚。大集体的年代，尽管男男女女老老少少同在一起生产劳动，打打闹闹，说说笑笑，但大家都墨守成规，曾未越雷池半步。自个儿谈恋爱搞对象的甚少，有者也引来众人的说三道四，倒成了新闻。所以儿女长到谈婚论嫁的年龄时，绝大多数靠父母之命、媒妁之言。同样我人生第一次相亲也是靠媒人介绍的，在农村来讲就是验亲，即女方同父母先到男方家看看，感觉没什么意见留下吃个饭，若女方没看中的话是绝对不吃饭的，一般来说喝杯水便走。

日丽风和，赶巧这天许孟大集，父亲早起把水缸担满了水，随即又清扫院落，实则不扫也干净。少草无粮，天井院内只有一个不大的瓜干栏子，母亲忙里忙外怕还有什么不妥，烧水泡茶，迎接来自南山来相亲的人家。

当地有句俗语，进门三相，相了锅台相炕。山里来的父女俩一是来相亲，二是顺便来赶集。经媒人相互简单介绍后，父亲热情地把女方爷俩让到屋里，母亲也忙着递烟泡茶。姑娘进屋见了母亲问候了一声"大姨好"，母亲喜得合不拢嘴，忙答应："好！好！都好！"姑娘话虽不多，却给人一个很好的印象，不高不矮的女儿身，一头短发透着秀气，白净的脸庞显露出几分红润，让人感觉一定是个知礼孝道、能持家过日子的好媳妇。

时近晌午，母亲忙准备烧火做饭，此时父女俩说顺便到集市场买点东西，父母一再挽留，父女俩执意不肯，说等日后再述。就这样，一次满怀希望的验亲画上了一个不完整的句号。

日后，媒人传来消息，说验亲的事，姑娘看来很乐意，主要是姑娘她爷没看中，说什么没见粮，没见草，炕面上的枣花席破旧得变了颜色，还补了好几处补丁，再说弟兄们又多，不想让女儿嫁过去受累。记得当时父亲很坦然，并无半点责怪女方的话语，天下的父母都为儿女好，女方的父亲没有相中这门亲事，一切都在情理之中。父亲当着一家人的面说："临时看咱家的生活条件确实不如南山，最起码人家靠山吃山，柴粮不犯愁，咱虽靠集镇又有啥好处？国家又不允许个人做生意，我想将来会变好的。"常言说，生处不嫌地面苦，母亲很感慨道出了一番话语："谁说咱的条件差？全国一盘棋，都挣工分吃饭，家家生活都一样，一时一个变化，说不上哪天咱村变成个大城市，那山里的姑娘还抢着来呢！"

流水的时光带走了昔日的忧伤，星星还是那星星，月亮还是那月亮，社会步入了新时代。如今的青年人赶上了好时光。家乡许孟已今非昔比，街道笔直宽阔，交通便利通畅，高楼拔地，店铺林立，人们所关注的衣食住行，已不再成为生活的问题。众多有远见的山里人谋发展迁居小镇，当年母亲的话成为现实。

人生步入夕阳，膝下的儿女像离巢的小鸟飞往实现梦想的地方。席梦思、高档床已成为当代人的时尚，只有留守家中的老人还迷恋多彩的席炕。听雄鸡报晓，看炊烟缭绕，闻世间趣事，话岁月沧桑。

农历二〇一五年十二月初四

爆花机

在 20 世纪七八十年代，有一种老式爆花机，或许你并不陌生，也许还保留在你的人生记忆里。

那些年，家中人口多，兄妹多，日子艰难，平日里又没什么经济来源。各家各户都那样，靠年终生产队里结算，按每个工日的价值分点余额款。为缓解家庭的经济困难，在县城当工人的大哥带回家个铁蛋蛋，就是所谓的老式爆花机。

大哥的秉性很像父亲，在青年时期就很有经济头脑，说这么一大家子人，这么多人口，单靠挣工分怎解燃眉之急？炸爆米花在农村当时还是件新鲜事，虽然这生意致不了富，但只要不怕脏不怕苦，经营得好，对过庄户日子而言，一定是个很大的帮助。

说干就干，大哥先做示范，准备齐全炸爆米花所必备的炉子、风箱、铁钳、扳手等物件，在院子里生起炉火。大哥先爆出米花请周围邻居品尝，获得邻居的赞同和支持，并采纳了大家一些好的经营建议。万事俱备，再迎东风。

来日清晨，喜鹊喳喳登枝高唱，是个好兆头，我心里乐滋滋的。行头很简单，一辆手推车，这边放着风箱，那边放着爆花机与工具盒，找了个好日子就算开市了。

人生头一回做生意，难免心里有点紧张，好歹有大嫂给我压阵。大嫂说："紧张啥？咱一不偷二不抢，一本正经做生意，乡亲们欢迎还来不及呢！"我想也是，推着小车便走街串巷，放开嗓门吆喝："炸爆米花来！一包一毛钱——"

在一堵墙的背风向阴处选好位置，安营扎寨，生起炉火。大嫂推拉着风箱"呼嗒""呼嗒"将炉火吹得正旺，先放一炮筒家里带来的玉米。装满一瓷茶缸倒进了漆黑的铁罐里，随即用铁板子拧紧了口盖，因若有丁点儿透气都会影响爆花的质量。左手握住机子的柄，上下不停转动着像"炮弹"式样的机身，右手不时地给炉火添煤，眼睛注视着压力表的进度。约10分钟左右，正是爆花的最佳火候，我猛地提起机身对准透气的长口袋，喊道："小朋友们快闪开！放炮啦！"随即用铁棍撬动机盖，只听"砰"的一声巨响，周围的小朋友都慌张地捂上耳朵，纷纷向后退去。这时，一股白色的烟雾腾空而起，空气中便弥漫起一股浓浓的爆米花的香甜味，炉中的玉米冲出罐口的那一刻，即变成了白花花的爆米花。此时在场的大人小孩聚拢过来，一直忙活的大嫂招呼着请大家品尝。成功带来了效益，小朋友们都纷纷跑回家去领着家长来炸爆米花。"师傅？先给俺爆一桶！"一位中年妇女喊。有位老太太领着孙女同时也嚷道："俺也等半天了！"大嫂使劲地推拉风箱，我也不停地往炉中添煤，连饭也顾不上吃，忘记了疲劳，顾不上烟熏火燎，浑身一股刺鼻的煤烟味，不知情者还以为是个小炉匠呢，一"炮"又一"炮"继续。

在前来爆花的人群中，有一个衣衫褴褛的小女孩，双手端着小半瓢玉米也等候老半天了，大嫂见状忙说道："大家请稍等，先给这小姑娘爆一锅好吗？"我伸手接过小女孩手中的小半瓢玉米，还没有满一瓷缸倒进了锅内，只听小女孩口中念叨："俺没有钱……"

那时农村都很穷，玉米是每家每户的主要口粮，若不是为满足孩子奢求，是不会轻易拿出来炸爆米花的，拿着两个鸡蛋去门市部换火柴是寻常事。那小女孩母亲有病在床，眼下的日子已在预料之中。

我把爆好的米花盛好，没有收钱。小女孩接过还冒着热气香气的爆米花，脸上绽放出开心的笑颜，也许她很久没这么快乐啦。

冬天的太阳说落就落，等爆完最后一锅米花后，已是掌灯时分。有句歇后语，铁匠挑炉——散火。清点一天的收获，合计32块5毛钱。大嫂和我都上下一色，尤其大嫂那白净的脸膛只有牙齿还是白的。我"嘿"的一声笑出声来。是的，虽然辛苦，但也乐在其中。

生活依旧没有起色，两年后，四弟顺应当时的潮流决定闯关东，为谋生计临行前带着爆花机去了黑土地。

如今，伴随着人民生活的提高，已经难觅走村串巷的老式爆花机了，这个古老的行当渐渐离开了人们的视线。现在的孩子出生在幸福的怀抱里，并没感觉对什么东西最渴望。老人有语：饥了甜如蜜，饱了蜜不甜。我想，这一代人终将不会知道父辈的童年里，曾经奢望吃到那种原汁原味的爆米花。因为是最快乐的事情，想来隐约中有股感慨涌上心头。

流年似水，转眼40载过去了，再追想那逝去的陈年往事，倍觉一番滋味在心头。虽然，往事只能回味，但抹不去那段艰苦岁月中为生活拼搏奋斗的时光。

农历二〇一五年三月廿十

又到二月二

2010年的春天迅速向我们走来。元宵佳节刚过，北方地区虽然还有雪花飞舞，但是春雷阵阵，大雁北还，让我们心中不觉振奋，万物复苏的春天已经到来。一年之计在于春，而"龙抬头"的二月二，无疑是一个重要的日子。

我常以为民俗即是时代生活的民间记忆，它随着时间的推移发生着悄然的变化。二月二在当今已不是一个特别隆重的节日，在北方，我们的庆祝方式渐渐简化为吃糖豆，而它的内涵却远不限于此。

我对二月二有着特别美好的记忆。20世纪50年代，我还是一个小孩子，那时候，我爱耍贪玩，最大的兴趣就是盼年过节了。在那些艰苦的岁月里，过年过节可以穿新衣，吃好饭，难得"奢侈"一回。每当春回大地，小孩子就迎来了他们的"二月二"。

农历二月二日这天，据说是"土地爷爷"的生日。东方刚出现鱼肚白，母亲就已经起床。她洗罢脸便清扫院落，然后从锅灶下掏出草木灰，趁太阳没出来的时候，先在房前院后用草木灰撒一圈，再在院子里撒一个粮仓。母亲心灵手巧，那仓囤撒得跟真的一样，宽敞大方，有门有窗，还写上一个大大的"丰"字，祈祷全年五谷丰登有个好收成，风调雨顺四季太平。但这一切都须在太阳没升起的时候劳作，这样才能够显示诚意。

节日是最能体现风俗民情的。在乡村，过节的表现之一就是杀鸡炖肉包饺子，吃顿好饭。而逢二月二这天，饭桌上再加添一道菜，那就是炒豆芽。它鲜嫩可口，越吃越香。那白白粗壮的根芽，弯弯地顶着黄色的豆瓣，像蝌蚪，像逗号，更像一个新的生命。早春二月，万物复苏，豆芽发芽很快，它强劲的生命力孕育着生机，带来春的希望，期待秋的收获。

如果你是远方来的客,在二月二这天,无论贫富,家家都会端出糖豆让你品尝。它清脆香甜,吃而不厌。儿时的我最爱吃母亲炒的糖豆。母亲的糖豆制作精细。她先用簸箕将黄豆去净沙土,并挑选个大粒圆的优质大豆,放入清水中浸泡后,再晒干。母亲将红糖煮沸,把早已炒好的黄豆倒入锅中搅拌,香甜可口的糖豆就出锅了。而站在旁边急不可待的我,会把糖豆用纸包着即刻跑出家门,与小伙伴交换品尝。你吃我的,他抢你的。那时候,我的糖豆常常被推为最好吃的,我那时候毫不谦虚,分外骄傲。这可是母亲劳动几天的成果,里面寄托着对生活的美好期望,丝丝甜蜜,岂不沁人心脾?

那时候,母亲常带我到外婆家去,我常常好奇外婆家满屋子花花绿绿,贴满了木板年画。我好奇好问,指着一幅春牛图,嚷着外公给我讲故事。外公不厌其烦,眼睛瞅着这幅春牛图告诉我一个古老美丽的传说。

4000多年前,文王访贤,魏水河边巧遇姜太公。文王请太公出山相助,共灭商纣,救百姓于水火。后太公辅佐文王建立了大周朝。在这期间,社会安定,人民安居乐业,生产力提升,社会向前发展。国家富强了,老百姓步入了太平盛世。那时百姓有语传颂:路上行人七十稀,很少见了八十的。意指人烟浓厚,青壮年繁盛。周文王体察民情,很了解老百姓的心理,认为只有把百姓看作自己的衣食父母,江山才能永固,社会才能稳定向前。岁岁年年,农历二月二这天,周文王率领文武百官到郊区农田。眼望漫野处处是耕牛,周文王接过农夫的犁耙,手舞赶牛鞭,心中有语,祈祷上苍,保我子民风调雨顺,五谷丰登,国泰民安。时至中午,正宫娘娘在宫娥侍女的陪伴下,抬着食盒,提着汤罐,君臣与农夫田间地头共午饭。后人有诗曰:二月二龙抬头,万岁皇爷驶金牛。正宫娘娘来送饭,保佑黎民天下收。

民以食为天,关于二月二的这个传说大有深意。"风调雨顺,五谷丰登,国泰民安"是一种多么朴素美好的祈祷啊。每一个民俗传说都包含着对生活的美好愿望。有了美好的愿望,温暖的阳光才会照耀在我们的身上。即使在艰苦的岁月里,我们依然能够品出生活的甜味。

如今,很多曾在愿望中的东西都已经成为生活的平凡现实,所以很多民俗都流于形式,渐渐淡化。形式虽然淡化,但内涵却是在我们血脉中传承的。童年时母亲炒的糖豆，外公讲的故事，让我回味悠长。关于二月二的记忆，让我内心温暖而安宁，像春风拂过脸庞。

农历二〇〇九年三月十二

（该文发表于《青岛日报》2010年3月23日"随笔"副刊）

春燕

"小燕子,穿花衣,年年春天来这里……"那充满诗意的歌声,悦耳的童音,仿佛把我带回到了童年那段时光。

每年三月三,燕儿飞满天。今时至清明,还未见春燕北回,是气候不适还是路途遥远,让人费解,更让人期盼。

春风吹绿柳,大地播春晖。儿时的记忆中,每年到这个时候,河两岸湖塘边,垂柳倒挂,桃李花艳。春燕剪柳,青蛙声喧。我同小伙伴赤脚在小河里捉蝌蚪,摸鱼虾。今再次回望那情那景,不正是另一幅绝美的"清明上河图"吗?

记得小时候,每到清明时节,就看到成群的燕子从南方飞回来。我家老宅子在村前边,村前不远处即是望不到边的柳林。涓河水清澈透明,像一条银带从村边流过。我家堂前院内有许多的燕子"叽叽喳喳"叫唤,好像在告诉主人"俺又飞回来了"。通常每年到这个时候,母亲都会说:"儿子,快看,咱家的燕子又回来了!今年又是个好兆头呢!"母亲说:"古人言,燕儿不进愁门,咱家的日子一定越过越红火!"

我家有两窝燕子,一窝泥燕,一窝草燕,泥燕与草燕样子长得相同,只有在它们做窝时才分辨出来。泥燕用纯泥做窝,而且做的窝深而大,还有各种造型,有的像酒篓,有的像酒壶,各式各样。草燕做窝泥中掺草,做的窝浅而小。

燕子做窝不易,早起晚眠飞来飞去,一刻都不停息。从沟渠旁水塘边,衔来一口口泥巴垒窝,往返数日后才算完工。我目睹了燕子治家之辛苦,想起了平日生活中,人们经常讲的一句话:燕子衔泥垒大窝,功到自然成。

进入夏季气温相和,老燕子便开始孵小燕,整天蹲在窝里不出来。母亲说老燕子正在抱窝呢！大约一周后，小燕子孵出来了，唧唧！喳喳！时常探头窝外。老燕子双双飞出飞进打食喂之。衣来伸手饭来张口，正应了这句话。

其实，生活中燕子是很爱干净的，窝内没有垃圾。小燕子的粪便都被老燕子用嘴叼出去了。有时老燕子外出打食没回来，那小燕子鼓起屁股把粪便撒在窝外。

盛夏时节，为了凉爽，全家人通常都在"过当"里吃饭，有时小燕子的粪便从房梁上掉落饭桌旁，这时候母亲总是不厌其烦，一边擦抹一边说："不要嫌弃，等过些日子出飞后就干净了。"母亲的贤良人所共知，时刻把儿女放在心上，同时对待小动物如小狗、小猫、小鸟也疼爱有加。有一次，有只小燕子从房梁上掉到地上，老燕子"叽喳"直叫唤。母亲忙喊我找来梯子，双手扶着让我把小燕子送回窝里。写到这里我想起了童年时的一段往事。

老人言：七岁八岁惹人嫌。正当贪耍爱玩的年龄，一天，舅舅从集市上买了两只黄雀放在鸟笼里，送给我玩。我高兴极了，喂小米，喂麻种，不停地忙活，被母亲瞧见了对我说："你这孩子，多么大了还玩鸟！你那坏舅舅买什么不好？偏给你买鸟玩！"又过了两天，母亲又唠叨说："孩子快别玩了，妈妈给你买新衣裳，看这小鸟多不自由？让它去找鸟妈妈好吗？"童心告诉我，也许母亲的话是对的，心里虽然有些舍不得，但还是毅然打开了鸟笼。小鸟飞向了蓝天，母亲高兴地夸赞我是个好孩子。

时光在期盼中度过，小燕子出飞啦！老燕子在做示范，教小燕子有关飞翔的各种姿势和捕捉昆虫的本领。古人有语，羊马比君子，自然界中包括动物与鸟类，都具有护犊的特点，只有付出不求回报，直到子女成家立业，生活自立为止。

八月初一雁门开。秋天，北方的农村，田地里庄稼进入成熟和收获期。气温由此转凉，燕子也即将完成它的使命，在做南迁的准备。一群群一批批从北方飞来，落满了电线与房脊。再等北风吹来的时候，燕已南归。它们漂洋过海，到适合它们生存的地方去了。

燕子是春天的使者，是庄稼的卫士，更是咱农民的朋友。

时光匆匆，人生漫漫，祖辈父辈都成了过客，儿时记忆中的乡村乡貌只留下一些斑驳的影子。今朝，社会已迈进实现中国梦的时代，乡村变城市，高楼拔地起。经济发展了，农民过上了幸福美满的好日子。

"燕不进愁门。"小时候母亲的话还回响在耳旁。年年岁岁，岁岁年年，燕子南来北往，飞越大海和群山，翱翔在城市与乡村间，见证了社会的发展、家庭的变化、人民生活的幸福美满。

燕子，农民的朋友，再等明年春回大地、绿柳花红时，欢迎你再来，那其乐盈盈的农家小院还是你的家。

农历二〇一四年三月廿十

（该文发表于《青岛日报》2015年4月13日"琴岛"副刊）

黄尖子鱼

古人有语：靠山吃山，靠海吃海。山有山珍，海有海味。每年的农历二三月份，也就是清明节前夕，正是黄尖子鱼上市的时候。乡里人称黄尖子鱼，至于海边的渔民称什么名，咱就不知了。

人们常说，头水有鱼。黄尖子鱼知时节又赶在早春，随海上大潮而来，过了这个季节便消失无踪，只有等到来年春潮再来。

黄尖子鱼扁薄型红眼圈，其味道鲜美可口，敢与其他鱼类相媲美。记得小时候，父亲从供销社买回二斤黄尖子鱼。尽管那时一大家子人，经济不宽裕，我和弟弟妹妹每人只分到两条鱼，但也吃得津津有味，过后还回味无穷，所以黄尖子鱼固有"一户煎鱼闻半村"的美称。

春满神州，日丽风和，恰逢双休日，远在岚山工作的儿子一家人赶了回来，并从车内抬下一箱黄尖子鱼，进门便喊："爸！妈！"小孙子也吆喝喊奶奶，老伴儿放下手中活儿计，随即应声走了出来，牵着小孙子的手高兴地说："是孙子回来了！"她一边又唠叨，"大老远的回来做啥？"这时儿媳妇嘻嘻一笑，说："这是从海上刚下船的鲜黄尖子鱼，让您和俺爸尝尝鲜。"近水楼台先得月，靠海人家早尝鲜。天时与地利，更重要的一点是儿女对父母的孝心。也许价格不比市场上便宜，但一定比市场上的鱼鲜得多。儿子捎来的黄尖子鱼中蕴含着浓浓的亲情。

儿子打开保温箱，呈现在眼前的是鲜明银亮还带有海水气息的黄尖子鱼。"让左右邻居你叔叔大娘都尝尝鲜吧！"老伴拿来包装袋，"这份给东邻王婶，这一份送给西舍的张嫂，这份送给后宅的你三叔，别忘了还有前院的陈老妈呢！"老伴边唠叨边安排着。

儿子、儿媳、小孙子每每回家，其实父母并没做什么好饭菜，如七大

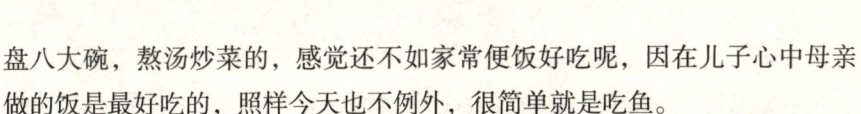

盘八大碗,熬汤炒菜的,感觉还不如家常便饭好吃呢,因在儿子心中母亲做的饭是最好吃的,照样今天也不例外,很简单就是吃鱼。

黄尖子鱼每个地方都有不同的做法,如住在海边人家通常是熬汤吃,做鱼丸子吃,再是用它做馅儿包饺子吃。而在家乡五莲则是煎着吃,即把黄尖子鱼摘洗干净,最好用豆油放进锅内用细火煎之,做熟后色泽呈黄褐色,其香味四溢,让人感觉大有胃口。另外,吃鱼最好的饭食莫过于煎饼,馒头、馍馍都不对口味,若不信你可尝尝看。也许在海边生活的人们多吃煎饼,与常吃鱼有很大的关系吧。

不多时,老伴把鱼煎熟了。饭桌上黄橙橙热腾腾两大盘鱼,照旧饭食还是煎饼。小孙子好像比平常日格外爱吃,直夸奶奶煎的鱼好吃。儿子在赞美的同时,说:"妈?您煎的鱼确实味道很好,我想小时候妈煎的鱼还多一些更好吃的味道。"没等老伴儿开口我便说:"儿子,鱼没有变,是社会在发展,人们的生活水平提高了,人的思维也就变了,总之一句话,肚内不缺了,饥了甜如蜜,饱了蜜不甜。"一家人点头以示认可。饭桌上虽没有什么大菜,但全家人还是吃得津津有味。一大摞煎饼吃没了,都进了肚府。高兴之余小孙子央求爷爷讲个笑话听,我讲了一个让大家似笑非笑的关于黄尖子鱼的故事。

早年间,马耳山后有个朱老庄,庄里有户财主名朱旺。虽然没有家财万贯,但大囤满小囤满,陈粮陈草,衣食无忧。朱老财治家有方,要求子女不求山珍海味、鸡肉鱼蛋,但求粗茶淡饭不断,是饭充饥,是衣保暖,久而久之,乡里人送他一外号称"布衣财主"。

又是一年芳草绿,春风吹拂三月天,黄尖子鱼上市了。儿子想买担鱼尝鲜,30多口人的大家庭可不是小费用,又知道朱老财的脾气不喜欢买鱼吃。儿子认为爹是舍不得花钱吧,就想了个瞒天过海的主意。那日正逢许孟大集,父子俩都去赶集,儿子背着爹偷买上了一担鲜黄尖子鱼,让伙计先挑到回家的半道上,并嘱咐别多说话让东家知道,等一切安排妥当,父子俩才离集回家,这个时候太阳已快落山了。

父子俩徒步走到半道上,这时路上行人也很少了,见两箩筐鱼放在路上,父子俩便停下了脚步,左望右看也不见人影儿。儿子对爹说:"爹,你看也不知谁丢的鱼,咱捡回家去吧?"朱老财看了半天说:"咱还是走吧,不捡不义之财!"儿子又说:"你看四下无人,天又快黑了,还是捡着好!"朱老财无语,心里想又没花钱买,再说扔了也怪可惜的,儿子见爹没作声就把两筐鱼挑回了家,第二天合家老少一顿忙活,暂且不提。

　　时光过得真快,转眼黄尖子鱼上市的季节到了末期。那天又逢许孟大集,儿子又想吃鱼,便叮嘱伙计一切照旧,等集散了父子俩又回家,再次来到半道上又见两筐黄尖子鱼。儿子又对爹说再捡回家吃。朱老财一听火了,说道:"鱼!鱼!鱼!这次我才不上这个当了,上次捡了个便宜,却多吃了许多的煎饼!还是让别人捡去吧!"连看都没看,径直朝家中去了……

　　故事好像没有讲完,正听得入耳的小孙子发话了:"爷爷,还有吗?"我笑了笑又说:"还有那两筐鱼吗?也不知让谁捡去了,你说呢?"

　　话音未落,合家人都笑得合不拢嘴,就连一向不爱说笑的老伴儿也笑出声来。那笑声洋溢着甜蜜的幸福梦,带着浓浓的亲情,溢出了农家小院。

农历二〇一四年三月十六

粽子

　　五月的和风吹得人浑身热乎乎，长江以北的冬小麦已到了成熟的季节。扑面而来的南风吹得麦浪翻腾，金光闪烁。伴着麦收季节的降临、盛夏的开始，那一年一度的端午节又来到了平民百姓家。

　　在外工作的儿子女儿节日休假，全家都赶回来了。大家庭的团聚给节日增添了色彩。我和老伴忙中有乐，早把粽子煮熟了，还煮了满满一篮子鸡蛋，炒菜、和面、包饺子尽在忙碌中。

　　古老的民俗，老祖宗留下的节日，延年传承至今。端午节在当地又称端阳节，我清晰地记得小时候过端午节的情景。头天下午我约小伙伴们到坡下采来艾草，逢节那日清晨起来，父亲把我采来的艾草插在房檐下、室外的窗户上面。艾草的芳香味飘浮在空气中，感觉很舒服。我们兄妹还在睡梦里，母亲早把五色线系在每个孩子的手腕上、窗户棱上、大门的门关上。那小狗小猫的脖子上也套上了一圈艾草，跑来跑去很有意思。端午节那天每个小伙伴手上都带着五丝，碗里都装着粽子和锅煮的鸡蛋，黑中带红的皮色，吃到口中有特别的清香。我曾好奇地问过母亲，房檐上插艾草、小孩扎五丝，是什么意思。母亲总是说小孩子家问道什么！我想艾草有去虫解毒之功效，小孩扎五丝可能是象征平安吉祥吧。童年真好，五彩斑斓，充满人生最美好的希望。

　　粽子的主要原料是五谷杂粮，以小黄米、大黄米、糯米为主，内中若加入少许杂粮，如爬豆、绿豆、豌豆，其味更佳。有句顺口溜：小孩爱吃个油炸滚，老人爱吃个糯米粽。小时候我看过母亲包粽子，把粽叶提前三天泡在缸内，用手搓去叶面上的毛毛，直到光滑为好。把米淘洗干净，用粽叶包好米后再用蒲草或艾子草扎紧，放在锅里用大火高温煮熟。吃起来感到黏黏的、甜甜的、香香的，纯天然味道。

包粽子用苇叶、树叶，通称粽叶。从儿时记事起家乡人就习惯用粽叶，它来自西山里临沂，来自山上生长的一种以叶大味美著称的粽叶树。西山的粽叶因气候原因长得略小，但叶厚味浓。那些年还是大集体的时候，会做生意的人都提前节日20多天带足干粮、行李，推着小车去了西山里，从山上采摘晒干后再运回来。因为交通不方便又没有更省力交通工具，仅靠人力步行前往，所以往来得需要好些日子。说起粽叶不妨我谈上一段凑巧的趣事。

改革开放初期的80年代，许孟镇郑家车村买了一台面粉加工机器，是厂家用一辆大卡车送来的。卸车时机器绳索拐角处用树叶子垫着。常言说得好，干什么吆喝什么。干活的人中有一位是岳父家内弟，拿起叶子看了看，一嗅是粽叶，便留心记住了大卡车上的地址——河南嵩县。

郑家车村人每年都去拉粽叶卖，几个人商议去趟河南，拉着粽叶更好，若没有的话就算去旅游一回。几个人按照大卡车上的地址，到了河南嵩县四处一打听，去了山里一个村子，巧得很，村子也叫"车村"，只是少了"郑家"两字。一看漫山上到处都是这种树，当地人用来养蚕喂牲口，别无他用，合几分钱一斤。于是雇了一辆车拉了回来。河南因气温比山东暖和得早，那叶子生长快，也格外大，与西山里的粽叶相比较只是味淡些，很受消费者欢迎。好生意只做头一回，接着一传十，十传百，都去河南拉粽叶。河南当地人此时方知这叶子在山东还有这用途，转眼找到了发家致富的好门路。每年端午节前夕一车车叶子运往山东，尤其是日照、潍坊广大地区。变废为宝，小小叶子带动了两省经济的发展。交通运输业的发展，满足了群众的物质生活的需求，靠拉叶子、卖叶子的确也富了许多人。

国强民富，人民群众的生活大大提高了。天天都是好日子，再不用为生活发愁，人们天天十五月月年，吃啥都没感觉香甜。尤其80、90后的年轻人，已淡化了过节的念想。小孩已没有对节日的那种期盼。总之一句话，生活好啦。

前些日子在外工作的儿子来电话问："爸爸,端午节是哪一天？"我回答："是每年农历五月初五日。"儿子的电话让我想起早年间常讲的一段笑话。

有一位山二哥问："大哥来？那五端阳在那哈门？"山大哥回答："可能在六月头门。"听者无语。

如梭岁月几度轮回。老祖宗留传给我们的节日，莫忘。每年家乡的麦子熟了，端午节就到了。

农历二〇一三年四月廿八

（该文发表于《青岛日报》2014年5月26日"琴岛"副刊）

新《观刈麦》

自古农家少闲月,五月人倍忙。
今朝农家多闲时,五月悠闲心不慌。
麦从西熟南风起,茫茫麦海翻金浪。
看"谷神"和"谷王",马达声声震天响。
坡里打,地里扬,小麦何须再等场。
从平川,到高岗,丰收笑语歌嘹亮。
收割机"谷神"王,像游龙似神蟒。
麦粒唰唰从天降,四轮卡车搬运忙。
再不用妇姑荷箪食,童稚携壶浆。
更不用足蒸暑土气,背灼炎天光。
卖冰糕的声声喊,姑娘小伙站地旁。
改革开放迎盛世,中国农民心花放。
国家富强民兴旺,富裕农民奔小康。
农民种地得实惠,免税补贴不纳粮。
颂歌一曲赞盛世,幸福生活万年长。

农历二〇一〇年五月

附:
新《观刈麦》
郑涛

自古农家少闲月,岁岁五月人倍忙。
麦熟又从南风起,片片粮田覆陇黄。

喜庆人家庆有余，眉眼宽舒心不慌。
翘看机械显神通，马达声声悦耳响。
妇姑无须荷箪食，童稚哪来携壶浆。
收种不蒸暑土气，闲懒才灼炎天光。
滴滴汗水皆辛苦，颗颗金珠落满仓。
田间亦有携子妇，手秉遗穗教儿郎。
识记五谷不忘本，勤俭持家美名扬。
国泰民安风雨顺，改革开放济世长。
种地免税又补贴，亘古哪有不纳粮。
惠民政策暖民心，党恩绵绵不能忘。
颂歌一曲赞盛世，幸福生活万年长。

（注：以上两文为父子参照唐朝诗人白居易作品《观刈麦》进行的不同风格的现代改编）

故乡山水

"一座座青山紧相连,一朵朵白云绕山间,一片片梯田一层层绿,一阵阵歌声随风传……"

远处的山坳里,是谁又敞开了歌喉?那歌声在山中回荡,顺风送于耳旁。啊,谁不说俺的家乡美,情不自禁我也哼了起来。

九仙山与五莲山相比邻,2013年农历的七月初七,五莲县第四届"七夕"情人节在九仙山上举行,喜事成双,中国海疆万里行栏目组的记者们来日照采风,同时也莅临九仙山,让节日更加隆重、美丽和多彩。

"七夕"是中国式的情人节,传说每年的农历七月七日是天上牛郎星与织女星相会的日子,是千百年来民间流传至今的神话故事,也是劳动人民对天上人间爱情的美好愿望。

很荣幸我与民间杂耍队的队友参加演出,来九仙山为庆典服务。

汽车行驶在宽阔的柏油路上,翻越"三关口"九仙山,五莲山便呈现在视野中。白河水清澈透明,顺流东去,岸边杨柳倒垂河中。司机拨转了方向,目随车行驶入九仙山中。

九仙山不仅有"仙"字在其中,还因山陡峪深而闻名。汽车驶上十八盘,只见司机目不转睛缓缓前行,我坐在车内眺望车外,感觉心悸胆寒。有句顺口溜儿说:"上了十八盘,司机犯了难,脚下无退路,前行才安全。"你还别说这司机还真行,终于过了十八盘顺利到达山顶。云雾蒙蒙仙气缭绕,农历七月七日老百姓称"雨节",牛郎织女每年一度鹊桥相会,每次见面难免热泪盈眶,但今晨天气虽然有点阴云,并没有下雨。有人风趣地说:"都老夫老妻了,也没有那么多眼泪了!"果不其然,过不多久日出云散,我举目眺望,这才明白什么是一览众山小。大自然巧夺天工,奇石怪柏、名花异草遍布山崖。有一擎天巨石矗立峰顶，笔直光滑让人惊叹，山高水高，潭水涌泄山涧时飞瀑直下。"山不在高，有仙则灵。"一架鹊桥连接两座山头，节目演出开始七位仙女从鹊桥飘然而至，台下观众目不转睛如临仙境。七仙女擎香敬酒，祷告上苍降福于百姓，愿天地人和、风调雨顺，年年五谷丰登、国泰民安。

天下名山都有动人的故事和美丽的传说。据说八仙去蓬莱途经此山，见此山有一股瘴气，便落下云头招来当地山神问之。山神回禀原因："近来有黑白二龙经常打斗，弄得此山天昏地暗，小仙我又管它不得。"众八仙听之大怒，斩了黑白二龙，还此山本来模样，日后大地生辉，高山增秀。为感八仙与山神之功德，后人尊称"九仙山"与日月同辉。

仙山着意，人间有情。赶巧在外工作的女儿休假在家，电脑桌前我正与女儿畅谈今日九仙山见闻，女儿突然高兴地说："爸爸，您快看您的照片？"我觉得有点不可思议，在九仙山上同事们还提起过，悔没带相机于九仙山留个影，这是怎么回事？却原来是女儿同学，今天也带队参加了九仙山的盛会，在我不知情的时候给我拍了照。在网上她与女儿说："今天看见大伯身体还那样好，倍觉亲切。"话语不多却让我感动至深。

"哎……谁不说俺家乡好……"在九仙山中听到的那歌儿又回响耳旁。是的，一方水土养一方人，故乡的山美水美人更美。

农历二〇一三年七月初七 七夕情人节

瓜田里的故事

八月中秋，对庄户人家而言，是一年四季中的大节，城里的人称"中秋节"，乡下的人家叫过"八月十五"。不管叫什么，都有同样的意思，它象征着丰收、太平和团圆。

十五的晚上，皓月当空，在外地工作的儿子、儿媳、女儿都回家过节。一大家人围坐在我和老伴的身边，天井院内花香四溢，桌面上摆满了瓜果月饼，借着月光和节日的喜庆气氛品茶赏月，大家你言我语，谈古论今，感悟新生活带来的天伦之乐。

"爷爷，您再讲个瞎话听吧？"小孙子打断了大人们的话说。"小孙子爱听瞎话，好，爷爷给你讲个。"说完我便顺手装满一锅老旱烟，看见月亮那圆圆的笑脸，想起儿时母亲常念叨的童谣："月妈妈本姓张，骑着马扛着枪，一枪打了个山老鸹……"小孙子接着说："你拎着我屠巴，我吃肉，你喝汤，留着骨头给老张，老张不愿意，扭着鼻子哭三日！"全家人都开怀大笑，原来小孙子早已听过。小孙子又嚷着说："爷爷！俺不爱听瞎话，再讲段实话吧！"为了让小孙子高兴，我念了一段顺口溜："正月初一头一天，过了初二是初三，正月十五半个月，四十五天是月半。我说这话你不信，割完麦子热了天！"话音未落，儿子、儿媳、女儿一家人都笑了起来。那爽朗的笑声中沉醉着幸福的甜蜜和对美好生活的向往。

向来话语不多的老伴儿，有点沉不住气地说："你这老东西，快别胡咧咧啦！快讲个正经的故事让孙子听。"

老伴的话触动了我的心弦，又随手点燃了一锅烟，敞开心扉打开了话匣子，讲起了儿时的一段往事。

老人言：七岁八岁让人嫌。小时候自己也是个光腚孩，天天同小伙伴们一起玩，特别是来了夏天，去村前柳林钓"知了"，到河里洗澡摸鱼虾，去坡下捕蚂蚱捉蝈蝈，什么都感觉有趣，忙得不亦乐乎。

又是一个夏日，当天快晌午的时候，邻居家的铁蛋和拴住跑到俺家，附耳对我说去瓜田里偷瓜吃。我们一拍即应，二话没说撒腿就往外跑。母亲见状急喊："快吃饭了！你们上哪里去？"我边跑边应道："我不饿，干嘛回来？"

我跟随小伙伴们赤脚跑到村东岭坡下，太阳火辣辣地照着，田野一片寂静，只有远处蝈蝈在奏鸣。小伙伴们停住脚步，由我主持开了个临时小组会。那些年各生产队都有瓜田，并有专人负责管理。邻居孙大伯是俺家的近邻，我经常去他家里玩，他脾性直爽和蔼，常对着母亲夸赞我是好孩子呢。研究决定我在瓜田的正面吸引孙大伯注意力，铁蛋和拴住分头从两边进入瓜田，不管大的小的摘着就跑。古人言：贼者胆虚也。我虽不是贼，但未经主人允许私自进入瓜田就是偷，心还是怦怦直跳。放眼瓜田，黄的面瓜，绿的甜瓜，圆的西瓜，长的捎瓜，比比皆是。真是糟糕！铁蛋心慌被瓜秧绊倒摔了个大跟头，惊动了瓜棚里的孙大伯，从瓜棚里跑出来并大声吆喝："小兔崽子！敢来偷瓜！"一眼瞧见我也在其中更火了，叫着我的乳名吼道："我还认为你是个好孩子，是你领着来偷瓜，告诉你娘非揍你不可！"小伙伴们什么也顾不得，撒腿钻进高粱地里去了。真是晦气，瓜没偷着，脚却被蒺藜刺得生疼呢！我肚子饿得咕咕响，直到太阳偏西才回家。

几天过去了，奇怪的是母亲并没有责怪我偷瓜的事，也许孙大伯没有告诉母亲，不然的话非挨一顿打不可。时间一天天过去了，包括孙大伯在内，也许谁也没放在心上，但是瓜田里孙大伯的一席话，却永远藏在我心灵深处。

一年后，我同小伙伴们都踏进了学校的大门，受到良好的教育，立志发奋读书，在学校成为一名好学生，在家里做一个好孩子。以后的人生践行了我的承诺。

我又点燃一锅烟，深深地吸了一口，老旱烟的独特香味缭绕在院子上空。一家人静听无声，小孙子俯依在我的肩头问道："爷爷！这不是瞎话又不像实话，这是真的故事吗？"我笑着说："是的，是真的故事，那个淘气光腚孩，就是小时候的爷爷。"小孙子没有再发问，好像从中悟到了什么。

月亮还是那个月亮，月光皎洁无暇。从那圆圆的慈祥的笑脸上你会知道，她也在倾听昨天的故事。

农历二〇一四年八月廿四

青谷穗上的绿蝈蝈

城里人看日历，方知季节变换，乡下人看庄稼长势，便知晓现在已经是深秋季节，丰收在望，颗粒就要归仓。

越过沟田，步上山梁，放眼望去，一派秋高气爽的景象：蔚蓝的天空中悠闲地飘浮着朵朵白云；远处的青山，连绵起伏，勾勒出遥远的地平线；近处一层层的梯田，庄稼似乎正在追赶着时间"吱吱"地拔节结果。虽是正午，太阳却没有了夏日里那般炎热，山野空旷没有声息，连萧瑟的秋风也停歇了，听不到鸟鸣，也听不到蛐蛐蝈蝈的演唱会。田垄道旁的野菊花也淡去了往日的色彩。田野里大豆黄了，高粱红了，稻谷谦虚地低下含羞的面庞……

伴随着最后一颗稻谷收入粮仓，秋天悄无声息地隐遁。这种悄无声息，让人觉得这秋的韵味里，似乎少了什么。那蛐蛐蝈蝈的叫声，哪里去了？那沟沟坎坎上的野花，哪里去了？

随着科学技术的发展，懒汉也能种好地，再也不用"锄禾日当午，汗滴禾下土"，只要轻轻松松打一遍药，花草虫子就全干净了。没有了蛐蛐蝈蝈的演唱会，没有了随手采下的狗尾巴草，这里已经不是小时候我奔跑过的田野。

想象中仿佛蝈蝈在身旁，"吱吱……"蝈蝈从不间歇地鸣唱，由远而近将小曲送入你的耳朵里。蛐蛐，庄户人又叫它"拆拆浆浆"，发出的声调听起来似乎就是反复的"拆拆浆浆"。"拆拆浆浆"好像提示人们时已深秋，天气转凉，冬天不远了，该拆洗衣服被子了。

如今，干净寂寞的田野里，蝈蝈蛐蛐不知去向何方？思绪把我带进了童年那段时光。

小时候的秋天似乎更加美丽多彩，秋风送爽，大雁南飞，田野里白的

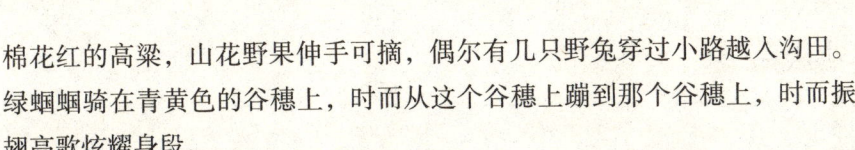

棉花红的高粱，山花野果伸手可摘，偶尔有几只野兔穿过小路越入沟田。绿蝈蝈骑在青黄色的谷穗上，时而从这个谷穗上蹦到那个谷穗上，时而振翅高歌炫耀身段。

将近中午的时候是蝈蝈最爱叫的时候，也是最容易捕捉的时候。我们几个童年伙伴，赤脚跑上山梁，各自寻找目标，比一比看谁捉到的蝈蝈最多。经验告诉我们空地里的蝈蝈不好捉，蝈蝈也是非常狡猾的，一不小心弄出动静来，蝈蝈便跑掉了，而且很长时间不再"吱吱"叫唤了。最好捉的还是谷子地里的蝈蝈，青黄的谷穗，绿色的蝈蝈，颜色分明，老远就能发现它，因而大家都跑到谷子地里捉。我发现蝈蝈的眼睛看不太远，听力倒很灵敏，只要有一丁点声音就很长时间默不作声。幸好大家都光着脚丫子，悄悄地靠近它，看准蝈蝈所在位置，以迅雷不及掩耳之势，双手合拢扑过去，就这样蝈蝈乖乖做了俘虏。战斗结束清点战利品，二毛哥捉得最多，六只绿蝈蝈。我费了好大劲才捉到了三只，其中有一只铁蝈蝈，还有一只大母蝈蝈呢！

那些年，凡有小孩的人家，差不多院子里都挂着装蝈蝈的笼子。逢集日有许多乡下来的老农，斗笠上面还放着两只蝈蝈作为装饰，确实很有意思，老农一边走蝈蝈一边吱吱叫，不是小曲胜似小曲呢！

妈妈是位心灵手巧的人，扎的蝈蝈笼秀美乖巧，用高粱秸秆做的材料，有方形的，还有三角形的，最美的要数八个角的螃蟹笼，谁见了谁夸赞。从妈妈那里我学会了很多东西，包括扎蝈蝈笼这个小手艺。有一次跟妈妈到城里姑妈家里玩，我还送给小表弟一个八角蝈蝈笼和一只绿蝈蝈。

时过境迁，现如今年岁已高，尽管时光流转，数十载仍始终没有忘记童年里妈妈扎的蝈蝈笼子和那青谷穗上的绿蝈蝈。它保留在我的童年记忆中，那样清晰。

农历二〇一三年九月廿九

（该文发表于《青岛日报》2014年9月9日"随笔"副刊）

地瓜当家

地瓜，地下结瓜。春天栽秧，秋后回家（刨抓，收藏）。

提起地瓜，久住农村的人并不陌生，尤其是生活在五莲山区的人们对地瓜更有特殊感情。

地瓜又称红薯，农历正月底育苗，谷雨前后栽秧苗，霜降前后收刨，属一年生植物，适合于山岭沙土地栽种，怕涝耐干旱，有"十年九收"之美誉。20世纪的60年代，地瓜是农村老百姓的当家粮，三年自然灾害时期主要靠地瓜为粮度过了春荒。面对饥饿，人们把地瓜干（切晒成干）当成宝贝。老百姓对其情有独钟，称之为"救命瓜"。

三年困难时期，鲁北平原广大地区因灾粮食歉收，而山区岭地的地瓜，其果实藏于土中抗灾性强，因而大灾之年获得了好收成。

皆因生活所迫，由北而来的灾民三两成群云集南山，他们中间有的带着还没穿过的衣服，有的带着家用生活器具，来换"救命粮"，还有的专来买地瓜干回家吃。大灾之年，当饥困来临的时候人们心里很清楚，有时候钱再多也可能买不到所需要的东西。古人曾有语：穷在观街无人问，富住深山有远亲。有许多远道而来的亲戚，为了生活把闺女嫁给了山里的娃。也许生活就这样变化多彩，通常被别人称为"南山杠子"、"山榔头"的南山人，也靠地瓜搭桥摘掉了多年的光棍帽娶上了媳妇。造化弄人，这其中有缘分有机遇，更有对美好生活的追求和向往。

有人戏说，估宝店里扔出地瓜来，是错估了参。有人又说，三两为参，七两为宝。依庄户人家看来，就算一斤又能值几何？地瓜虽俗但它浑身是宝，不仅能食用还有多种用途，可以酿酒，制作粉条，地瓜秧还可以做饲料，据说地瓜干还是工业上不可缺少的原料呢！

慕名而来，关东客来关里探亲，回去后曾风趣地说，上顿地瓜，下顿地瓜，晚上睡觉还搂着地瓜。听者同时都笑了。地瓜有一特点就是怕冻，冬季储藏往往放在炕上与人同居，所以才有夜晚睡觉搂着地瓜的趣闻。

今非昔比，改革开放后的中国农村，乘着高速前进的经济列车迅猛向前。农业、农村、农民发生了前所未有的大变化。随着国家对"三农"问题的关注和养农富民政策的实施，科学种田农业实现机械化。农民在承包的土地上改变了种植模式，多样化的种植思路使农业高效发展。于是，地瓜也完成了特定时期的历史使命。

经济的富有加快了人民生活水平的提高，昔日就连做梦都想吃的白面馍馍，今已成为日常生活中的家常便饭。地瓜在人们的生活中反而成了稀罕物品。"煮地瓜，熬地瓜，还不如烤地瓜。""烤地瓜来！甜地瓜！"市井上那往来的人流中，伴着扑鼻的瓜香传来阵阵吆喝声。禁不住诱惑，买两个入口，香气浸润心田。

岁月悠悠，过去的日子虽然艰苦，我还是会常常想起地瓜当家的日子。靠吃地瓜，在大寨田上洒过汗水；靠吃地瓜，修成水库筑过堤坝；靠吃地瓜，曾推着独轮小车走天涯。万物土中生，地瓜生在土中长在地下，吸收大地之灵气，日月之精华，蹉跎岁月中有它的奉献。

朋友，当寒冬腊月大雪扑门的时候，你坐在热炕头吃着热地瓜，暖烘烘，热腾腾，那时你会感到万般舒畅在心中否？

农历二〇一三年六月廿六

（该文发表于《青岛日报》2013年9月30日"琴岛"副刊）

财神会

　　金秋时节，山花盛开，稻谷飘香。汽车驶过一段山间公路后，缓缓停在一个小镇。这是我此行采访的第一站——圣贤村。

　　刚踏上这片土地，迎面便吹来一阵和煦的秋风。圣贤村北临鲁北平原，土地肥沃，气候宜人。这里交通便利，经济发展呈现良好势头。天时地利人和，为小镇的崛起提供了有利条件。小镇街道笔直，纵横交错。醒目的巨幅标语悬挂街道上空——"争创文明社区，打造经济强镇"。纵目望去，道路两旁绿树成荫，店铺林立，一片车水马龙的景象。我习惯地举起照相机，按动了快门。

　　突然，爆竹声响，礼花升天。这家门前悬挂红灯，那户人家杀猪宰羊，村里的狮豹队也出来赶场。锣鼓喧天，引来无数围观的人。我心中疑惑，这是谁家喜娶新娘，还是哪家举行开业庆典？都不是。离八月中秋节尚早，更对不上号啦。带着疑问，我采访了一位前来观看狮豹表演的老者。老人家年近古稀，脸色黑中透红，健壮的体格让人很难说对他的真实岁数。老人家笑哈哈地说："今天是农历七月二十二日，听祖辈上说是财神爷生日，本地老百姓称作'财神会'。现在群众富裕了，日子过好啦，每年一度热闹热闹。"老人家又说："这里是商业街，不远处那是创业路。"说完，老人家大步流星又去追赶表演队伍去了。

　　的确，今天是个好日子，秋高气爽，蔚蓝的天空飘着几朵白云。我信步前往，不远处几个醒目的大字映入眼帘：日用百货超市。好气派！乡村小镇里竟然建有如此规模的商场，这让我感到意外。

　　步入商场，服务员服装一色，彬彬有礼，售货员热情和气。一员工为我引见了他们的董事长。令我佩服并难以置信的是经营着如此规模的商场的董事长竟然是一位人到中年的女性。中等身材的她，体面大方，平易近人，言谈之中具有明朗的果敢与自信。圣贤村的村主任介绍了她的创业史："董事长刘芸是"文革"那个年代搬到俺村的。那时期正是工业学大庆、农业学大寨、全国人民学解放军的时候。刘芸年轻时很要强，经人介绍与俺村

一个当兵的结了婚。三年后丈夫退伍回乡。夫妻俩为建设新农村起早贪黑。那时候一个工日价值才三毛钱，家庭富裕这个字眼谁也不敢想。你要做点小买卖或养几只家兔都要斗私批修呢，何谈发财。"

"山重水复疑无路，柳暗花明又一村。"改革开放后，政策放宽，国家让一部分人先富起来。刘芸是圣贤村第一个领取工商许可证的人，她开张了圣贤村第一家小卖部，日子渐渐好转。但不幸的是，丈夫在一次抗洪抢险中因公殉职，当时她已是两个孩子的母亲。但刘芸没有被困难压倒，凭着一股拼劲儿，她以当年的小卖部为起点，逐步将之发展成为今天的百货超市。如今女儿考取了大学，儿子也立业成家。刘芸富了不忘国家，为希望工程捐资20万元。她还多次受到上级嘉奖，先后两次被评为市"三八"红旗手。

听完村主任的陈述，我为新时代涌现的新女性的事迹感动，并从内心深处为她喝彩。

村主任谈起圣贤村的发展史，充满了自豪感。他说圣贤村为历史上哪朝哪代命名已无从考察。有很多名人志士出生在这片热土。村中人人重视文化知识。从"文革"到现在，村子已送走了200多名大学生，今年又有两名学子进了清华门。户户讲文明，人人争奉献，已形成良好的社会风气。

此行采访让我看到了一个乡村小镇的发展，受益匪浅。邓小平南巡开创了新局面，为社会主义中国插上了腾飞的翅膀，并断言"贫穷不是社会主义"。在这经济迅速发展的和平年代，财神行使他的使命。无论是中国的财神，还是外国的财神，都为发展中的中国贡献力量。圣贤村的人们并不迷信，他们深深懂得发了家，致了富，并非"财神爷"的恩惠，而是党的好政策给人们带来的福音。看今天，党中央情系"三农"，免去农村中小学学杂费，农民种地有补助，这是以往从来没有过的。

今天的圣贤村有句口号："三万两万才起步，十万八万刚上路，家有百万大多数。"

秋天是收获的季节，高粱红了，稻谷笑了。我满载收获，又踏上征途。再回首，挥手车外，我不禁暗暗祝福：圣贤村，愿你多出圣贤人。

农历二〇〇七年八月十五

信不信由你

　　每个人都有自己的爱好，但各有不同之处。每年春节，我最喜欢浏览各家门户上贴的新春联，如财神登门，福星进家；生意春前草，财源雨后花。看路东老刘家那黑油油的大门上的对联：平安福中福，和睦财生财。
　　同是两句话，词语简单意义明确，表明了每户人家心中所想，在新的一年里的向往和追求。
　　今天是农历七月二十二日，据说是财神爷的生辰，按照本地的风俗，家家放鞭炮，户户宰牛羊，小节日当作大节日过，以示庆祝，预祝自己生意兴隆。这与家乡的经济繁荣有关，因镇里大多数人都靠做生意生活，来小镇的外乡人也入乡随俗，燃放起鞭炮。
　　财神爷掌管着天地人间的财政大权，想发大财的人家是不能不敬重财神爷的，过年要摆设财神爷的供桌，好酒好菜来供奉；在财神爷生日这天显得格外隆重，对本地人来说，财神日是仅次于春节的日子。
　　求财过好日子，这是所有人的愿望，但谁又能看透"财神爷"的心思，普天下芸芸众生又怎能一一眷顾呢？是静等机遇，还是靠命运的安排？答案只有一个，付出就有收获，汗水就是金钱。

迎财神

　　古老的民俗传承至今，大年除夕夜家家供家堂，户户接财神，祈求来年有个好收成，财源广进，福寿安康。
　　童年时的一段往事让我记忆犹新。街坊邻居家有个二牛与我是童年伙伴，有一年过年的时候，二牛家同其他人家一样，做了满桌子上供的菜，准备迎接家堂接财神。有些人家往往天色上黑影就点燃了鞭炮，"啪啪"

接着就响个不停。好看热闹的二牛撒腿跑到街头,瞧见路上北邻居拴住家在放鞭炮,还没等二牛捂住耳朵的手松开,拴住高兴地对二牛说:"俺迎着财神了,你家还不快出来迎!"二牛没有回话,急溜溜地跑回家,进门便喊:"爸爸,还不快去接财神!财神让拴住家接去了!"二牛爸爸听后气得肚子鼓鼓的,骂了一声:"滚蛋!"孩子一句不经意的话,让二牛爸爸生了满肚子气,打破了原有的计划,财神也没有接,草草张罗算是过了年。妻子说:"看你,和孩子一般见识,早接晚接还不都一样吗?"

俗语说:难过的日子好过的年。转眼多半年又过去了,二牛爸爸做生意赔了本,家中日子又没有起色,再看看街对面的拴住家,靠做酱油醋生意,风里来雨里去,本小利大,生意很红火。正如拴住所说的,财神爷早被他家接去了。二牛爸爸越想越生闷气,结果大病一场,求医看病花了家里的全部积蓄,不惑之年与世长辞了。

以后的日子更艰苦,二牛小学没读完便帮助母亲操持家业,过早地承担起家庭的担子。转眼的工夫到了60年代,二牛也到了该成家的年龄,但破屋穷家又有谁家闺女愿意嫁给他呢?万般无奈随着闯关东的潮流,带着母亲去东北,至今未回故乡。

当年,因为二牛小时候的一句童言,导致了整个家业的败落,是没有财神的眷顾还是自己经营不善谁也难说。

长生菜

戏说早年间江南有一富户,乡民称之王员外,此人虽是地方首富,但因乐善好施,在附近十里八乡有很好的口碑。

同是大年三十晚上,王员外因肠胃不适到屋外厕所小解,除夕夜深人静,忽听路上有人答话,"请问前面是关圣君否?"前者答曰:"是也,文曲星仙驾何方?"后者回答:"到陆状元家吃长生菜饺子。"前者又回答说:"巧,你我同往也。"

五更夜,鸡狗都已在窝里入睡,路人答话真乃奇闻,心中自语,原来是关老爷和财神爷到了,那陆状元家住在哪里?

王员外一夜未睡,大年初一便吩咐家人全村挨门挨户打听,看谁家年夜饭用长生菜馅，最终全村每户人家都问了个遍，谁都说没有吃那长生菜馅的饺子。再说寒冬腊月哪来的长生菜？王员外还是不放心，亲自走访，不知不觉走到了村后场院。场院里有两间土坯屋子，庄稼收获季节供看场人所住，到了冬季粮食打晒完了，那场院也就闲起来了，四处空空仅有几个草垛零散地在那里，倒有点空旷凄凉的感觉。

王员外朝场院屋子走去，见屋内有逃荒的母子两人。见王员外到来很是吃惊，老太太尊称："员外爷光临，屋内请坐。"王员外落座便问母子尊姓、何方人士，老太太一一诉说端详：老家河南，丈夫姓陆已故，因黄河水灾且讨饭至此。王员外听后问道："昨晚年夜饭吃饺子否？用何菜做馅？"老太太言道："员外爷见笑了，乡亲们给了二斤白面，用场院边上的长生菜做的馅。"那老太太话音未落，王员外便疾呼："对了！对了！"母子俩听后丈二和尚摸不着头脑，问"对了"是什么意思。王员外非常高兴地说道："我的意思是说今日我来对了。府上有的是房子，快搬到我那里去住，你看这天寒地冻的还不冻坏了。"母子俩执意不去，说什么无功不受禄不可打搅。没法儿，王员外提出收陆家儿子为义子，双方皆大欢喜同员外回了家。

且说王员外接陆家母子到家并如同自家人一样待之。陆家儿子同王员外自家儿子一起在南学堂读书。南学堂读书数载，转眼到了大考之年，两个孩子进京赴考，金榜题名状元及第，因一年出了两个状元，所以此庄更名状元村。后人有诗曰："员外午夜遇双星，文武财神指迷津。状元府上长生菜，成为佳话传美名。"

至于财神长得什么样子，谁也没见过，财为何物？生带不来死带不去，财神在哪里？在每个人的心中，劳动创造财富，汗水换来金钱。有句话说得好，外财不发命穷人，劝君莫发不义财。发财要顺天意应民心，信不信由你，平平安安就是福，健健康康即是财。

农历二〇一三年七月廿二

迷信

我与老伴惯有早起的习惯，2006年除夕清晨，我先是清扫院落，再把水瓮打满水，接下来便敞开大门。门开处有一人提着一块五六斤重的鲜猪肉，定睛看之是村西头的邻居张某，并非家族中人。祖辈流传邻居称呼，"哦！是大侄？"我问道。张某忙回应说："二叔早！割了块鲜猪肉您老好过年，我就不打扰了。"此时，我丈二和尚摸不着头脑，心想这是咋回事？我并没有忙着伸手接，是否走错门啦？便说："大侄子去你家二侄家，他住路西第三户呢！"这时张某那笑脸带肯定的表情又说："二叔！您快接着吧，错不了。"我只好伸手接过来那块还有些热气的猪肉，再看邻居张某已骑上车远去了。

常言说："无功不受禄，受之有愧。"老伴问是怎么回事？我回说是村西头邻居张某。我知道老伴是个精细之人，从来办事都是"丁是丁，卯是卯"，无故不挂欠人家的好意。老伴说道："你这老头子，怎么糊涂起来了呢？与人家又没有礼尚往来，快给人家送回去！"这时在外工作回家过节的儿子听后说："给人家送回去那多没面子，还是等节后找机会回敬人家吧。"

事情就这样过去了，直到节后许久，与邻居聊天时方知事情缘由。

邻居张某有三个儿子，家庭都很富有。但和谐美满的家庭往往也有不如意的时候。张某的老伴岁已花甲，身体虚弱到处求医，跑了许多大医院诊治，虽不是绝症却一直没有起色。常言说有病乱投医，后听一老婆婆言说，给阎君老爷纳个保身课呈（又称文书），多奉香纸，到土地庙烧之，让土地爷转告阎君老爷，本人心事未了，属一生行善，求再赠阳寿可否？张某家人请我书写呈办文书，表明心迹，盛情难却。实则我心清肚明，难道神仙也有徇私之处？真如人们所讲，钱大通神，没有办不到的事情？干什么都有巧的时候，张某的老伴自那以后身体就渐渐好转起来，今已 70 多岁，身体壮实着呢！我听后欣慰，但更多的是祝福。

有句古语：一方水土养一方人。每个地方都有它的风俗人情。芸芸众生每个人都有自己的习俗和信仰。我记得小时候父亲是村里少有的文化人，曾教过民校（夜校），当过会计，给街坊邻居代写书信，呈办课呈文书，来者不拒，有求必应。父亲墨迹传遍了大半个村子，由此在众乡邻中有很好的口碑。从父亲那里我学到了很多东西，其中包括如何做人的道理，这是我一生的财富。

人生都是这样，时光如流水，岁月无痕，父亲年岁已高，老眼昏花，代写文书的事情我便传承了下来。

人世间千家万户平民百姓家，都有生活的烦恼及心灵的寄托，如有的人给小孩纳个娃娃保身课呈，保佑孩子健康成长；有的人常年开车在外给路神爷纳个平安课呈；还有的人家许愿给天宫老爷纳个天地保平安课呈，望玉皇大帝保佑全家万事顺心顺意，不求富贵，平安就是福。还有的人家请我写个请帖，让仙人来家做客（称请仙客）。我写请帖通常这样，其中包括请帖与送帖的内容：

敬请

诸位仙长仙姑仙姐于今晚来俺家赴宴。

信人：某某

敬送

诸位仙长仙姑仙姐宴毕回仙山修炼。

信人：某某

我这里要说最美莫过乡里人，家家和谐，人人敬业，勤劳致富，共享天伦。村里有位德高望重的孙老太太，用她的信仰为全村人办事。记得每年遇到干旱久日无雨时，农田庄稼待收获时，孙老太太便不辞辛苦，每家各户凑纸钱，各表心意，多少不限，让我给写文书纳课呈。这其中内容是各路仙神，如天宫老爷、龙王老爷、本村土地老爷、路神老爷、长山老母、九仙老母等，天上人间众神都有香火，许愿大体意思是保佑全村百姓平安顺利，愿上天降下甘露，风调雨顺，保佑黎民天下收。孙老太太曾对我说："二兄弟咱村办文书，就数你办得结实。"我不明白老太太说的结实是啥意思，可能是正规灵验罢了。

　　孙老太太的儿子是我的老同学，我和他是光着屁股长大的，曾干过村主任多年。同他谈起老太太的善举时，老同学对我说："这是老人家的心愿，毕生的信仰。只要群众没意见，就让老人家忙活去吧！"

　　常言说："山不在高，有仙则灵。"巍巍马耳山像一座天然的屏障，庇护着这方土地，年年五谷丰登，岁岁风调雨顺，百姓安居乐业。

　　国家富强，人民安康，是党的好政策给咱农民带来幸福和吉祥。

　　试问，仙神何在？思想应该解放。

农历二〇一四年三月廿八

十月山会

旧时的山会，很多人会有这样的印象，四乡八疃的村民都往一个既定的地方集中，挑担的、赶车的、步行的，络绎于途。

山会上，但见人声鼎沸，骡马嘶鸣，牲畜市、铁锨镢头市、筐篓扁担市、干鲜货市、青菜瓜果市、衣服布料市、鞋市、风味小吃市、马戏杂耍……漫山遍野、布幔席棚，热闹非凡。

几年未曾谋面，早年的山会，如今已经被大型的购物广场、多彩多姿的农家超市所代替。昔日的十月山会，成了上了年纪的老人抹不去的岁月记忆。

沧桑巨变，经历岁月时光，人人都有怀旧情结，时至今日，我依然记得家乡的十月山会，在马耳山后，诸城南乡唯一的大集市——许孟镇。

每年的农历十月十四日至十九日，是许孟镇山会，连续5天。山会的头一天称为"起山"，最后那天叫"末山"。儿时的记忆是最清楚的，没有忘记1956年的十月山会，母亲提早好几天就忙活，蒸干粮、烙煎饼，做大豆腐，准备着乡下和山里的亲戚来赶山。我好奇地问母亲："娘，什么叫赶山？那大山能赶跑吗？"母亲笑出声了，一本正经地告诉我说："傻孩子，多大了还不懂得，赶山就是赶集，可以买好吃的、好穿的，还有好用的。"听母亲讲山会期间还有马戏杂耍，高兴得我觉都不睡了，数着手指头盼着十月山会的到来。当地百姓有句俗语，"十月山会婆娘脸，说变就变"，就是说通常赶不上好天气。那些年也不知怎的，冬天冷得出奇，不然还能称"寒冬腊月"？十月十四"起山"那天，我和哥哥饭也没顾得上吃饱，急匆匆赶去看马戏。听人讲耍马戏的是外地大老远来的，在集市的最南头，四周用布幔围着，最外层是用绳索编织的网。入口买票的地方，

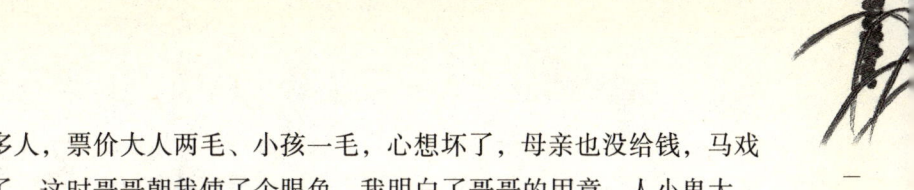

聚集很多人，票价大人两毛、小孩一毛，心想坏了，母亲也没给钱，马戏看不成了。这时哥哥朝我使了个眼色，我明白了哥哥的用意。人小鬼大，看门的稍不留神，我和哥哥就钻进去了。嘿！真热闹呀。

但见有四匹大红马油光发亮，内中有两个女童穿着一身红装，骑在马背上围场子飞奔，一会儿站在马背上，一会儿挂在马肚皮底下，惊险极了。报幕员告诉观众，下一个节目"关公劈刀"。但见一个红脸大汉，手持大刀端坐马上，催战鼓敲得咚咚响，大红马四蹄蹬开，马尾竖立起来，"关公"手舞大刀上下翻腾，马童不离左右，如同跳蚤般，观众发出阵阵的喊杀声。

许孟街南门外搭了座戏台，唱的是地方戏《裴秀英告状》。台下听戏的人黑压压得望不到边。俗语说得好："九折子戏，男人不爱听，女人抹上蜜。"我和哥哥都听不懂，个子矮又看不见，满戏台底下来回串。在戏台的左侧开阔处，围了好些人，也不知道看什么，里三层外三层像铁桶一般，哥哥和我从人的裆下钻了过去，呵！原来是两个庞然大物，两只眼睛像足球那样大，银光发亮，下边是四个大轮子，上面装满了货物，浑身一色绿油油的。我一会儿摸摸鼻子眼睛，一会儿摸摸那个大轮子，听大人们在讲，这是解放牌汽车，能装很多东西，大吼一声能跑得很远很远呢！哥哥说："关二爷那匹千里马，书中说道日行千里夜行八百，难道这汽车还能跑过千里马不成？"内中有一个穿工作服的中年人告诉大家，他们是从两百里地高密城来的，特地来赶许孟镇的十月山会的。

人生有许许多多的第一次，包括第一次喊爹娘，第一次学步……那时我和若干童年的伙伴一样，第一次见到了汽车，更是第一次见到汽车来光临许孟镇十月山会。

每年的十月山会，对庄户人家而言，是一年收成的结束，更是一年经济收入的总结。生产秋后结算价值如何？春天里来村里卖小鸡小鸭的外乡人，一概赊账，等到十月山会时来收账，在农村老百姓通常讲的一句话就是：忙什么！十月山会还早着呢！

伴随着流失的岁月，旧时的十月山会已远去，但或多或少给那个年代的人留下了美好的瞬间和温馨的回忆。

看今朝，一个与时俱进、和谐发展的中国毅然屹立在世界的东方，社会在前进，城乡共繁荣，国家强大，农民富裕了，甜蜜的日子像芝麻开花节节高，购物广场大型超市处处皆是，日用百货、鲜肉水产、服装饰品、灯饰家电、电动车、摩托车应有尽有。现如今家庭轿车也开进了寻常百姓家，电视网络也落户千家万户，足不出户便知天下事了。

　　十月山会是遥远的记忆，带着浓浓的乡野气息，走进了非物质文化遗产的行列，是民族个性、民族审美习惯的生动呈现。时至今天，十月山会作为一种民间贸易形式，文化搭台、经济唱戏，仍有不可替代的意义。

农历二〇一二年十月

许孟瓷

鲁东南马耳山下，向北十几里地，有一个小镇——许孟镇，北临诸城市，是五莲县少有的小平原。这里土地肥沃，物产丰富，民风淳朴。由于地处五莲县与诸城市的交通要道，这里成为一个重要的商铺集散地。

这里人勤手巧，老人有语："村西耍泥，村东玩面，中间开商店。"这话确实不假，大半个村里的人都做面食生意，如大饼、油条、拉面、炉包，而且做得比任何一个村镇的都好吃。说到地方名吃，许孟镇的烧烤、狗肉是远近闻名的。村西又称西南窑，远近闻名的许孟瓷就是在这里烧制的，而且历史悠久，至于是哪朝哪代流传到这里的就无从考究了，但土瓷艺人只知道祖祖辈辈都会这门手艺。有人戏说，大宋年间包公断乌盆案的故事，就发生在这里，当然了，未经过历史考证不足为信罢了。

许孟瓷制作工艺精细，首先要具备优质的泥土。村子东北洼有一片烧制土瓷的泥土，这种土黑中透明，细腻光润。挖掘出来后须经晾晒、分拣，除杂质后，和成泥糕状，再经人工脚踩手揉，粘土就变得柔软有劲力，成为制作土瓷的用料。厂房不设窗户，门需要用厚厚的帘子挡住，室内不能有太强的亮光。室内中间设一个大木轮子，镶在地上的土坑里，像一个大转盘，"把头"（当地制作土瓷工艺的师傅的别称）将一块泥料放在轮子中间，蘸着泥水油子，进行塑形。小伙计脚穿草鞋，用力蹬转木轮子。泥料在"把头"手中变成各种造型的器皿。然后用刀将做好的泥坯从转轮上起下，放在阴凉地阴干。两天后，再将阴干后的泥坯放在阳光下晒干。三日后，工匠们再将晒干的泥坯放在窑中烘烧，瓷器就最终形成了。主要产品有瓮、缸、罐、盆和各式各样的花盆等。

在那久远的年代，土瓷制品是老百姓过日子必不可少的生活用品，洗菜、洗衣、盛粮存水，样样都用得着。土瓷花盆养花易生长易存活，因为它透气性好。许孟瓷烧制的水罐盛水喝特别甜。像碗一样的瓦盆，虽外观粗糙，但比较耐用，如果用来盛羊肉汤喝，更是独有一番风味。许孟的"大瓦盆羊肉汤"远近闻名。

1958年，全国实现人民公社化，在农村一切权利归集体。生产队把以前分散在各家各户的土瓷作坊主，集中在一起，扩建成了许孟公社土瓷厂，组建了数百人的副业队，成了名副其实的品牌——许孟瓷。

20世纪70年代是许孟瓷发展最为鼎盛的时期，瓷制品远销高密、潍坊、日照、临沂等地，覆盖大半个鲁东地区。那时候大队把产品批发给专营货主，俗称"卖窑货的"。那年月运输是个大难题，交通欠发达，全是土路山路，产品全靠地排车和手推车送往各地集贸市场销售。每年冬季是许孟瓷销售的旺季，家家户户买个新盆过年已经成为一种风俗。土瓷经销货主需要雇人送脚（当地称送货的人为"送脚"）。那年腊月受货主之约，我也成了一名送脚夫。头天下午早早装好车，同去送脚的还有李家兄弟。夜里三点起身，手推车前头，挂着马灯，借着微弱的光亮一路前行。听货主说这几车瓷货发往诸城市的贾悦公社，大约有90多里路程，途中要翻越两座山岭，趟过一条大河。

寒冬腊月，刺骨的北风像刀子一样穿透了单薄的空心棉袄。眺望北方天空，晨星还在闪烁，离开家已有20里地了，脚下已到库沟北岭。眼见岭高坡长，足有600斤重的瓷货装在小车上如何前行？车队只好放慢了脚步。正在发愁的时候，路边走过来一位衣着褴褛的中年男子，对我说："大兄弟，让我给你拉拉车子吧？"我停住脚步没有直接回答，回头望了一眼后头货主，我知道请人"拉崖"（帮助车辆过山坡）是需要付钱的，这事只有货主才有权力决定。货主点头同意了。拉车男子接过拉绳，往肩背上一搭，猫下腰迈开那双有力的大脚，朝着岭顶拼命拉去。我握紧了车把，弓着腰背用力向前推。汗水模糊中我看到了拉车男子的背影，他头发蓬松着，似乎有半年没有理了，身上穿着一件不合体的空心棉袄，肩部被绳索磨破了，露出大片灰白的棉絮，拉车的绳索深深压在其中。脚上那双黄胶鞋已经早没有鞋的模样，脚大拇指不甘寂寞，长长地探头鞋外。拉车男子不时用手擦去满脸的汗水，在这隆冬的季节，他的头上脸上冒着热气，这也许正应了古人说的"寒风不冻效力人"。在他的带动下，我用上了全身的力气，不一会儿货车就到达了岭顶的平坦大道。

我停下手推车，刚要说请他坐下来休息，那位男子已转身跑下岭去了，接下来便是一辆、两辆……直到把最后一辆车子拉上岭来。货主让大家短暂休息，我掏出老旱烟递给拉车男子，说："老哥，辛苦了，卷袋旱烟吧。"拉车男子连忙摆手："谢谢大兄弟，我不会抽烟。"闲谈中了解到拉车男子是当地库沟村人，家中还有位多病的老母亲，眼看已过而立之年的他还未成家。

拉一辆车两毛钱，共拉了四辆车，货主给了他一元钱，说不用找零钱了，出力气的人都不容易。拉车男子激动地接过一元钱，不知道说什么好，憨憨地直点头道谢。这时岭下边又有人喊拉车的帮忙，拉车的男人顾不上道别转身飞快地往岭下跑去……

流水的岁月，一转眼40年过去了，快速发展的中国已步入新时代。社会和谐经济繁荣，物质生活极大地丰富了。家家都用上了不锈钢、铝合金、优质塑料等制作的器具，当年受欢迎的许孟瓷，也已经淡出了人们的视线。生产土瓷的场地已变成商业区，当年的工人也成了白发苍苍的老人，现在的我再也不是当年被称作"大兄弟"的20多岁的赶脚夫。这门手艺也渐渐失传了，但是我忘不了许孟瓷，忘不了曾一度辉煌的许孟瓷文化，更忘不了当年库沟岭下的拉车人。不知他是否也过上了子孙满堂的幸福生活。

谨以此文献给在艰苦岁月为美好生活拼搏奋斗的人们。

农历二〇一〇年八月廿六

（该文发表于《青岛日报》2010年12月21日"随笔"副刊；《日照日报》2011年4月9日文教周刊）

老井

离乡多年，每当工作劳累、口渴干燥的时候，就像干禾盼雨露、沙漠盼绿洲，我不由想起了故乡的那眼"老井"。它的甘甜凉爽，喝过之后甭提多痛快，恰似刚吃过一支冰激凌，凉爽透顶，在心中留下久久的回味。不知是思乡的心情，还是对它的情有独钟，都常常把我的心绪拉回到对故乡的回忆中……

鲁东南地区雄伟的马耳山下，有一个不大不小的村子。这里气候宜人，夏季东南风湿润凉爽，四季分明，山清水秀，人们衣食无忧。传说古代大军事家孙膑来到这里，眼见这座秀丽的山峰一对马耳插入云霄，横跨向北，不由脱口说道："马耳山下大难不难，大烂不烂，大战不战，真乃好地呀！"这里鸟语花香、风调雨顺、人杰地灵，一点儿也不夸张。

村前有眼老井，村里没人记得是历史上哪朝哪代所建。井台上面的青石板早已溜光滚滑，石板间隙长满了青苔。井右边那块巨大的磨刀石，早已成了月牙形了。左边不远处有两棵古槐，因两棵树的树干紧靠，所以又称姊妹槐。枝叶参天，粗大的树干需三人合抱才足以合拢。井南有一条小河蜿蜒流过。北面是全村人挑水经过的一条巷道——"南巷子"。后因挑水抬水的人多了，水桶晃落的水滴洒在巷道上，晴天雨天都是泥泞的，"南巷子"又名"粘巷子"。

老井虽历史悠久，但井老泉旺，水深透明见底。每当盛夏时节，井台边古槐树荫下，老年人谈天说笑，妇女做针线活儿，一群光屁股的小孩捉迷藏、做游戏，但从没有小孩子落到井里过。从井里打上一桶水，不管你是本地人还是外乡人，喝上两大碗也绝不会闹肚子。也许老井得天地之灵气，吸日月之精华吧。在那个年代里迷信色彩在有些人的心里还是存在的。

譬如小孩吓着或哪里不舒服，老年人都来求井神槐仙保佑，祈祷合家平安、幸福吉祥。也许是理想的信念，也许是心诚所至，老百姓春种秋收，辛勤劳作，男敬女爱，共享天伦之乐。

关于老井，我记忆中最清楚的是1947年农历五月十三日，正是"雨节"。当地流传这天是"关帝老爷磨刀杀曹操"。一大早，天气阴沉沉的，翻滚的黑云覆盖了村子的上空，压得人喘不过气来。突然"砰""砰"几声闷哑的枪声从村外传来，划破了黎明前的宁静。狗的狂叫声惊醒了睡梦中的人们。也不知是谁喊了一声"国民党来啦，土匪进村啦！"村里乱成一团。有一个被解放军击溃的匪兵连包围了整个村子。荷枪实弹的匪兵把全村男女老少赶到老井边古槐树下。四周布满了机关枪。

这时，一个麻脸模样的匪兵军官向人群沙哑地喊：“乡亲们！我们是国军，是来保护老百姓的。大家只要把粮食枪支交出来就没事啦！"群众装作没听见，闷不作声。有一个大个子匪兵骂道：“他妈的，都哑巴了！"说着蹿上去揪住了儿童团长二顺子的头发，提了起来。二顺子嗷嗷直叫：“我就不知道！"这时人群中有个外号叫"洋料"的二大爷走出来说：“老总，老总，小孩子不知道！"二大爷曾闯过几年青岛，留着分头，身上总是有点儿"洋"味，在当时农村还是少见的。匪连长上下打量了一遍二大爷，说道：“小孩子不知道，你知道快说！谁是村干部？谁是民兵连长？"二大爷笑着说：“老总，我是个剃头的，长年在外谁也不认识。"匪连长抬手一个耳光骂道：“老东西！剃头的大翻身！"说着两个匪兵把二大爷绑在一条木板凳上，仰面朝天，从井里提出一桶水，朝着鼻孔嘴巴猛灌。眼看二大爷口吐白沫就要完了，当时的我吓得依靠在母亲的身边。母亲说：“孩子不要怕，没事的。"虽然这么说，母亲还是紧紧地把我搂在怀里。这时候有一个中年男子从人群中跳出来，是我们村的民兵连长高铁柱。他大声喊道：“我是民兵连长，粮食、枪藏在哪里我也知道，但是不告诉你们！"匪连长气得发疯似的叫道：“妈的不想活了，机枪准备！"做了一个扬手的姿势。

在这千钧一发之际，"轰！""轰！"天上传来响声，是解放军追赶南逃之敌的炮声，是天公发怒，还是关二爷磨刀斩曹操？顿时雷声大作，电光闪光交织在一起，倾盆大雨像瀑布飞泻，像黄河决口，像万马奔腾。匪兵做贼胆虚，如屎壳郎轰然而逃。老百姓各自跑回家去，关闭门窗，一切都在不言中……

雨过天晴，金色的太阳从东边升起，大地迎来了生机。村子恢复了往日的祥和宁静，井台边又坐满了洗菜淘米的妇女。古槐树荫下，有几位老者正在专心下棋。小孩捉迷藏又添新花样。井台上淘米的快嘴李嫂说："那天我亲眼看见从这老井里飞出一道白光，是井龙王救了我们全村的人！""那天的雨真大啊！关二爷磨刀杀这些狗东西。"王婶也接着说。事后我虽不信那些话，但我还是默默祈祷：老井啊！愿您保佑全村人风调雨顺，五谷丰登，永享太平。

年轮飞转，岁月流逝。离家30载，今又回到故乡，真是旧貌换新颜。伟大祖国在腾飞，改革开放迎来前所未有的盛世。电灯电话，楼上楼下，这都是老百姓所向往的，今天成为现实。当年的小伙伴如今都成了爷爷的辈分。村中通上了自来水，送到千家万户。党和政府对老井和古槐做了修缮和保护。

老井啊，您该退休了。

农历二〇〇七年八月初十

酒魂

古人有诗曰："清明时节雨纷纷，路上行人欲断魂。借问酒家何处有？牧童遥指杏花村。"自古年间至今，酒在人们的生活中占有重要位置，并有源远流长的酒文化。

在我国酒类繁多，不同的地方有不一样的口味，因南北气候条件不一，北方人喜欢喝烈酒，南方人惯饮温和适中的酒，而藏族兄弟更认可母亲酿造的青稞酒。

将军凯旋归来喝庆功酒，朋友相聚喝个友谊酒，逢年过节喝个喜庆酒。还有丰收酒、团圆酒、消愁解闷酒。无论参加什么场合喝什么酒，少饮一杯对身体会有益的，适量的酒能助你舒筋活血，增强人体的免疫力，焕发斗志，提高精神。

酒壮英雄胆。古典小说《水浒传》中的武松，酒醉景阳冈，拳打猛虎留下千秋美名。酒保提示三碗不过冈，而他偏喝了十八碗。假如武松当时没喝酒或者没喝那么多酒，也许没胆量夜过景阳冈。也许因为艺高人胆大，明知山有虎，偏往虎山行。假如武松景阳冈上醉酒如泥，或许没有今天的佳话。

"临行喝妈一碗酒，浑身是胆雄赳赳。"革命现代戏《红灯记》中的李玉和，喝了妈的一碗壮行酒，坚定了革命意志，临危不惧与敌斗争英勇牺牲，被载入英雄史册。

我一生与酒无缘，也不了解饮酒的规程，体会不到内中之奥秘。但有一点我很清楚，酒喝多无益。

今朝有酒今朝醉，不管明天是和非。确确实实有这么些人有着同一个论调。村民李二宝就是这样的人，差不多天天醉醺醺的，只要吃饱喝足万事皆休。

要说李二宝喝酒的故事说不完道不尽。李二宝老伴给生了两个千金女，先后嫁到乡下同一个村，那还是大集体时的70年代，家庭生活并不宽裕，能吃饱饭就很好了。平时来客大都喝散装白酒，用地瓜干到门市部兑换。一天，李二宝提着两包点心，到乡下走姑娘家。十几里路实则不算远，按现在的交通条件也就是抽支烟的工夫。李二宝用脚步量到乡下大女儿家已近响午。大女儿家因供给两个孩子上学，日子过得有些累巴。女婿到水利工地出夫没回家，家中没换下酒，即炒了一盘鸡蛋，一盘大蒜拌白菜，包的饺子还没下锅。那些年在农村来讲，包饺子已是对客人最高级别的待遇了。大女儿说："爹？快坐下吃饭了。"当时李二宝一看，桌面上无酒，便起身言道："大嫚？我倒给忘了，你娘叮嘱我到你二妹家去呢！"还没等大女儿答话，提起那两包点心就走。任凭大女儿怎么挽留最终还是走了。其实大女儿心里很清楚，爹在说瞎话，母亲并没叮嘱。她理解爹的酒脾气，心底里对两个女儿还是很亲的。

言说李二宝来到村西二女儿家，二女儿见爹来了急忙让到屋里坐下。一边问长问短，一边生火做饭，一会儿摆满了一桌子菜。李二宝见之又要起身，二女儿忙说："爹？您老先坐下，今日女婿特意买的原装瓶酒，听说还有老烧酒的味道呢！"李二宝听女儿讲还有好酒复而又坐了下来。像小孩子似的脸上流露出美美的笑容。

故事好像没有讲完，但李二宝走姑娘家喝酒的事像新闻一样传了开来，早已让人戏笑三分了。

人们经常念道：酒逢知己千杯少，话不投机半句多。事虽如此，还是少饮为佳。唐代诗人李白斗酒诗百篇，后人称之"酒仙"。但最终醉酒丧身江水中。我想既然上天赐予文才于一身，无酒也能诗百篇否？海量并非都是豪杰。

现代人随着生活的提高，喝酒已是平常事，并非为宾客登门而准备。现如今"茅台"、"杜康"、"五粮液"各类名酒数不胜数，酒能醉人也能伤人。酒的"功夫"在酒内，更在酒外。

农历二〇一三年十月初七

饮水思茶

一杯清茶入口，万般忧愁皆休。小时候，姑家表叔来家走亲（串门），母亲忙着生火做菜，炒上几个小菜，烫上一壶水酒。父亲虽不会饮酒，泡上一壶大叶子茶（石榴叶子），盘腿坐在炕头上，拉家常谈收成，喝得津津有味，不亦乐乎。

家乡有一风俗，无论是亲是友，是客都让屋上炕，站着不上炕就表示不实落，也就是老百姓常讲的一句话：站客难扶。父母向来好客，在街坊邻居中有很好的口碑。无论是远亲还是近友，来者便是客。"坐！请上坐！"清茶水酒传承着浓浓的友谊亲情。

人生旅途中会经历很多的人和事，但留存在记忆中的未必全是决定生活走向的大事，一件平平常常的喝茶小事，也可以记一辈子。

那是20世纪70年代末，离我家不远有户付姓人家，当家人因长我几岁称之付哥。因邻里关系甚好，有事无事我常到他家坐坐。付哥烟酒茶三者都好，尤其最爱喝茶。老人有语："耍远不耍近，只要耍个顺。"一日清闲无事不知不觉又来到付家。刚一进门付哥便隔窗答话："二弟来了！快屋里坐。"落座后，他边倒掉壶中残茶，边喜滋滋地跟我说："昨日朋友送我一包茶，咱哥俩冲上一壶尝尝。"开包闻香，开水冲泡片刻，一杯清茶在手，色泽杏黄，清香幽幽。端起茶杯小饮一口，"好茶！"感觉一股淡淡的清香从舌尖一直绵延到心田里。付哥很自信地说："当然了，是好朋友送我的，还有孬的？"我曾听说过付哥有位朋友在乡供销社干经理，那当然有好茶了。记得付哥说当日喝的茶是"茉莉大仿"，产自长江以南，有纯天然的茉莉花香。

村里有户茶商，自祖上就经营茶叶生意，虽姓王但没人提他的名讳，称"茶叶客"。大集体时期茶叶生意曾一度中断，市场开放后子承父业，在镇上开了茶庄。邻里间我虽是长辈，但"茶叶客"与我是挚友，每次谈起茶道他大有兴致。每年新茶上市，供货商发来的第一批新茶，他都让我品尝，问我口感怎么样，色泽如何，冲泡性强否？有时我也提出自己的看法与一些建议。随着家庭生活的提高，茶已成为大众化的消费。茶不是昔日里专门为来客而准备，茶已经走进平民百姓家。

而在过去抽烟喝茶分层次。记得有个故事，早年间山东地方上有家财主，每当府上来客登门，通常讲的一句话便是"上茶"。一日有贵客来访，财主还是那句话："上茶！"家下人回禀道："老爷，是本县府台大人到了！"财主听后忙回应道："快上茶！上好茶！"喝茶也被赋予了浓厚的权势地位色彩。

现在，无论是城里人还是乡里人，已不仅停留在过去家庭中的油盐酱醋柴，在此基础上又附加了鸡鸭鱼肉蛋、烟酒糖果茶。过去熟人相遇通常讲回家喝碗水，而现今的待客之道是回家饮杯茶。饮水思茶已成为当代人的生活习惯，一种礼节，并非是喝水为了解渴那么简单。

饮水思茶，伴着逝去的时光，这辈子终究喝过多少茶，好茶，名茶，心中没有定数。在外地工作的儿子和女儿每次探家都带回许多各地的名茶，如杭州的"西湖龙井"，福建的"铁观音"，天目湖的"白茶"，安化的"黑茶"，日照的"绿茶"，青岛崂山的"红茶"。各地的茶都有各地的特色，但我最喜欢喝的还是家乡茶。关于喝茶的故事有很多，但是念念不忘的还是当年同付哥喝"茉莉大仿"。每每想起，似乎唇间齿上，尚有余香。

农历二〇一三年六月三十

今日有雨

　　小时候常听爷爷讲,南方人会看地,北方人会观天。地理天文有许多的奥秘,同时还有更多让人费解的谜。

　　北方人习惯看云观天气,千百年来从生产劳动中总结了丰富的经验,庄户人祖祖辈辈从事农桑,不求高官厚禄,只求风调雨顺,五谷丰登,衣食无忧。自然界中天气的变化好坏,都与农时息息相关。看云观天气,自然便成了老百姓生活中最关心的事了。

　　家乡地处鲁东南马耳山下,山清水秀,人杰地灵。春夏秋冬,四季分明。庄户人遵照二十四节气安排农时,在劳动中创造产生了许多的农谚,如:谷雨前后播谷种豆;白露早,寒露迟,秋分种麦正适时。夏天东南季风带来大海的湿润和凉爽,气候宜人适合农作物的生长,故而家乡有"十年九收"之美誉。

　　月有圆缺,天有阴晴,大自然变化万千,难得月月风调,年年雨顺。有时山前下雨山后晴,盼下雨时天无云,不望雨时水成灾。何时下雨,几时刮风?又有谁知天意呢?曾经听爷爷讲过一个关于天气的小故事。

　　在早年,本地有一户财主,家中雇了一把头(长工),身体壮实,是把农家老手。闻传他还能掐会算,就连老天几时下雨他都知晓,乡邻送他外号"小神仙"。因何得此殊荣?事出缘由还要从头说起。

　　一日清晨,天空晴朗无云,财主见状定是好天气,即吩咐把头道:"老张头儿,快去清扫场院,今日开仓晒粮!"把头听后并没马上应"是",而是不紧不忙地回复说:"东家!依我看,还是改日开仓晒粮好,今日有雨呢!"财主生气地训道:"混账东西!分明是偷懒耍滑罢了!今天粮食尽管晒,让雨淋了与你无关!"把头挨了东家一顿臭骂,无可争辩随即开仓晒粮。起先天气确实很好,天空无云,阳光灿烂。可快近晌午的时候,东北方向的天际上来块黑云,而且速度极快,同时伴着闷闷的雷声。有句常言:东北角上的雨一般上不来,上来就要漫锅台。这时,把头急喊伙计们快抢场，但已经来不及了，暴雨倾盆如注。场院的粮食全被雨水浇透，被水冲走了不少。此时东家虽十分痛心，但也无可奈何。

又过了些许日子，把头告诉东家今日好晒粮，因有上次的教训，东家抬头看了看天，见天空不十分晴朗，还飘动着片片白云。一时拿不定主意，对把头言道："晒粮可以，但如果再像上次那样，让雨淋了场，我可要扣掉你全年的工钱！"把头很自信地说："请东家放心，今日无雨，晒粮的事包在俺身上。"

果然不出所料，那天，烈日当头照，天空少白云，满场院的粮食晒干扬糠粒粒归仓。事后东家对把头另眼相看，逢人便讲把头有先见之明、料事如神之能耐。

一日，东家老财到西庄好友家做客，席间谈起家常，好友诉说近日家中丢失了一头牛，也不知是否还能找回。那东家听后即把家中把头能掐会算，就连老天几时下雨他都知道的事又说了一遍，并表示这点小事不难，回家让把头给算一算就是，尽可放心。

且说东家回到家里来，把好友丢牛的事原原本本告诉把头，并叮嘱把事情办好，千万别失了受好友委托这个脸面。听完东家一番话，把头心里想这事答应难，不答应更难。东家分明是赶鸭子上架，自己有几斤几两还不知道？至于预测天气有雨无雨，家中有个盛盐的袋子，晴天干燥，每逢阴雨天气便湿漉漉的，那仅是生活中的土经验，都是实功夫，并没有先见之明。思来想去还是应承的好，对东家实话实说也不妥，只有逼上梁山。

清晨早起，把头按照东家所讲的丢失牛的时间地点，急匆匆去了南山，翻山梁越山沟，眼看天快晌午，最后在山前崖的树丛里找到了。此时那头牛吃饱了正在闭目养神，但见那牛头朝南腚朝北正睡午觉呢！未惊动，悄悄地，把头大步流星地赶回庄里。

接下来，东家听了把头的回报，赶忙通知了好友。果不然在南山沟找回了老牛，人人都说，把头就连老牛头朝哪个方向都算得出来，真是神啦。

常言说得好，话无腿走得快，有关把头那些奇闻，很快传遍了十里八乡。相传入耳，把头哭笑无语，这其中的辛苦也只有他自己知道。

故事终究是故事，不管咋说它顺应了那个年代。千百年来，劳动人民

从生产实践中，总结出许多预测天气变化的经验及有一定科学道理的顺口溜儿。家乡的马耳山，每当云层覆盖时，人们就说，马耳山戴帽，小放牛的要睡觉，预示近日有雨。还有，如南北扫好天道，坷垃云晒死人，（太阳）早照不开晴，晚照晴无云。燕子低飞蛇过道，蚂蚁赶集，蛤蟆叫，大雨很快就来到。

试问谁知天时？要看今朝。如今社会进入科学发达的时代，人造卫星放飞太空。纵观世界风云，印度高温酷暑，美国遭遇龙卷风，我国江南暴雨引洪灾，北方干旱少雨水。天气预报准确及时，为防灾减灾农民掌握农时，起了很重要的作用。

跟着时代前进的步伐，电视电脑已遍布城镇乡村千家万户，尤其是那些生活在农村的人，中央电视台天气预报节目每晚7点半必看。说起天气预报，我和老伴还有段小插曲。

那是去年的一个夏日，吃过晚饭我在院内乘凉，老伴看完天气预报对我说："电视预报今夜至明天有大雨，你快趁明收拾收拾院子，盖盖柴草？"我抬头看满天星斗，月光通亮，心想哪来的雨？便回应道："有雨也得明天下，今晚没事，如果下雨我起来便是。"老伴也不再吱声。

凌晨2点多钟，睡梦中被一阵闪电光惊醒，我赶忙翻身下床跑了出来。这时大个儿的雨点泼了下来，院内没有收拾好，柴草也被大雨淋了个呱嗒嗒，而我又被突如其来的暴雨浇成了落汤鸡，次日反倒感冒一场。

老伴一遍遍唠叨，说我犟脾气，明明预报说有雨，而自己却偏不听。我沉默不语，心里想老伴讲的都在理上。

自那以后，我更信赖天气预报。知天意、识农时，它是老百姓的知音，百听不厌，千看不烦。

今日有雨，明天风和日丽。希望风调雨顺，万物适逢天时，大地生机勃勃。
古人有诗曰：

  刮风不准进桃园，顺着江边送还船。
  晴天你把烂姜晒，细雨无声润瓜田。

农历二○一五年七月廿三

小镇外乡人

月圆中秋，高粱红稻谷黄，金桂飘香，农家八月收获忙。

百姓有语：七月十五看收成，八月十五定太平。就是说农田五谷收成几分，在八月十五前后已经成定局了，又称"太平节"。八月十五是中华民族传统节日，是亲人团聚共享幸福的日子，又称"团圆节"。

镇商业街建筑工地对过有一家夫妻店，门面装修并不怎么华丽，仅有简单的"南京灌汤包"五个大字。店面虽小，但生意却格外兴隆。夫妻俩生财有道、经营有方，笑迎南来北往客，招纳十里八乡朋。灌汤包皮薄松嫩，馅味美，油而不腻，外加一碗稀饭，一碟小凉菜，方便实惠，赢得顾客的赞誉。店中的女主人腰间系着一花色围裙，心直口快手脚麻利，不笑不张嘴，恰似京戏中的阿庆嫂。有那么几句戏文：摆开八仙桌，招待十六方，来的都是客，全凭嘴一张，相逢开口笑，过后不思量。说的似乎就是眼前的她。男主人的性格显得不一样，总是任劳任怨，默默不语，忙里忙外只顾做活儿，显得格外憨厚老实。

生意红火其原因有两点，一是外乡人有异地特色，招牌上面有"南京"二字；二是南方人会做生意。假如家乡的面食小吃"双面炉包"，走到千里外的异地他乡经营，肯定会同样红火。这几年小镇繁荣引来外乡客，如"南京灌汤包""兰州拉面"、"东北酱驴肉"、"四川麻辣烫"，不仅带动了小镇经济的发展，还成为小镇一道靓丽的风景线。

只因我在建筑工地值班的便利，经常光顾小店，久而久之即成了熟客，茶余饭后夫妻俩拉起来他们家中那些事……

夫妻俩来自江南的常熟县，那可是鱼米之乡，家家户户都做生意。近几年小镇发展很快，崛起的经济也吸引了夫妻俩来到这里，孩子放在老家由爷爷奶奶照看，为了生意每年只有过春节才能回趟家。按理说应该在父母身边照料才是，但为了生活更好一点没办法。家家都有本难念的经，就看你如何念。

女店主满带情感对我说："这不中秋节来到了，同往年一样又回不去了。昨晚给家里通了话，听得出来女儿很想妈妈呢！"看得出女店主双眼有些湿润，同样在建筑工地上那来自异乡的农民工，为了赶工时，也没顾得上回家过团圆节。工友们在一起喝个小酒、吃两个月饼就算过节了。

中秋之夜，皓月当空，照亮了家乡照亮了异地，那些为了生活而奋斗的人啊，祝福你们幸福安康。

农历二〇一三年八月十三

打工者谈人生

听老人讲人生在世享福受罪已早有定数，有的人一生坎坷，多灾多难，有的人则衣食无忧，满堂富贵。有的人靠知识改变了命运，有的人用汗水洒满征途。无论你干什么行业，只是社会分工不同，没有高低贵贱之分，都是为国家社会做贡献。

在建筑工地上的民工中有个整天忙碌的身影，引起我的注意，他个头不高，体格壮实，头发斑白，衣服灰旧，一脸的沧桑与他的实际年龄不相称，工地上的民工大都称呼他老安头儿。这位说："老安头儿砌块砖。"那位喊："老安头儿推车灰。"他总是答应一个"是"字。随手用衣袖擦去满脸的汗水，拾起小车干活儿去了。

白天劳动过后，晚上夜宿工棚，我与老安头儿拉起家常，扯起那些艰辛的往事。

他言道，小时候家境很困难，姊妹九个，十多口人的家庭，人口多，劳动力少，得工分也少，粮食自然不够吃的。他自小就没进过学堂门，斗大的字不识一个，这也许是打了半辈子工的原因吧。每个人只有长大以后才方知父母拉扯儿女是多么不容易。父母操劳了半辈子还没等儿女们都成家，都过早相继离世，以后的日子更艰苦。为了把日子过得好一点儿，20多岁的他便走上了打工路。

改革开放后的80年代，以发展经济为中心，让一部分人先富起来，家家户户求发展，人人想门路，老安头儿心想自己一无知识，二无资金，无论做啥生意都少不了本钱，要想很快富起来那是天方夜谭。

他最终决定先从打工做起，其他的事等挣了钱以后再说，身体就是本钱，说干就干，与同村的七八个伙计辗转去了青岛。在劳务市场转了三天，后去了一家建筑公司。没有什么像样的生活和待遇,他就睡在临时搭建的工棚里,每天干八九个小时的活儿,然而工资一直拖欠不发。工地安全设施没有保障,经常有摔伤工友的事情发生,经打听才知道这是一家骗人的皮包公司。干了大半年,工资还有几个月没发全。晚上伙计们合计怎么办,三十六计走为上计。就这样,他离开了让他伤心的城市。

世间事只有你亲身经历过才知道他的酸楚,而不是在家里时想的那样简单,出了力气流了汗水未必能挣到钱,为人处世还是多长点心眼儿好。

离开伤心地,途经诸城市,赶巧一扩建后的工厂招民工干杂活儿,虽工钱不算多,但管吃管住也是很大的优惠,伙计们都说时来运转是个好机会。

听老安头儿讲那是一次机遇。他在清理杂乱废品时,意外捡到了一个大信封,拆封一看有一叠百元大钞,当时确实高兴了一阵子,又转念一想,自己是打工者,这外财不发命穷人,又原封不动交给了厂长。伙计们都说他是个二百五,纯傻蛋一个。

你还别说,老安头儿拾金不昧的事很快轰动了全厂,厂领导召开工人大会表扬了这位乡下来的农民兄弟,并收他为场内临时工。向来不爱多语的老安头儿敞开心扉,他告诉我人走运,缘分也就来了,有个外来妹看上了打工的他,在厂领导的撮合下,两个人喜结良缘。

是老天作合,老安头儿有一千个没想到,在外出打工的时候还娶上了媳妇。信心更足了,干活有劲儿了,厂里决定让老安头干仓库保管员。这职务在别人眼中也许是一桩美差,但对老安头儿来说更多了一些辛苦。

那匆匆逝去的岁月伴随日出日落,老安头儿整整干了8年。这期间妻子给他生了一个可爱的女儿,在家一边种着地一边照看孩子。时代不同了,经济也进入了快车道,靠临时工这点工资很难养家糊口,还不如回家种地,农闲时外出打工挣钱快。他最终辞去了这份工作回家了,后又重新踏上了打工路。

打工棚内抽老旱烟的味道带着浓浓的乡土气息扑鼻而来,老安头儿吸了一口手卷烟,从鼻孔里窜出两股浓浓的烟雾,然后说:"老郑哥,今儿咱凑在一起是缘分,这些年打工跑遍了周边地区,还未曾遇到过乡里人呢!"我回应道:"可惜在这打工路上我们已经不再是年轻有为时。"

说话听音，从话语里听得出老安头儿的女儿今年考上了大学，这又给老安儿头鼓足劲儿，灯光下他饱经风霜的脸上洋溢着的是喜悦。

"人家骑马我骑驴，回头瞧见推车汉，比上不足比下余。"有位工友哼起了几句打油诗。是的，知足者常乐，老安头儿不重名利，一生默默无闻，为社会同时也为家庭奉献了青春和汗水，又何尝不是一种美德呢？

人生路漫漫，只要心中有情有意，尽管生活中有千难万险，总能到达理想的彼岸。希望老安头儿的人生平平安安，幸福美满，子孝孙贤。

谨以此文献给为城镇建设奉献青春的农民工兄弟。

农历二〇一三年八月初九

开吊车的女工

伴随着城镇建设的步伐，一片片的老房子被拆迁，一层层的高楼正拔地而起。山路弯弯，小桥流水人家，那些古老乡村的风景，已成为人们心中回不去的记忆。

城市与乡村大大小小的建筑工地上吊车林立，一片繁忙景象。在我们不经意间，一座座高楼出现在眼前，我们在赞叹社会发展迅猛的同时，又对价值不菲的楼房"望楼兴叹"。人们经常讲住房难，买房辛苦，殊不知建房更难，炎炎夏日下出力流汗的民工更辛苦。

我也是打工族，在建筑工地值班，有位开吊车的女工引起大家的关注。她30出头的年纪，正是人生好时候，中等身材，留一头短发，经常穿一身普通的工作服，肩上搭一条白毛巾，满脸的喜相。

听说这女工自小就长得胖乎乎的，体格也很健壮，像个男孩子，父亲起名"胜男"，希望将来她胜过男孩。天长日久在工地上干活儿的民工很少有人叫她的名字，多数人称她"假小子"，还有些人叫她"野丫头"。她总是笑呵呵地答应着。

说白了这就是她的性格，无论是从着装上还是从干活状态看，称她"假小子"都非常恰切，而"野丫头"这个外号不太适合她，其实生活中的她并不"野"。胆大心细、工作认真是她惯有的风格，就单凭这一点大家都对她赞许有加。

记得她初到工地时，"噌噌"几下子就爬上了几十米高的吊车塔顶，未工作先试车是她的工作习惯，检查发现吊车的钢丝绳又断线，连忙告诉公司经理，要求更换新的。经理说："以前使得还好样的。"她坚定地说道："以前是以前，现在必须更换！"经理不再争辩，赶忙叫人换上新的钢丝绳。

是的，工作中别的事情能忽视，唯独安全万万马虎不得，那来自乡下的农民工，他们都抛家舍业来到建筑工地，在出力流汗的同时，关心人身安全是最重要的。

巾帼不让须眉，谁说女子不如男？我所在的建筑工地，安装了四台吊车作业，开吊车的师傅中她是唯一的女性。她熟练地操纵，使吊车活动自如，升降平稳，转动有度，正如现在京剧《海港》中的一句戏文：大吊车，真厉害，千吨的货物轻轻一抓就起来。她过硬的驾车技术得到了民工的一致好评，大家都说"假小子"还真行。

带着好奇心，在熟悉她的老乡中，了解到她是父母的独生女，在学校里除体育得满分外，其他课程都不及格。大学毕竟是少数人的天堂，成才道路千万条，靠父母给予的健康体格，走自己的路，照样能让父母过上好日子。

快速发展的城镇建设，吸引了众多来自乡下的农民工，她跟随着进城务工的农民大军，从此走上了漫漫的打工路。

在此打工的日子里，同工地上的民工一样出大力流大汗，睡工棚，早起晚睡，不爱红装爱武装，从未穿过女儿衣裳。日子久了，在工地上的民工都熟悉了这个来自乡下的打工妹。她不甘寂寞看上了工地上的大吊车，并主动要求吊车师傅收她这个徒弟。那车工师傅可能觉得她是乡下来的打工妹，又是高空作业，单从安全这方面考虑就婉言拒绝了她。后来看她干活儿细心稳重，又经不住她的软磨硬泡，被她的执着所感动，才收了她这个徒弟。从那时起她干起活儿来更加勤奋，性格比以前更加开朗了。边打工边学习，在师傅精心的传授下，半年后她学会了开吊车的技术，成为一名建筑行业中为数不多的吊车工。

她是一个对工作特别执着认真的人。结婚后的她生了一个女孩，夫妻俩约定趁着年轻多干点事业，主动放弃了农村生育二胎的指标。为了家庭将来的日子更加美好，在她的鼓励下，丈夫也学会了吊车技术。夫妻双双把汗水洒在工地上，成为工地上夫妻档。

一日，她到工棚打水，我问她那么高的铁架子，一个女孩家的在上面没感到害怕吗？她笑了笑说："刚学开吊车那时候多少有点害怕，日子久了，习以为常了，反倒没有什么可怕的。"说完，呵呵地笑了起来。她打满了水桶后，对我说："咱庄户人家苦不怕，累不怕，最怕讨薪难。"话语不多却让我沉思了许久。

党和政府关爱农民工，随着国家法制的健全和完善，农民工讨薪难再不是冰山寒霜，而是春风化雨了。看着她忙碌的背影，我打心眼儿里祝福她。

朋友，当您如愿以偿，住进了新房时，万般忧愁皆休，新居房，新生活，新起点，更有新的希望。当您梦醒时分，附近建筑工地吊车转动的声音萦绕耳旁，是否会想到建筑工人为赶工时忘我的劳动场面，是否想到我们安居乐业的背后有多少辛勤的农民工付出了艰辛的汗水呢？

但我知道建筑民工不容易，吊车女工更辛苦。她是工地上盛开的山菊花，英姿飒爽自芬芳。

谨以此文献给为城镇建设流淌汗水的农民工兄弟姐妹。

农历二〇一三年七月廿一

小老丁的开心事

盛夏酷暑,夜幕落下,在乡村古镇中活跃着一支农民业余文艺表演队,他们是五莲县义工联合会许孟服务大队的义工。被群众称为"小老丁"的丁明言,即是团队的领头鹰。他自费出车搭建舞台,组织有才艺的义工成立了义工剧场,在全镇60多个自然村中义务巡回演出。

每当夜晚,那欢快的锣鼓声唤醒了寂静的山村,大幕拉开,魔术、小品、歌舞、三句半……都是观众喜闻乐见的文艺节目。演员虽不是科班出身,但他们的敬业精神与卖力的表演,不时引来观众阵阵朴实的掌声。这不仅娱乐了群众,重要的是把党的好政策宣传到了农民的心坎上。

在被群众认可的同时,还有少许人对小老丁的这一善举不理解,深感困惑。"义演,他到底图个啥?"但我知道小老丁是为了啥,用小老丁自己的话讲:"就是寻个开心罢了。"

小老丁的那些开心事,还要从2006年讲起。农历大年刚过,小老丁便找上门来与我商讨创办农民杂耍队的事情。当时我很惊讶,因为小老丁原本就是一个最普通的农民,又没有多大文化,虽有满腔热情,但在文艺方面,就如同用擀面杖吹火———一窍不通。但转念一想,他这个大胆的想法很可贵,应全力支持他才对,即马上与小老丁走访老艺人,邀请爱好文艺的青年参加进来。可别说,小老丁很有组织才能。记得有一位老艺人,快到70岁了,本不想参与这些事了,经他多方面做思想工作,三请诸葛,真情使得老艺人出山。万事俱备,只欠东风,小老丁自筹资金与我和老郑头儿远去潍坊买来了锣鼓道具及服装,敲响了庆元宵节的第一声锣鼓。

万事开头难,第一声锣鼓敲响后,小老丁的杂耍队红红火火搞起来了,干喜庆,搞庆典……演出队伍不断扩大,村里村外声誉鹊起。小老丁的杂耍队使沉寂多年的乡村曲艺重获生机，很多老艺人"重出江湖"，很多年轻人开始学习这门面临失传的曲艺。小老丁带领他的杂耍队多次登上市、县文艺展演及春节晚会，并屡屡获奖。

头一次获奖，也是小老丁人生一件开心事，成绩得到了大家的肯定，杂耍队也由此更名为"许孟喜庆文工团"。希望总是给人信心和力量，五莲电视台"小城故事"栏目组的记者采访播出了他的故事，从此小老丁的名字家喻户晓。第一次上镜头初露头角是他奋进的又一大开心事。

机遇总给那些有准备的人，2012年春天"五一"劳动节前夕，同时也是五莲山九仙山杜鹃花盛开的时候，中央电视台"乡约"栏目组走进五莲。小老丁作为"乡贤"和团队主要人员应邀参加了这次盛会。小老丁杂耍队走进央视，这不仅是小老丁的荣耀也是整个团队的光荣，从此小老丁成了全县小有名气的人。受他的带动和启发，全县有十几支农民业余文艺团队成立起来，大大推动了城乡人民文化生活水平的提高。开心的事总是让人开心，三句话不离本行，小老丁逢人便讲，此时他的心啊，乐开了花儿。

任重而道远，小老丁心里想人生就这么短短几十年，总得在有限之年干出点对社会有益的事情。理想与信念促使他说干就干，小老丁提交申请加入了五莲县义工联合会成为一名义工，这又是小老丁人生中一大乐事。

许孟喜庆文工团是全镇乃至全县很有影响力的农民业余文艺团体，以团队为基础，小老丁组织发动乐于奉献的青年志愿者加入义工联合会。随即文工团又成了义工服务大队。

人逢喜事精神爽。同年，五莲县义工联合会在许孟镇召开大会，正式成立许孟镇义工服务大队，任命小老丁为大队长。责任在身，作为义工大队的马前卒，吃苦在前事事领先。目前许孟义工已发展到40多名，参加了多项义务活动，如五莲山植树、去敬老院洗衣、理发、搬家等事宜。有一次，小老丁到县城参加义务演出，摩托车骑到半道油箱坏了，怎么办？时间又不允许过多停留，小老丁急中生智，到路边店要了两个矿泉水空瓶，装上汽油挂在车把上。路人瞧见劝他说："可别冒险啦，这样不安全！"他总是说没问题，硬给车"打着吊瓶"去了县城。

县义工联合会的领导曾称赞小老丁，对待工作热情似火，办事认真，扎实可靠。义工是一盏明灯，让我们去点亮它。许孟服务大队在县里乡镇中是一个先例，是丁明言点亮了许孟义工这盏灯。

干就是学习。实话实说小老丁就是一个普普通通的农民，除了种地还学会了"小炉匠"这门手艺，空闲时就在街面上为群众修锁配钥匙、补盆把锅。多数人称他小老丁，还有人叫他"小能人"，干文工团这些年他学会了魔术表演，既非家传，又无名师，全靠自学钻研出场。你还别说真有两下子，正如赵本山表演的小品，"忽悠"得还真不错。2013年县电视台举办的首届"达人秀"节目，小老丁凭借他的魔术表演获得了周冠军。

小老丁的热心肠像盛夏骄阳那般火热，每晚他同义工剧场的演员们奔赴乡下义务演出。他告诉我，最近很忙，除了演出，他还在筹划九九重阳节去镇敬老院为老人们祝贺节日的事。

小老丁的家庭，熟悉的人都知道并不富有，但他干了别人能干而没干的事。不了解小老丁的人又在说他傻乎乎。我想社会正需要像小老丁这样傻乎乎的人，去实现我们每个人的中国梦。

小老丁，是中国千千万万普通农民中的一员，他没想过去图什么名，图什么利，他只是按照自己的心意，做着开心的事情。

农历二〇一三年七月初六

卖蝉龟的小女孩

俗语说，冷在三九，热在中伏。在季节的轮换中，盛夏到了。清晨还有点凉爽，尤其是中午时分，烈日当空，阳光直射，就像一个大火炉烤得让人缓不过气来。池塘里荷花千姿夺目，青蛙在吹唱，时而跳跃，时而在荷叶上喘息。田野里庄稼黑乎乎绿油油，一望无际。那墙角下的南瓜藤蔓早已爬满了藤架。田园瓜果都在这个火热的季节里孕育，但似乎少了昔日里那闹人的蝉鸣。偶尔从远处传来几阵稀稀落落的知了叫，让人感到一种久违的亲切感。

今天我在建筑工地上值班，清晨东方还未现肚白，我早已起床。公司那铁栏门外有一村姑叩门。她骑一辆旧电动车，带着一个塑料桶，也不知桶内盛着何物，满脸汗露似乎一路风尘从乡下赶来。"大爷，这里的经理买蝉龟，约好让俺今早送来，麻烦您给传报一声。"我告诉小姑娘经理不在，按以往惯例得7点多钟才来。小姑娘心里很焦急，忙采了一束树枝驱赶着苍蝇，嘴里不停地念叨："怎么还不来，急死人了！"为了缓解小姑娘心里的急躁情绪，我与她闲聊起来。

小姑娘家住在离这十几里乡下磨石岭村，那里多山岭多树木，自家又承包了十几亩果园。小姑娘说树多知了就多，所以才摸这么多蝉龟呢。还说摸蝉龟不容易，通常一晚上不睡觉……闲聊中，太阳升起一竿子多高了，不知不觉到7点多钟了。小姑娘又心急火燎起来，说什么大经理不讲信用，再等下去那些蝉龟就出知了，就不好卖了。来的路上许多人要买，因与人家订好了不能失约，山里人讲究的就是实诚，早知道这样路上卖了吧……小姑娘边唠叨边抹眼泪。她哽咽但未哭出声来。为替小姑娘分忧，在旁观的路人中有人提议大家一起购买。一会儿你100、我200，按每个蝉龟5毛钱的价格全都买光了。众人帮她数好钱，小姑娘转忧为喜，虽没说很华丽的言词，但看得出小姑娘是很感激的。她朝众人嘻嘻一笑，骑上电动车奔着家的方向去了。

随着物质生活的提高，越来越多的现代人在吃的方面大动脑筋。世上还有什么没吃过的东西，只要说好吃，对人体有好处，就不惜重金，如海龟蝉龟王八龟，蝎子蚂蚱蜂子虫，都搬上餐桌。

回想起小时候，每到夏天中午和那些童年伙伴去河里洗澡，到树林中钓知了。夜晚大人们都在河边的沙滩上乘凉，小孩子们到林子里摸蝉龟。无论你摸多摸少都是一种乐趣。拿回家把蝉龟放在石磨顶上，再用碗盆扣着，以防让小狗小猫捉去吃掉，等天明时一看脱去龟皮全变成了白色知了，既干净又漂亮，自己动手撒上盐煮着吃。让母亲看见了，母亲会嚷道："别给我浪费豆油！土腥气！有什么好吃的！"过后听母亲讲，一个小小的蝉龟在土中得孕育三四年，刚一露出地面，还没见到阳光就被人们吃掉了，真乃可惜。

人间万物相克相生，大自然创造了一个多彩的生存环境。近年来，随着城镇化建设的进程，以及不断的拆迁，多了楼房少了树木。知了已被迫迁徙到山乡旷野处。城镇中听到的是汽车喇叭的喧叫。那往来匆忙的人群又有谁能注意听到树上的蝉鸣？

我爱家乡的自然美，高山吐翠，绿树葱茏，小溪潺潺，江河奔腾，更爱田园五谷瓜果飘香，还有夏日里的蝉鸣。

人生易老，山河依旧，如今，几度夕阳红，童颜换白发。小时候母亲的训导依然那样清晰，蝉龟虽小也是生命。从那时至今已60个年头，我再没摸过蝉龟。

农历二〇一三年六月十六

（该文发表于《青岛日报》2013年8月19日"琴岛"副刊）

想不到

常言道：穷村有富户，富庄有穷家。

听说没有？咱村李京家翻盖新房啦！一件不像新闻的新闻瞬间传遍了整个村落。许多乡邻经过此处都不由地停足观望，以前的那四间破烂不堪的土坯房不见了，而展现在人们面前的是前后八间高大宽阔的红瓦房。想不到平地一声雷，以前没有半点盖房声息，而今焕然一新，并超越了周围的邻居，让众人刮目相看。

改革开放后，国家加大了"三农"政策实施的力度。社会主义的新农村遍地开花。农家万户都走上富裕的道路，盖新房搬新居已不是新鲜事，对那些经济富足的大户人家而言，更是小菜一碟，不足为怪。而大家对李京家盖新房产生了许多的想不到，难道是人们的心里有偏见？还是他没有盖房那个能力？十几万啊！究竟是因为啥？

我与李京是相处不远的邻居，我长他几岁，邻居辈分兄弟相称。李京命运多舛，幼年丧母，中年丧父，是家中长子，身后还有弟妹五个是继母所生。70年代的农村，各家各户日子都很困难，尤其是人口多劳力少的人家更是难上加难，幸亏到部队当了三年兵，退役回家后经村里推荐去县城当了一名工人。也许在那个年代沾了工人阶级的光，当工人毕竟是一份让人仰慕的工作，经人介绍他与乡下的一位姑娘结了婚。妻子高高的个子，人长得端庄秀丽，吃苦耐劳，不多言语。周围邻居夸赞，都说李京娶了个好媳妇，那时是他人生最闪光的时段。

然而好景不长，在以后的日子里，令人想不到的诸多不顺降临于本不富有的家庭。接下来便是父亲与继母相继过早去世。李京身为家中长子，不仅要操持好老婆孩子的生活，还得照顾安排好尚未成家的弟弟妹妹。家庭生活的担子重重压在肩上，举步维艰。

结婚十年，妻子给生育了二女一子。家中添了三张吃饭的嘴，仅靠他每月30多块钱的工资维持家用。妻子在家一边操持家务，一边抽空忙坡下活。生活的重负让她变成了另一番模样，当年那端庄秀丽的村姑形象已荡然无存。

常言说，福无双至，祸不单行。也不知是祖上的遗传还是急于心火，妻子突然中风，精神失常，饭不做，孩子顾不得管，整天自说自道、东跑西窜。家庭一度跌入低谷。这时对李京来说恰似砸碎了五味瓶，心里也不知啥滋味。顾厂顾不了家，顾家又误了上班，照这样下去厂领导也不满意，他只好辞去了县城这份工作回了家。为了治好妻子的病，常年求医问药跑细了腿，至今也没有多大好转。三个孩子都到了上学的年龄，只有儿子读完了初中，两个女儿始终没踏进校门半步。妻子的病久治不愈，而自身也因劳累落下腰腿痛的毛病，破罐子破摔，索性不去管他罢了。家里没有经济来源，庄稼长得也不好，儿子好歹初中毕了业，没有再读，小小年纪便去了城市打工去了。也许受家庭的影响，儿子沉默寡言不轻易与邻居搭话，只知拼命干工而很少回家。我想这孩子一定胸有伟略，决心创造成绩，总有一天改变家庭的状况。

日月春秋，风雨侵蚀，院墙倒塌，那四间老房已是室内望天，四亲无靠，邻不往来。古人有语：门前插着状元旗，不是亲戚也亲戚；门口竖着要饭棍，姑舅两姨不上门。

穷途末路，世态炎凉。记得小时候听老人讲过这么一段小故事。

早年间，某地有一位穷汉，房不挡天，衣不蔽体，吃上顿没下顿。眼看年关到了，且不说置办年货，按当地风俗过年总得贴副春联吧？求人办不到，买又买不了，便取来一张红纸用破棉袄沾着锅底灰写了副对联。上联：早难看晚难看早晚难看，下联：取无门借无门取借无门。灶王爷身为一家之主，看到穷汉家此情此景，即返回天庭禀告玉帝，赐福于民间。来年果然风调雨顺，五谷丰登，财粮双收。至此穷汉也过上了好日子。

有句古语：富不过三代。穷汉不能穷到老，富汉何能扎住根！我这里要说，穷汉变富并非是灶王爷之功也，是用勤劳与智慧、艰苦与汗水换来的。

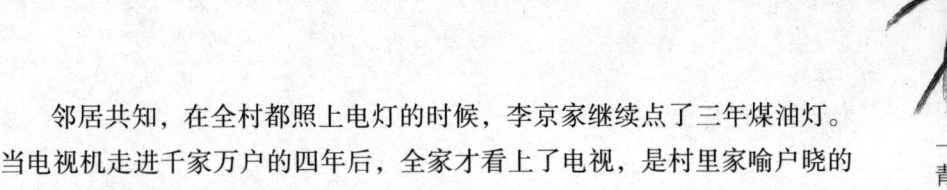

邻居共知，在全村都照上电灯的时候，李京家继续点了三年煤油灯。当电视机走进千家万户的四年后，全家才看上了电视，是村里家喻户晓的困难户、低保户。

柳暗花明看今朝，家庭巨变，焕然一新，实则后生可畏！拔掉穷根，去掉"两户"，家庭迎来新的生机。邻居的想不到，并非是惊讶，而是对李京一家辛勤劳动的肯定。

其实我早已想到，改革开放后，农村农民都走上了富裕路，只是每个家庭每个人都不相同，人的能力有大小，人人心中都有一个梦，只要你敢于奋斗，你心中那美好的梦啊，一定会实现。

农历二〇一四年八月廿二

做点好事并不难

红线牵南北,姻缘贯东西。世间万物,人生一辈子,有很多事的发生与完成往往在一个偶然的瞬间,包括悲喜与祸福,成功与失败,姻缘也不例外。当缘分到来时,就像脱缰的野马无法阻挡。距离、年龄、工作、贫富,都不再是关键,顺风顺水好扬帆。

我同朋友的一次简短的拉呱,促成了一桩美好姻缘。人生第一次当红娘,完成了一项完美的牵线。

朋友李某与我是同乡不同村,与时俱进,伴着改革开放的大潮,为发展经济,让生活快富起来,同大多数人一样也做起生意买卖。因经常跑市场,我与李某在集市上相识,故而成了很要好的集友。他们夫妻俩吃苦耐劳,勤俭治家,相敬如宾,一辈子没有拌过嘴。他开着一辆手扶车,农忙时种地收庄稼,农闲时赶集卖老百姓生活中日用杂货。夫妻俩生了一对千金女,聪明乖巧,学习成绩都很优秀。两口子对女儿寄托了全部的爱和希望。

第一次见到李某的大女儿是在集市卖货的摊位上,那姑娘白净俊秀,穿一身学生装。也正是高考填报志愿的时候,李某对女儿说:"这位是你郑大爷,两个孩子都是大学生,闺女还在青岛大学读研。快让你大爷参谋一下,看看报什么学校好。"我听后说道:"闺女?至于报什么学校好,你大爷我也说不好,我觉得江南太热,东北太冷,青岛属海滨城市,青岛大学就不错,但主要取决于你自己的实力与兴趣。或许还有更好的学校在等待你。"姑娘说了声:"谢谢大爷。"

人人都说,远亲不如近邻,在周围邻居中王亮和我最要好,论邻里辈分称呼我二叔。夫妇俩聪明能干、乐于助人,在村里有很好的口碑。生有一子,全家人视为掌上明珠。伴着时光的流逝,孩子一天天长大,步入小学、

初高中，直通大学。记得读小学的时候，每次填写家长意见一览表，王亮都对孩子说："快到东边子找你二爷爷写去吧！"因王亮夫妇不太识文断字，倒让我当了六年的名誉家长。

时光远去，孩子求学远行在外，就像离巢的鸟儿，翱翔在蓝天。无形中孩子长成了大青年，并获得了硕士学位，工作于苏州电子研究所。眼看已到而立之年，还婚事未谈。王亮夫妇很是着急，总想早一天抱孙子呢。几经催问，儿子总是说："不忙！不忙！"

那是去年中秋节前夕，正赶上逢许孟大集，我摊位前走来了娘两个。一眼就认出是朋友李某家妹子，这时她对身后的姑娘说："这位是你大爷。"姑娘忙回应道："大爷好！"我忙答应并问道："好几年没见，今成了大姑娘啦！"李家妹子忙解释，这是二嫚，是你当成大嫚了。听妹子讲大女儿青岛大学毕业后，读研去了江南，目前工作于杭州。当我问起闺女是否有男朋友，李家妹子告诉我的同样是那两句话，每次问女儿时总是说："不忙！不忙！"

听完李家妹子一番话我便插言道："那就让俺也当回月老，我给闺女介绍个男朋友。"李家妹子听后高兴地说："太好了！郑哥你就帮俺俩操操心吧！"然后便把手机号码留给双方……

十年磨一剑，去年春节两个有情人终成眷属。一个在杭州，一个在苏州，两州并一州，两个年轻人走到了一起。充满喜庆的宴会上，双方亲家喜得合不拢嘴。众亲友举杯贺喜，两亲家都赞不绝口，感谢郑哥成就了儿女的婚事，此举是大功一件。

一杯喜酒下肚，我说："孩子的婚事，非我之功也，是他俩有缘在先，我只是牵线罢了。"

他人高兴有心乐，成人之美一身轻。一代伟人毛主席常说："一个人做点好事并不难，难的是一辈子做好事。"我默默自语：是的，做点好事真好！

农历二〇一四年七月初一

常赶集的猪仔

20世纪70年代，都是集体经济，市场还没有开放，大家常讲的一句话便是：割肉吃你去食品站，买馍你去供销社饭店。按规定农村每户每年向国家交售生猪一头，完成任务有奖，完不成任务的要受罚。姜伯家也不例外。

春节刚过，万事从头来，老两口合计，趁开春暖和早买个小猪仔放在栏里，喂肥了等秋后交任务。这天正好逢许孟大集，吃过早饭姜伯便匆匆来到集市上。老远就听到"喂！——""哇！——"猪仔的叫唤声。偌大的猪仔市场早挤满了人。四乡八疃来卖猪仔的人，有的用地排车，有的用手推车。一簇簇，一团团，每个猪仔都用稻草绳绑着，一字儿摆开放在地上，等待客户上门。

姜伯走遍整个猪仔市，也没挑上合意的。时已近晌午，姜伯见一对老年夫妇身后是地排车，面前却只守放着一头小猪仔。这小猪仔油黑光亮，很是讨人喜欢。见姜伯走来，这家的老汉忙招呼道："老哥是买猪仔吧？俺这一地排车拉了十头快卖完了，就剩这一头了。半点毛病也没有，您老快抱去养着吧？"姜伯没答话，俯下身来东瞧西看，也没发现小猪仔有什么毛病，确实称心如意。再者夫妇俩拉着地排车大老远从乡下赶来也不容易，听言谈看脸面也是实诚人。经过一番讨价还价协定以28元钱成交。

卖猪仔夫妇急匆匆离开市场，姜伯一腔兴奋，抱起猪仔往家走去，心里想今日真是走运，小猪仔油光发亮，价钱又适中，老伴见了一定很喜欢。一会儿工夫，姜伯周身大汗淋漓迈进家门。老伴急忙跑去关闭大门，招呼姜伯给猪仔去掉草绳放在院子里。草绳解开了，出乎意料，那小猪仔仍趴在原地。老两口很纳闷，这很反常啊。老两口反复看细打量，催喝猪仔，猪仔也没爬起来跑蹿的意思。姜伯把猪仔一把抱起来，他一声"啊呀"喊出来！原来这猪仔先天性瘫痪，吃食需送到嘴里，四条腿不能行走。这可怎么办？遇上个大难题。老伴心疼钱，直抱怨姜伯。姜伯心里也不是滋味，说："等下一集再给猪仔找户人家就是了。"

到下一个集日还有5天的时间，老两口对小猪仔不敢怠慢，小心伺候，生怕它跌膘卖不出去。漫长的5天过去了，姜伯和老伴好不容易盼来了第二个集日，赶巧天公不作美，下了一整天大雨，集市半个人影没有，只好再盼下一个集日。姜伯老两口给小猪仔好吃好喝，又一个5天过去了，终于等来了迟迟的集日。这日天气清澈透明，春风又吹过脸庞，暖洋洋热乎乎，让人特别舒畅。姜伯吃罢早饭，老伴也喂饱了小猪仔。姜伯找来稻草绳把猪仔捆成本来模样，双手抱之，嘿！这小猪仔不但没瘦，而且还长了膘。姜伯推出小车把猪仔放在筐里，急匆匆赶往集场。

猪仔市在市场西侧河边的沙滩，赶集的人熙熙攘攘，络绎不绝。姜伯像其他卖家一样，寻一处"宝地"把小猪仔放下，静候买猪者到来。约10点多钟吧，人流中走来一对中年夫妇，看那迟缓的脚步，瞧那关注的眼神，姜伯断定这两口子已被小猪仔吸引，便忙招呼说："大兄弟？想买猪仔养吗？"中年夫妇迟疑没有作答。姜伯赶忙说："我家猪仔乡里乡亲都摸气，今儿个十头猪仔还剩一头，其余的都买走了。毛病没有大可放心，价钱也好商量嘛！"可能被姜伯诚恳的话语打动，也可能被小猪仔所吸引。中年夫妇蹲下身来，仔细打量，并没发现小猪仔半点毛病。中年夫妇相视点了点头。

买卖双方后经一番讨价还价，最终达成协议以35块钱成交。

姜伯心中暗自高兴，这头小猪仔总算又找到了主人，自己算是脱了身。周围卖家高嗓门的叫喊声夹杂着猪仔嘶叫声，都仿佛未曾入耳。"表哥表嫂您俩来赶集？"一位着装阔气的中年男子近前搭问。买猪的中年夫妇还不知晓是哪门的亲戚，随即"啊"了声。被称作表嫂的忙开口："是表弟啊，真是巧极了，不请自到，你快给长下眼色，看这小猪仔有没有毛病？"在他们你来我往的对话中听得出这中年男人是乡里的老兽医，有多年从业经验。姜伯心想坏了，高兴的心又紧张起来，被称作表弟的中年人俯下身来，取出体温表看了又看，又用手摸摸嘴巴，一本正经地说："表哥表嫂，您俩大可放心,这小猪仔体温正常,没有半点毛病,体格壮着呢!"相互寒暄了几句客气话便走开了。

　　姜伯那颗悬着的心总算又平静下来。接下来双方付款交易。那时市面上还没有百元大钞,买猪的男子拿出来的全是一元至两元的零币。姜伯接过一叠零币数到 30 块的时候,忽然发现买猪的女主人正准备解猪仔的绳索。姜伯忙说道:"够了!够了!钱正好!"随即把钱放进腰包。买猪男子心里明白只数了 30 元,还差 5 块呢!但也装作不知道。心想又省下 5 块钱。回头瞧见老婆正解草绳,便大声骂道:"你这臭婆娘!快装车!快装车!"夫妇俩比姜伯还着急,火急火燎把小猪仔装上小车,半刻没有停留,喜滋滋、急匆匆走了。

　　姜伯随即也推起小车大步流星,哼着小曲儿离开集市场。

　　后来呢?后来那小猪仔成了赶集的常客,只不过每一个集日,都换一个新主人。每个主人买回家,都小心伺候,养得膘肥体壮,等待顺利转往下家。小猪仔虽然不幸,天生残疾,但反比那些体格健全的猪仔被伺候得好。虽然没有一个人愿意长久做它的主人,但是它吃百家饭,膘肥体壮。对于一头小猪来讲,也是不错的一辈子。

农历二〇一三年正月廿八

爷爷的故事

我的爷爷住在乡下。像天下所有平凡的爷爷一样，爷爷的胡子里是长满故事的。他喜欢跟我讲那很久很久以前的趣事。每年的寒暑假我都是在爷爷的故事里度过的。

今年暑假，我照例跟随爸爸妈妈一起到乡下看望爷爷奶奶。在路上我已经对爷爷那即将开讲的故事充满了期待。

汽车驶离了繁华喧闹的城市，沿着滨海大道飞速向前行驶。透过车窗，远处的大海尽收眼底。成群的海鸥拍打着翅膀追逐着浪花，嘹着叫着，一会儿盘旋在天空，一会儿飞向远方；三三两两的渔船荡漾在平静的海面上，与碧海蓝天形成了一幅美丽的画卷。海风吹进车窗，送来了温馨的凉意，我的格外兴奋。

"呜呜！"伴随着汽笛的响声，汽车驶进了山间的柏油路。盛夏季节，漫山遍野红的花绿的果，郁郁葱葱，山风含着蝉鸣吹进车内灌入耳中，让人舒畅，心情更加陶醉。此时，我已被秀丽的山色吸引，被乡下的自然风光所陶醉。不知道过了多久，汽车在一个拐弯处慢慢地停了下来。售票员阿姨边招呼边喊道：孟家镇到了。爷爷奶奶早已等候在车外。我高兴地喊："爷爷！奶奶！"急忙跑了过去。爷爷没有来得及答应，就弯下腰把我紧紧地搂在怀中。

孟家镇地处鲁东南北部，这里地沃民丰，风光秀丽，人杰地灵，交通便利。自古至今就是经济繁荣的好地方。爷爷家在镇子的东面，一个普通的四合小院。院墙外有一盘退休的石碾，碾旁有一棵很大的银杏树，树干足有磨盘粗细，树荫半亩有余。先传是爷爷的爷爷小时候栽种的，虽经岁月沧桑，但时逢盛世，绿油油的果实仍丰丰满满挂弯枝头。最引人注目的是爷爷家那黑漆大门，贴着一副对联："从来勤俭传家远，唯有诗书继世长。"房门的对联是："积肥晨起早，读书夜眠迟。"这让我深思不得其解。

爷爷已过花甲之年，头发花白皱纹突起，但精神矍铄。也不知他文化水平有多高，念过几年书，但爷爷说话文雅，出口成章，满肚子是讲不完的故事。什么桃园结义啦，过五关斩六将啦，什么岳飞大闹朱仙镇啦，林冲雪夜上梁山啦，滔滔不绝。和爷爷在一起的日子里总觉得快乐，时间总是过得太快。奶奶平时好唠叨，说爷爷爱吹吹呼呼的，有学问没有赶上好时候。是的，奶奶说得很有道理，改革开放步入新时代，我们这代人的确赶上了好时候，真的是我们的福气。

盛夏的夜晚，满天星斗，像一颗颗明珠镶嵌在夜空里，闪烁着光辉。皎洁的月光沐浴着宁静的小村，温馨整洁的小院弥漫着花香。爸爸沏了一壶"铁观音"，全家人围坐在葡萄架下聊天。两杯茶入口，我再一次请求爷爷讲故事，爷爷正捡起我吃剩下的点心，放在嘴里吃得正香。看见他沉思了半天，抬头看看全家，然后装上了一锅子老旱烟，我赶紧为爷爷点上火。爷爷猛劲地抽了几口，烟雾袅袅。我知道爷爷的故事开始了……

早年间，在本地有一户人家，姓孟名贤德，此人忠厚老实，博学多才，又乐于助人，在当地很有名望，人称"孟老"。孟老家虽然谈不上地有千顷，骡马成群，但也是20多口人的大家庭，岁岁年年，家有陈粮旧谷，穿不完的绫罗绸缎，丰衣足食是半点儿也不夸张的。这在当时也是非常富足的大户人家。孟老治家有方，给全家人定下了规矩，一是不欺压乡里，实实在在做人；二是勤俭持家，富日子当穷日子过。除了逢年过节外，平常的日子都是粗茶淡饭。提起孟老节俭来，还有一段趣闻呢。

这一天，孟老出外讨账去了，家中人估计他中午赶不回家，子女们央求老太太换换伙食，包饺子吃。老太太说："不过年不过节的包什么饺子吃，让你爹知道了又该骂一顿。"子女们说："大老远的路，俺爹肯定赶不回来，也可能在朋友家吃饭了呢？"你一言我一语，直把老太太说得没有办法。最后老太太做出决定，吃完饺子后要保密，千万不要让孟老知道了。子女们乐坏了，齐下手分头去做。且说孟老这天到了邻村讨账，来回三四十里路，待讨好账之后，已经是中午了，那朋友竭力挽留孟老留下来吃顿饭，可是孟老心想，别给人家添麻烦，人家为了脸面仨盘俩碗的放不下，再说乡下的生活比较困难，他执意要走。谢绝了朋友的盛情，顺着山路，抄近道，一路之上小步紧挪，跨过镇南的小桥，转过巷道口，前边不远处便是家门了。这时在外望风的小女儿，远远地看见老爹回来了，慌忙跑进门告诉老太太说："妈！妈！俺爹回来了。"子女们一下子慌了神。此时饺子正在锅里呢。还是老太太有办法，赶忙吩咐小女儿说："快把这瓢黄豆撒在大门外边。"小女儿不解地说："妈，这是干什么？"老太太急忙说："叫你撒你就撒，不要问为什么。"女儿转身把黄豆撒在大门口外。

说时迟那时快，孟老已经走到大门口了。正要进门，俯身看见金黄的大豆撒了满地，顿时火冒三丈，大骂起来："是哪个败家子，破家的五鬼！把这么好的黄豆撒了一地。"一边骂一边把头上的毡帽摘了下来，用手把一粒一粒的黄豆捡了起来，放在毡帽里，足足捡了一个多钟头。时已过午，孟老才走进家门，屋里已经是盘干碗净了，全家人像往常一样，一切照旧。此时，子女们又怕又想笑，怕的是孟老发现，又多一份埋怨，笑的是老太太怎么想出这么好的主意，只是苦了老当家的——孟老爷子。

春种秋收，寒来暑往，庄户人家盼丰年。那年老天爷赐福，下了几场及时雨，农民们收获了希望。粮满仓草归垛，这古老的小镇啊，又迎来了丰收的喜悦。

农忙过后，这天孟老背起粪篓子出去拾粪。大清早，坡下走走，绕村转转。忽然看见镇北边的小道上，来了两个赶驼的商人，在那里歇脚。孟老放眼一瞧，就知道是外乡人，便走了过去。此时，两个商人正在吃早点，拿出来的烧饼连吃带扔的撒了一地，孟老看见了，很是心疼，说道："小伙子，饱汉子不知道饿汉子饥，吃了不疼撒了疼，你们这不是糟蹋粮食吗？"内中有个高个儿的商人看了一眼面前的这位老者：其貌不扬，头戴一顶旧毡帽，身穿一件带补丁的夹袄，脚蹬一双钉着厚厚皮掌的粗布鞋，肩背拾粪的筐篓。他不屑一顾地说道："老人家，你是不是饿肚子了，掰块烧饼给你吃吧。"说完就要掰烧饼。孟老答道："非也，我看你们两个吃饭有点浪费，粮食撒了一地，太可惜了。"两个商人也不理睬他。"小伙子，你们两个是做什么生意的？"孟老又问。这时候那个矮个子的商人说道："我们是来收

青谷穗——爷爷的故事

购芝麻的，难道你家也有吗？"孟老说："请问你们收购的是黑芝麻还是白芝麻呀？"矮个子商人又一次端详了一下眼前的这位拾粪的老头儿，说道："休问黑芝麻还是白芝麻，你有多少俺要多少，时下10块大洋一石，我给你20块大洋。"说完大笑了起来。孟老瞧了瞧这两个小伙子，心里暗想："这两人是在嘲笑自己的，这样的人怎么能够做生意呢？我非要教训他们一下不可。"于是说道："此话当真？"两个商人齐声说："当真，当真。"于是孟老就带着两个商人来到庄内。步入自家的粮仓，打开一个个粮库，什么黑芝麻白芝麻，还是铁芝麻，都丰丰满满的。两个商人看了后，都傻了，慌忙向孟老赔礼道歉，恭恭敬敬地说："老人家，您海涵，小人有眼不识泰山，对您言语不周，还望大人大量，您高抬贵手放小人一马。"孟老听后笑道："我并非难为你们两个人，只是想让你们两个明白诚信经商、宽厚待人、勤俭节约的道理，农民种田不易，糟蹋粮食可耻。"两个商人赶忙点头称道："是的，您老人家教训的是。只要您不让我们亏本，让我们干什么都行。"孟老说："我没有什么条件，只要你们从今以后知道了珍惜粮食的重要就行了。你们把刚才丢在地上的烧饼捡起来，生意我还是愿意和你们做的，绝对不会让你们两个亏本的。"两个商人连连道谢。

爷爷习惯性地又点上一袋烟，关闭了话匣子。我知道爷爷的故事还没有讲完……

新世纪，新千年，新时代，开放的中国日新月异，人们的生活也日益富足起来。随着生活条件的改善，生活水平的提高，灯红酒绿，吃喝浪费，资源浪费，物质生活的腐化堕落，向钱看的风气也成为当今社会一股不可小觑的潮流。学校的学生大块儿的馒头还没有吃几口就丢进垃圾桶，也许他们当中，没有人尝过饥饿的滋味，不知道今天的日子来之不易。提倡全社会勤俭节约，反对铺张浪费势在必行。

沉思中，爷爷家大门上的对联，又一次映入我的眼帘，"从来勤俭传家远，唯有诗书继世长"。我忽然一下子明白了它的真正含义，我发现故事中的主人公，就是朴实忠厚的勤劳艰苦的中国农民的化身，像爷爷，更像千千万万热爱生活的人们。

农历二〇〇七年九月

吹破天

很早以前，我国中原地区到处流传着一句民谣："不怕苦，不畏难，有难就找'吹破天'……"

开封城外有一个村子，百多户人家，依山傍水，倒也是个好地方。丰收年景百姓虽不富有，倒也衣食无忧。村中有家富户，名叫何家旺，地上千顷，楼阔庭深。因祖上在京里为官，因此也小有名气。横行乡里不把穷人放在眼里。抢租逼债狠，哪家有好姑娘就抢，穷人们叫他"合家亡"。

有一年黄河发大水，田园被淹，庄稼没有收成，百姓流离失所。老财"合家亡"逼租讨债更紧。穷人王老汉老伴早亡，仅留下一个女儿年已18岁，父女相依度日。因欠下"合家亡"10两租银，说如10天之内还不上，就要抢王老汉女儿顶债。怎么办？家家户户都很穷。有人提议去找"吹破天"想想办法。"吹破天"在哪里？谁也不知道他的真名实姓。有人说"吹破天"在南山冈，有人说在江边的破庙里，还有人说前两天在开封城看见过。乡亲们你一言我一语，想不出更好的办法。这时候，远处传来一阵歌声："鞋儿破，帽儿破，身上的蓝衫破……"乡亲们齐呼"吹破天"来了。转眼间，"吹破天"腰系酒葫芦，手摇破扇，站在众人面前。乡亲们七言八语细说前情。王老汉俯身跪拜，"吹破天"急忙扶起说："不可，不可。不难，不难。"又说三日内等他消息。这时乡亲们都各自离去，暂且不提。

且说"吹破天"周游四乡，这天在集市上花三两纹银买了一匹骨瘦老马。从怀里摸出几两碎银子搁在马屁股里面，游街过市，辗转来到何府门前。守门家丁忙上前高声叫道："'吹破天'，你从哪里弄了个破玩意？赶快走开！弄脏了这个地方！"此时"吹破天"干脆停了下来，抚摸着老马说："谁说是破玩意，这是一匹宝马良驹呢！"这时吵嚷声惊动了"合家亡"。

他大摇大摆在家丁前呼后拥中从府里走出来,急忙问道:"'吹破天',你说什么宝马良驹?""吹破天"说:"老爷,你别瞧不起这匹马,我的生活全靠它。它每天给我拉三五两碎银子呢!""合家亡"这老财爱财如命,信以为真,慌忙把"吹破天"请到府门,说道:"你说每天能拉三五两碎银子,我才不信呢!要不你试试看?""吹破天"听后马上做了个架势,连拍老马的屁股三掌,顿时白晃晃的碎银子洒落在地。"合家亡"喜得不得了,众家丁也连声称"妙"。于是"合家亡"恳求"吹破天"用20两银子把老马卖给他。"吹破天"故作不忙说:"我的生活全靠它呢,我命薄每天仅拉三五两,老爷你福高齐天,或许每天能拉三五十两,不卖!不卖!""合家亡"一再恳求,算来算去是个发财的机会,决不放过。添再添,加再加后,100两银子成交。"吹破天"接过银子对"合家亡"叮嘱道:"老爷您一定好生喂养,好草好料伺候,等膘肥体壮之时,好多拉些银子。"说完走了。"吹破天"回到乡里,留下20两给王老汉还债,其余全部分给贫困人家,让他们度过灾年。众乡亲纷纷跪拜,猛抬头看时,"吹破天"早已无影。

"合家亡"得此老马如获至宝,忙吩咐家丁好生喂养,每天精料、细草拌喂,并把那老马身上赃物杂毛洗刷干净。半月后老马果然膘肥体壮、油光滑亮。这天选好了黄道吉日,"合家亡"命家丁把老马牵到客厅。那客厅本是喜庆迎宾的好地方,红毡铺地,布置华丽文雅。"合家亡"招呼全家男女老少都来接宝。"合家亡"接过家人递上来的茶盘,同样也摆了一个架势:"啪""啪""啪"拍马屁股三掌,手都震疼了。立时,一股黏稠的大粪从马屁股后迎面喷出,整个大厅墙上、地上、桌椅上全是稀薄的马粪,臭气熏天。那姑娘小姐一个个捂鼻而出。满脸满头皆是粪便的"合家亡",此时此刻才明白上了"吹破天"的当,他暴跳如雷,大骂家丁"快滚!"同时命令众家丁捉拿"吹破天"以解心头之恨。

星转斗移,时光飞逝,也不知过了多久,转眼已是数九寒天。北风呼啸,大雪纷飞,漫天皆白。清新的天地间又传来一阵悦耳的歌声:"鞋儿破,帽儿破,身上的蓝衫破,哎嗨哟,哪怕世上老财多……"巷道口处"吹破天"被家丁发现擒住,带回何府。"合家亡"气得脸色发紫,厉声说:"'吹破天'你敢骗我,害得我好苦,赶快还我那100两银子。""吹破天"

不慌不忙笑着说道:"老爷这怎能怪我,是您自愿的。当初若不是看在您的份上,我才不卖呢!起码到现在每天还能得三五两银子呢!""合家亡"听后更气得不得了,吆喝手下快把"吹破天"杀了算。内中一位管家模样的家伙说:"老爷如果结果他性命那还不容易,传出去倒坏了老爷的名声,我看这样……"那管家附在"合家亡"耳边如此这般、这般如此耳语一遍。"合家亡"听完说:"好!就这么办,拉下去!"家丁们把"吹破天"关在一间磨棚内,"砰!"——把大铁锁锁紧了大门。

且说"吹破天"被关进磨棚用目观之,这磨棚四窗大开,仅有窗棂,没糊窗纸。内中只有一盘石磨,四周遍是蜘蛛网。外面狂风大作,雪花透过窗棂,飞落磨棚内。心想这还了得,今晚非冻死不可。转眼一看一盘石磨,灵机一动,"吹破天"双手搬动磨盘,或举或滚,运动不辍。俗语说得好:"寒风不冻效力人。"不多会儿"吹破天"浑身发热,满头满脸汗水如淋,那冷魔风怪扬长而去。转眼间五更过后已是天明,远处雄鸡报晓,"吹破天"干脆席地而坐,凉爽一会儿再说。

清晨,"合家亡"心想一夜北风呼叫,"吹破天"冻不死才怪呢。他盼咐管家去看一下,若冻死就埋了算了。当管家来到磨棚,打开大锁注目一看,那"吹破天"满身大汗,马上回报"合家亡"知晓。"合家亡"想这真奇了,世上哪有这等事?马上盼咐把"吹破天"带上来。"吹破天"见到"合家亡"笑问道:"老爷早!今晚上好热。""合家亡"转问怎么回事。"吹破天"说:"我这个破蓝衫虽破,但是穿上它冬暖夏凉,名叫'火龙单'。""合家亡"一想这是他亲眼所见一定错不了,忙说:"'吹破天',老爷我把刚买的小二毛皮袄和你换了吧。以前的事一笔勾销,那100两银子我也不要了,行吧?""吹破天"忙摇头说:"不换,不换。若老爷再说被我骗了,那还了得。""合家亡"说:"老爷我写好字据,出了问题与'吹破天'无关,这样可以吧?""吹破天"犹豫了一下说:"既然老爷实心实意,决意要换我的'火龙单',那我也不好意思再推托了。"当时管家在场,双方做了交换。"合家亡"盼咐家人端上酒菜,大吃大喝一顿。酒足饭饱后,"吹破天"又说:"老爷,有一事相告,这'火龙单'不能任意穿,不到天气最冷的时候,决不能穿它。请记住。"说完哼着小

229

曲走了。

且说"合家亡"得此宝物，天天盼冷空气到来。又过了三五天，正是农历腊月初八日。俗语说："腊七腊八，冻掉下巴。"这天西伯利亚的冷空气正卷着大雪迎面袭来，路人皆无。"合家亡"一看来了机会，急忙穿上"火龙单"独自一人悄悄走出了大门。他辗转来到村北小河边，便觉冻得出奇，心想大概还没发挥作用吧。容不得"合家亡"多想，寒风夹着雪花一个劲地朝他身上吹。浑身跟掉进冰窟似的"合家亡"此时方醒，又上当了。想回家已没力气，抬头望见身边有个树洞，急忙钻了进去，再也没有出来。

村后这条小河是山涧流水，到了冬季业已干枯。岸边有一棵银杏树，足有磨盘粗细。因树干枯死成了一个洞，好时候，村中小孩子在河里玩耍摸鱼，在树洞内烧野火，由此树洞焦黑一片。

太阳西斜，月亮东升。屋内已到掌灯时分。何府上下都急坏了，怎不见"合家亡"回家？太太问管家老爷去何方，下人都说不知道。众家丁一路寻找，来到河边吆喝不应。后有人发现在树洞里，众人看早已冻成了冰球，树洞看上去倒被火烧焦了一片。"合家亡"被抬回府中，太太边哭边说："老爷啊老爷，你小二毛皮袄不爱穿，单单穿那'火龙单'，热你不往水里钻！"家人忙安排后事，府中上下一片哭声……

"合家亡"被"火龙单"烧死之谜，相传乡邻数十里。老百姓无不拍手称快，从此安享太平。

农历二〇〇七年八月十二

没尾巴老李

黑龙江地处我国东北，与俄罗斯接壤。我虽没到过江边，但它的豪放和声誉已如雷贯耳。它汹涌澎湃一泻千里，守护滋润着东北平原上的黑土地。黑龙江流传着许多美丽的传说，黑龙江因何而得名？那条黑龙终究从何方飞来此江？也许它是个解不开的谜，也许是一个优美的神话，让后人传颂。

古年间，地处鲁东南五莲山下有个潮河村，五莲山青松翠柏，潮白河蜿蜒东去，依山傍水是个让人留意的地方。

且说村里有对姓李的夫妇，身边并无儿女陪伴，因祖祖辈辈都干木工，当地通称他李木匠。夫妇俩为人乐善好施，街坊邻居相邀有求必应，在当地百姓中有很好的口碑。夫妇俩眼看都已过不惑之年，还没添个喜事，人生在世很难说都十全十美，总有那么一丁点不如意的事。夫妇俩天天盼日日想，盼望好梦成真。也可能夫妇俩行善积德，也可能是老天眷顾，妻子终于有孕了。十月怀胎一朝分娩。这可是全村人的大喜事。这天李木匠高兴得合不拢嘴，急忙请来接生婆为妻子接生，杀鸡烧水忙个不停。过不多时，屋里传出接生婆的声音："李木匠你快过来看看！"李木匠急忙跑进屋，只见妻子已昏迷过去，接生婆也累得满脸是汗，却没发现孩子，只看见像西瓜一样圆圆的东西，连接生婆也吓呆了。此时李木匠也不知是喜还是悲，顺手摸起那木匠斧子劈了下去。只见一道寒光"嗖"一声，一条黑龙腾空而起，只是没了半截尾巴，转眼已不见踪影。众乡邻闻之跪拜口称："没尾巴老李保佑百姓永久平安！"

时光是最好的催忘剂，一阵风吹过，村子又恢复了往日的平静。

再说没尾巴老李乘着祥云先去了黑龙潭，后又去了黑龙沟，再辗转北去到了黑龙江。

传说没尾巴老李托梦于家乡父老，于农历八月十五中秋节到黑龙江助一臂之力。因没尾巴老李要与那江中的白龙有一场恶战，梦中告知乡亲们可多带干粮，如果江中水面涌上白水就扔石块砸去，如涌上黑水快扔馍馍就是。这消息像一阵风，话没腿走得快。一传十、十传百，数万计的青壮男子，都背足干粮于八月十五日夜来到江边。借着月色但见江水翻腾，不时涌上一股黑水，乡亲们急忙往江中扔馍馍。当翻上来白水时人们便用石块砸向江中。直到江水恢复平静为止。在山东人的支持帮助下，没尾巴老李打败了白龙成了黑龙江的主人，据说这也是黑龙江名称的由来。

　　滚滚龙江水，浓浓故乡情。从那以后的日子里，无论是关东人还是闯过关东的山东人，都相传着同一个故事。当你乘船渡黑龙江时，那开船的艄公便问道："请问船上面有山东人吗？"众旅客应声回答："有！有！"这时艄公方把船驶往江中。如果说没有山东人在船上，船主绝对不会开船过江的。假如你非要过的话，船到江中也会船破人亡。由此形成一种惯例，实情没有山东人坐船，大家也齐声说有，即平安无事。

　　闯关东在很多年前就有这个名词，关东人绝大部分来自山东。当你人生遇到麻烦、生活中遇到困难的时候，人们便想起来闯关东去黑龙江找李老爷。年深日久老关东变成了坐地户。新来的关东客又在黑土地上扎下了根。闯关东的山东人都安居乐业，有的功成名就衣锦还乡，有的收获了爱情，有的过上了好日子。父辈子孙生息在这片饱含亲情的黑土地上。

　　黑龙的故乡在五莲山下的潮河村，姓李的那对老夫妇一生无病，活到百岁高龄善终。

　　有关没尾巴老李黑龙出生的故事，成为一段美丽的神话，在齐鲁大地流传。

农历二〇一三年四月十五

占卜者说

话说古年间有这么一个故事。

江南姑苏城外有一家富户，地有千顷，骡马成群。城内还有店铺钱庄，家奴院工无数，在当地很有名望。因祖姓王，世人送号称曰王百万。

一日，王百万正府中静坐。这时节门外来一道人嚷着要面见员外爷，说有要事相见。看门的家丁是一老一少，哪肯让他入内，且阻止门外。因家丁知道员外爷早有言在先，和尚道士占卦算命的先生统统都不得相见，违者家法伺候！吵吵嚷嚷不止，道人见状言道："不见也罢！你可取来笔墨砚台与我，提笔留言方走。"年少的家丁无论如何也不答应，这时年老的家丁对年少的说道："这也无妨，先应付过去。那道人走后咱俩再擦去便是。"即取来笔墨砚台，道人挥毫在影壁墙上题诗一首，遂扔笔去了。

此时府内静坐的王百万，听到外面吵闹不休便走了出来，但见两个家丁正忙活擦洗墙上的字迹。王百万注视了一眼那墙上的几行诗句，顷刻脸上呈显出惊讶的表情，忙问二家丁刚才与谁吵闹，二家丁见员外爷发问，即把刚才的事一五一十地讲了。王百万听罢忙挥手吩咐道："你俩奴才！还不快去把道人请回来！"转身回了内堂。

二家丁见员外爷发话，便迈开步伐一前一后飞速追上道人，表明了员外爷的盛情之意。起初那道人说什么也不肯回来，后经家丁好说歹说，总算答应回来，这也算是给足了面子。

步入庭堂，王百万同道人分宾主坐定，忙吩咐下人泡茶，泡好茶起身言道："师傅光临寒舍，在下有失远迎，敢问师傅有何指教？"道人回曰："员外客气了，何谈指教，贫道想东移道观，需千两黄金，为化缘而来。""好说！好说！"王百万爽快地应允。

送别道人，王百万的头脑中呈现出影壁墙上那几句无名诗，万般思绪涌上心头，忆起了自己年轻时一段不为人知的往事……

年轻时的王百万可以说是一路坎坷，父母早逝，家境破落。父母在时给定的娃娃亲，也因家庭贫寒未能娶过门。日子总得要过，无奈只好做点小生意，挑起货郎担云游四方。

闲言少述，再说王百万挑着货担走四方，天下为家，一人吃饱、全家不饿，倒也清闲。一日来到松江地界，但见市井繁华，车水马龙，做买做卖各忙其所。不远处围一簇人，不知干啥生意。出于好奇上前观望，却是位占卜算命的先生。身后有副对联：观面晓家世，屈指知未来。上另有四个大字，"紫灵先生"。

人在他乡为解心忧，占上一卦有何不可？便俯首卦摊前坐定。先生上下打量一番后言道："客官面善心诚是吉相，父母早亡无兄无妹是独身，属一生贫困之命也。"王百万听后心中不悦，问道："请问先生有何破解之法？"先生曰："此乃天机不可泄漏，客官好自为之吧！"

别离松江，此时王百万恰似凉水浇头，心灰意冷，万念俱灰，希望尽失，前程未卜。思来想去还是回家得好，毅然挑起货担踏上了归乡的路。

晓行夜宿，忘记脚下的路程只顾前赶。一日来到一交叉路口，见路边一红色包袱，前后又四下无人，便伸手捡了起来。打开一看俱是金银首饰之类，价值约千两白银，顿觉喜出望外，心想大路拾金发财了，可转念一想，此物非穷家所有，乃是姑娘出嫁之物，若失之，此人有性命之忧。再者，钱财乃身外之物，自己又是贫困薄命，要之何用？便坐等失主。

约一袋烟的工夫，从正南大道上飞来一匹快马，上面端坐一人，看样子家丁打扮，走到近前，翻身下马，抱挽束手，问道："请问客官是否捡到一包袱？"此时王百万并没有急着回答，而是仔细地看了看来者，浑身是汗水，满脸焦急的神情，回问道："那你说包袱是什么颜色？里面都有什么物品？"来者告诉王百万："那是我家小姐陪嫁之物，全是些金银首饰之类，数件不等，至于包袱当然是红色了，因它代表着喜庆。"王百万听后即把包袱递于来者手中。这时来者双膝跪地，口称恩公大德，并自报名号："小人姓梁名升，不知恩公名讳，后会有期。"其实王百万并没有告诉他自己的名字，他认为区区小事不重要，干么非让人家记得呢？扬手示意小伙子快赶路去吧。大恩不言谢，梁升又一头磕在地上，然后飞身上马奔正南大道去了。

话不多叙，继续赶路。这天行之途中，眼看天色将黑，天公又不作美，雨浇路行人，离旅店还有一段路程，见旷野中有座破旧的山神庙，即匆匆走了进去。但见庙堂内有一村姑在此躲雨，连忙退了回来。男女有别，没办法在山门底下暂露宿一晚。等明清晨那村姑从庙堂出来，王百万问道："姑娘为啥夜宿山门？是否也是赶路人？"村姑有点不好意思地说："客官非也，俺因和爹娘赌气出走，又遇上大雨回家迷路，故在此山门借宿。"王百万听罢，心想人活八十还是有爹娘好，便对姑娘说："妹子休跟爹娘怄气，老人家肯定在为你着急。走，我也是回家之人，与你同路，回家跟爹娘认个不是便是。"二人同行拉呱中知晓，姑娘家在前面不远的村子。父亲马长远是村里的大户人家，姑娘名叫马玉英，是二老的爱女。女儿顺利回家，马老感激言谢，全家高兴，热情款待，暂且不提。

常言说得好，唱戏的腿快，说书的嘴快。一路风尘，王百万回到别离已久的家，打开锈锁，见老宅院内杂草横生，倍觉凄凉。心想这日子该怎么过？那日在松江紫灵先生断言，一生贫困，若把妻子娶回家岂不连累于她。倒不如去岳父家退去婚约，让她再另嫁他门。王百万面见岳父，道出了本意。

且说岳父李春家是当地一户德高望重的人家，听其言心中不悦，言道："你这混账东西！当初和你父订的婚约，我的闺女嫁鸡随鸡，嫁狗随狗。老夫岂有嫌贫爱富之意！"岳父的一番言语把王百万骂得哑口无言。接着岳父又告诫王百万，办婚事的一切费用及以后的生活吃住，都不用他操心。

木已成舟，此时王百万也只好顺同岳父的意愿，看了个好日子把媳妇娶进了家门。

洞房花烛夜，是人生中一大盛事，同时也是他人生命运的转折点。喜庆的气氛冲淡了寂寞和忧愁，带来了幸福和吉祥。半夜三更，突然房内通明，见一火球忽起忽落红光耀眼，不知何物。妻子从头上拔下一股金钗交给王百万，言道："祥光普照定是宝物，你可把金钗插在火球落地处，挖去浮土看是啥宝贝。"遵照妻子的盼咐，拿镐头刨之，下去约一尺深厚，发现

有一方洞，放着两坛金元宝，金光闪灿。夫妻俩赶忙藏好且不外扬。

平地一声雷，枯木又逢春。钱提精神水解渴，才有了书中所表的首富——王百万。

人生有许多的想不到，更让他想不到自己能一夜暴富。造化弄人，命运跟自己开了个大玩笑。从此他再也不相信命运，更不相信那些江湖骗术和尚道人，所以才有了书中家丁欲赶走道人的事情。

世间有许多事让人费解，当局者迷旁观者清，直到那日道人造访，看到影壁墙上的题诗，王百万才有所悟。诗中言道：

  昔日松江问子平，紫灵言尔命贫穷。

  为何今日称首富？皆因梁升马玉英。

  夜半三更火雷起，喜得黄金两坛盛。

故事好像没有讲完，主人公的命运是否会有改变？如何装点自己的人生？他该如何作为？那是后话。

人们常说，万般皆是命，半点不由人。阅之本文，问君有何感悟？一句话，行善他人积德于己。

农历二〇一五年五月廿七

加油啊,汶川

历史不会忘记 5.12 这个特殊的日子,
我们的汶川遭受了一场震撼寰宇的灾难。

8.0 级的大地震实属罕见,
秀丽的巴山蜀水啊,
面临着一次巨大的考验。

地动山摇、天塌地陷,
楼倒屋塌、桥梁崩断。
家园尽毁、人民的生命到了生死的边缘。

粮缺药少、余震咆哮,
电停水断、通讯瘫痪,
城市乡村啊!顿时变成瓦砾一片。

汶川、绵阳、都江堰,
万分告急!
信息第一时间传到了党中央国务院。

北京城的中南海啊!彻夜无眠,
共和国的总理啊!牵挂万千。
不抛弃不放弃,
集中全国的力量抗震救灾,
不惜一切代价拯救人民的生命财产。

谁说蜀道难难于上青天,

火车不能跑，汽车不能穿？

第一时间，总理出现在受灾的人民中间，
制定、组织营救的方案，
鼓励人民渡过难关。
第一时间，人民的子弟兵冲上了抗震的前线，
空降兵创造了四千米高空跳伞的神话，
把灾情信息传到了国务院。
第一时间，全国的营救人员打通了堵塞的道路，
把救命的物资送到了汶川。

一方有难，八方支援；
众志成城，共渡难关。
成千上万的营救大军来了
成千上万的志愿者来了，
成千上万的物资运来了，
成千上万的捐款来了，
伟大的祖国啊！与灾区人民心紧紧相连。

扒开乱石、掀开瓦片，
我们营救一个个坚强的生命走出鬼门关，
磨破了手指，压弯了双肩，
我们等到一次次生命的奇迹出现。

汶川加油！加油汶川！
有我们强大的祖国就没有过不去的火焰山。
你看！
齐鲁大地的儿女啊，情系灾区莫等闲，
纷纷捐款，志愿上抗震的最前线。

你听!
五征三轮啊,马达声声,
飞快地把物资运到受难同胞的身边。
八方伸援手,农民也参战,
当年的大后方啊,现在成了抗震救灾的最前线。

汶川加油!加油汶川!
不要泄气,不要孤单,
因为你们身后有一个强大的祖国,
祖国母亲啊!与灾区的儿女共患难。

汶川加油!加油汶川!
大灾不可怕,相信人定胜天,
家园的重建,我们一起来承担,
富饶的天府之国啊!一定会旧貌换新颜。

汶川加油!加油汶川!
工厂正在恢复生产,种子撒满希望的农田,
孩子已经在新建的学堂里读书,
灿烂的阳光映红了一张张坚强的笑脸,
宏伟的蓝图啊!规划着一个新汶川。

汶川加油!加油汶川!
铁路通巴蜀,四海情相连。
祖国大西南啊!你一定会赛过塞北胜过江南。
美丽的汶川啊!明天的你一定会更加灿烂!

农历二〇〇八年七月

附录

父亲的远方

郑涛

窗外下起了小雨,雨丝密密的,斜织着,在我眼前编织成了一张半透明的网。视线有些模糊,但我依然能望见那在风中微微摆动的行道树,那疾驰而过的汽车溅起的一排排水花,那稀疏的路人在雨中撑着单调色的雨伞,还有那条延伸到远方的路……

一缕缕的雨雾在眼前慢慢升腾,又瞬间消失得无影无踪,如同我的思绪,忽而清晰,忽而又模糊。我眺望着远方,虽然已看不见远处那翻腾着的大海、峻峭的山峦、静默的村庄,还有那种下梦想的田野,但我忘不了这里的山和水,因为这里是属于我在儿时就梦寐以求走近的远方。

但不知为什么,此时此刻的我,却在这缠绵的雨雾里思念起儿时的那时那地,那是我的家乡,那个连空气中都饱含着苞米香味的小镇。

那是一个散发着古朴民风的小镇,马耳山环抱,涓河水围绕,像一个熟睡的婴孩静静地躺在摇篮里。几百年里,小镇人辈辈相依,繁衍生息,沿袭着中国农村最传统的风俗习惯,演绎着最普通的百姓故事。更重要的是,这里是养育我的地方,这里生活着生我养我爱我的爹娘。

当清晨的露珠还在新草叶上徜徉,东方的地平线上渐渐泛起一缕红晕,父亲和乡亲们早已工作在田间地头,耕耘、播种、收获,那土地便是与生命同等重要的相依,陪伴着他的岁岁年年;那一垄一垄的庄稼便是如同儿女般的亲密,守护着他的朝朝暮暮。土地承载着父亲对生活的希望和对未来的向往,也承载着他的青春和对人生的遐想。远望得见山,近看得到划过鼻尖的汗珠,这就是父亲的世界,在他的心里,这世界好辽阔,在他的思想里,似乎也从来没有想到过我所谓的远方。

出门便是田野,脚下是松软的带着草香的泥土,父亲那满是泥巴的大脚板从这道山梁走到那道山梁,那双脚板仿佛就是一把尺,丈量过一道道山岭,丈量过一条条小河,丈量过一个个村庄,那走过的地方便是属于他的远方。走得最远的地方莫不是小镇的南园。那里有菜园,有果园,有麦田,还有劳作时的说笑,休憩时的一袋旱烟。一片金黄的油菜地,像是画家深思后的调色,与翠绿的树林、苍翠的远山构成了一幅迷人的画卷。弯弯曲曲的乡间小路,一架牛车悠闲走来,穿过麦田,穿过果园,停留在垂柳环绕的白石桥上,河边洗衣女爽朗的笑声,和着鸟儿甜美的啼鸣,还有父亲的那一声清脆的鞭响,我想那便是天籁之音了。小镇的袅袅炊烟慢慢升起,便能闻到农家饭菜的香味,收工的乡亲掸去身上的尘土,微笑着融进了各自的家门。

进门便是一个温馨的农家小院,散养的鸡鸭饱食过满院晾晒的粮食,懒懒地躺在月季花下栖息;调皮的小猪崽悄悄地钻出了栅栏门,机警地观察着四周的动静,听见脚步声便"吱吱"地抢着钻回去;温顺的大黄狗一动不动地守在大门的边上,不时竖起耳朵聆听着过路车马的铃声;低矮的院墙上爬满了开着黄色花朵的瓜藤和红色花朵的蔷薇,在肥硕的大叶下缀满了一个个酷似胖娃娃的瓜,那一簇簇粉红色的蔷薇花在阳光里如火一样热烈绽放。院子的水泥地上晒满了丰收的粮食,父亲倒背着手,赤着脚站在中间,用两脚翻开厚厚的粮食。一会儿蹲下身子,他用手抓起一粒粮食放在嘴里,只听得"嘎嘣"一声,父亲的脸上便会漾起一脸的笑容。

这便是我记忆中的老家,还有一辈子守护家园而不曾涉足远方的父亲。

父亲如今已经七十高龄,身体健康,精神矍铄,为人和善,心胸豁达,是一个受人敬重的和蔼老人,也是乡亲们嘴里亲切称谓的邻家"二哥"。

父亲一辈子热爱劳动,荷锄南山,守望五谷。他懂得土地,对土地有着深厚的感情。就是农闲的时候,他每天都会到地头上看一看,似乎不去看一眼,心里就会有无限牵挂。平日里总挂在嘴边的一句话就是:我到岭上转转。他离不开那片土地,丰收季节,是父亲最快乐的时候。他无论是挥镰割麦,还是耕地播种,从不肯落在乡亲们的后边,把劳动当作一件人生最快乐的事来做。春种秋收他一脸的笑容,奔跑在田间的路上。一粒米一滴汗,父亲懂得农家人的辛苦,所以他勤俭持家,总是粗茶淡饭,布衣旧衫，顺其自然。

　　父亲一辈子酷爱文艺，吟诗作对，激扬文字。他只有小学文化，却喜欢读书写文章。因为读书，他心里装满了故事，也让他知道了远方的大千世界；因为写作，他更加热爱生活，对每一份生命的过往，有了独到感悟。年轻的时候他曾在戏剧团里写过剧本，唱过地方戏，喜欢参加民间演出，舞龙灯，耍狮子，摇旱船，父亲俨然成了小镇的文化名人。花甲之年，他笔耕不辍，有了一个著书立说的梦想，10年间写了近20万字的文章，20多篇散文在报纸上发表，他成了名副其实的农民作家。父亲很谦逊，如同他新书的名字"青谷穗"，即便硕果累累，更要谦虚做事。他笔下写的依然是对那山、那水、那人的情怀，对土地的爱恋，对国家社会的感恩，对父母兄弟姐妹的情感。他信奉两句话：从来忠厚传家远，唯有诗书继世长。父亲用他的文字抒发了对家乡、对亲人的情感，这就是固守着的精神家园。

　　父亲是家园的守护者，用双手建造着自己的幸福家园，用双脚丈量着深爱的山山水水，用文字记录着一个普通农民的内心情感。傍晚的小院里，父亲喜欢泡一杯清茶，慢慢地品尝，望着漫天的星斗，悠闲地唱一曲老戏，在他那听不太懂的"咿呀"声中，我分明看到了一个幸福快乐的父亲。我确信，父亲从来没有产生过走出去的想法。对远方世界的信息只在他闲聊时候的嘴边滑过，他聊完了就是聊完了，不会在他的心中激起一丝涟漪。家园是幸福的，他享受着，满足着。岭上的高粱红了，映红了他紫红色的脸，他全身有了用不完的力量；陇上的麦子黄了，他站在麦田里品尝第一束麦穗，告诉周围的人自己从来没有年老过。

　　远方无论多么精彩，那是别人的地方，他不羡慕，也不嫉妒，只管经营着自己的家园，在他的心里世界上最美的地方是自己的家。

　　某年某月的某一天，一条并不宽阔的公路穿过了小镇，便看见一辆大客车沿着这条公路驶进了村外的小站，"嘀嘀"小镇通车了。

　　从那以后，我们便会经常看见一辆白色的客车一次次地来，又一次次远去。客车带来了远方久别的亲人、远方的特产，还有远方迷人的故事；也带走了怀揣梦想的乡亲、求学的孩子、远嫁的姑娘，还有我们对远方的向往。闯关东多年的四叔也乘着这客车从遥远的东北回来了，父亲泪湿眼

青谷穗｜父亲的远方

眬；邻家大伯的儿子考上大学了，就是坐着这客车去了大城市，父亲羡慕不已……

通往外界的那条公路越拓越宽，那辆"嘀嘀"响的客车改变了小镇的空气。小镇渐渐变得热闹了，人们的心也按捺不住了。但父亲依然守护着家园，田间地头，岭上沟底，辛勤劳作。似乎周围的改变对他没有多大的诱惑，我猜想他对远方并不怎么好奇吧？只是每当那"滴滴"响的客车从那条公路上驶来，父亲总会不自觉地停下手中的活儿眺望很久，也不言语，一直等到那客车从小站淡出了他的视线。

某年某月的某一天，当我背着书包从学堂回来，把新得的奖状交到父亲的手里。他端详了良久，意味深长地说："用功读书吧，将来咱也坐着那客车去大城市。"

父亲的叮嘱，不禁让我感到高兴，更让我感到惊奇，原来在父亲的心里也有一个对远方的渴望。父亲的话不由得让我产生了一种走出去、去远方的想法，而且这种想法越来越浓烈。我迫切想知道那公路的尽头是一个怎样的远方，一定要坐着那客车去远方看看。远方有什么？不一样的山，不一样的河，还是有不一样的庄稼和树木？这在我儿时的心里不知道叩问过几回。父亲却说："远方有高楼，有大学堂，还有你没有见过的海洋，肯定有更多的客车，带着你走向更远的远方。"

远方到底有什么？我这样问着父亲。父亲笑着对我说："不出去看看，怎么知道远方有什么！"

一定要去远方，父亲和我都这么想着。父亲含辛茹苦挣钱供我读书，他比以前更加卖力，虽然辛苦但一脸的幸福；我也寒窗苦读为能实现梦想而努力，我不能让父亲失望。终于在某一天我坐上了那辆离开家乡的客车，沿着那条通往远方的公路，开始了我崭新的旅程。记得第一次离开家去小站的路上，父亲背着我的远行背包走在最前面……

岁月匆匆，我乘坐着一辆接一辆的客车，从一个城市走向另一个城市，渐渐地远离了家乡，远离了父亲。如今的我在远方上了大学，找了工作，安了家，找到了让我魂牵梦绕的远方。在远方，我不仅看到了父亲说的高楼、大学堂，还看到了巍峨的山、辽阔的海。我的耳边一直重复着父亲的那句话：

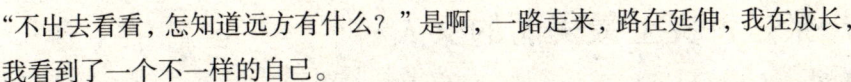

"不出去看看，怎知道远方有什么？"是啊，一路走来，路在延伸，我在成长，我看到了一个不一样的自己。

我的梦想实现了，因为我走进了我想要去的远方。然而，父亲依然守护着他的家园，用满是泥巴的大脚板丈量着属于他的山山水水，还是离不开那土地，那庄稼，那牛车。父亲还是喜欢那南园里蔬菜瓜果的味道，还是喜欢听甩鞭子发出的那一声脆响。我在远方，父亲的远方在哪里？

每次回老家探亲，我的心都难以平静，如今的老家却已成了我现在关注的远方。当身边的乡亲翻盖了旧屋住上了洋楼，父亲依然守着那三间瓦房，依然乐呵呵地在小院里喝着一杯清茶，唱着那古老的戏曲，依恋着家给予他的那份温馨和幸福。

老家的小院还是那样温馨，只是父亲苍老了许多，这让我多了一份牵挂。多次想接父亲出来和我们一起住，看看外边的风景，他总是笑着拒绝了。父亲习惯了老家的生活，因为那山亲，那水亲，那左邻右舍的老街坊亲，还有那不能割舍的乡音……

我深深地懂得，父亲把对远方的憧憬，寄托在了我的身上，而我便是父亲的远方。父亲在田间劳动的时候，他会想起我；父亲在小院里喝茶的时候，他会想起我；父亲在写文章的时候，他也会想起我……

父母安好，是我在远方拼搏事业的动力，父亲守护的家园是我的精神依靠，亦是我牵念的另一个远方。

窗前的雨雾渐渐散去，阳光亮了起来，我看到了更远的远方。

2016 年 9 月 1 日

母亲是世界上最美丽的女人

郑涛

俗语说：儿不嫌母丑。芸芸众生里还真没有几个人嫌弃自己的母亲长得丑的，急言夸赞母亲漂亮的也为数不多。但这句话不管是从哪个角度来阐释，我都很不情愿接受那个"母丑"的字眼。在儿女们的眼里，母亲永远是最美丽的。

想到这里，脑海里一直不停地寻找着母亲最美的样子。许久许久，我的心却逐渐恐慌和不安起来，接着便是从心底萌生出来的自责与埋怨。我从来没有动摇过，母亲在我心里的分量和位置，这也许是与生俱来的情感吧。在我的心里，母亲是世上最美丽的女人，但又一时间记不清母亲年轻时候的容貌，脑海里真的模糊了……

跟母亲闲聊的时候，经常听见母亲说起我小时候的事，甚至是我还在襁褓里时候的事，母亲都能清晰地说出我那时候的样子。现在，母亲年近古稀，那关于我的往事，我的样子，我的举手投足的表情，她都能一一说得清楚，仿佛我的一切都属于她一个人的记忆，从未淡忘过。而我却记不清楚母亲的一切，甚至是母亲年轻的样子。

好久没有回过老家看看了，原因种种，但我心里的确还是牵挂着父母的。就在前几日，我在楼下散步的时候，顺手拿起了手机，拨通了老家的电话，电话那头传来最熟悉的母亲的声音。一听到母亲的声音，我整个人都变得安静了，一直压在我心底的那份牵挂和不安，那份来自生活的浮躁与困惑，一时间也都烟消云散了。

无论我何时何地正在忙着什么，心情是高兴还是糟糕，无论我有多大年龄，显得有多么成熟，只要接通母亲的电话，我都很习惯地撒娇一般喊一声："妈……"我想没有什么能比我和母亲的对话重要。我觉得那一刻

我不再是一个饱经风霜的中年人,那一刻我只是属于母亲、扑进她怀里撒娇的儿子。

"妈,一直想回去看您的,却总抽不出时间来……"我还是习惯厚着脸皮寻找着一个最合适的借口。

"不用回来了,知道你忙,路又远,也不安全;也不用担心,我们过得挺好的。"母亲的声音还是那样柔和,像绵绵细雨融入我的心田。

"妈,我做得不对呀,你和爸都快70岁的人了。我应该常陪陪你们的……"

"我和你爸身体都很好,有吃有穿的,什么也不缺,真的不能动了,再去找你也不晚……"

挂断母亲的电话,我心里一阵酸酸的。不求回报那就是母爱,无私奉献只为你的幸福。从心底里说,我很愧对父母的养育之恩。为人子女,要知道膝前尽孝,要懂得感恩图报。这么多年,与其说自己是忙忙碌碌为工作和生活打拼,还不如说是碌碌无为消磨时光。早就发现自己活得很自我,忘掉了肩负的责任,只顾着自己的小日子、小圈子,太看重自身的利益。总觉得父母是靠山,自己就是永远长不大的孩子,却不知父母正需要自己的照顾和陪伴。虽然自己也年纪一把,却依然找不到半点成熟的影子。父母跟前还是抠抠搜搜的,不肯给予反而赚进父母省吃俭用的积攒。有点成绩,便忘乎所以在父母面前显摆一番,摆出一个功成名就衣锦还乡的架势,对父母的做法也会盛气凌人般地说长道短,俨然成了羽翼丰满有权力执掌家业的一家之主。现在想来,我真的有些无地自容了。

想起母亲的样子,记忆中我近距离看过母亲的时候还真的不多。第一次觉得母亲变老的时候是我上高中的时候。上高中期间我是住校的,一个月才能回家一次,平时是父亲骑着自行车赶几十里山路,把母亲做好的饭菜还有叮嘱送到我身边。高中三年要做的事也是真多,那些关于学校老师同学的事,那些关于考试名次未来的事,那些关于爱情友谊道义的事,诸如此类的烦恼让我焦头烂额,也身处迷茫,心里根本没有把父母、家庭的事放在心上。总是急匆匆地回家,便是吆五喝六地催促着母亲张罗好吃好玩的,接着便像出笼的猛兽一样,尽情地发泄着情绪,一副谁都不敢招惹的样子，父母也是尽情地忍让。匆匆地赶回学校，带着种种怨恨，再走进那所不愿意再进去又不得不自投罗网的学校，有一种被逼走向刑场的感觉。这匆匆来去，伴着春种秋收的节奏，父母的影子在这青葱浮躁岁月里，渐渐地变淡了。如果截取那段岁月剖开来看，或许只有我无休止的抱怨，对于在我身后默默付出的父母而言，却没有半点的感恩，想来自己走过的求学苦旅，父母一样陪着走过的，那种煎熬也绝对不亚于那时在学堂里的我。

　　有一天，父母托人捎信让我回家，捎信的人也没有具体说什么事，这让我心里产生了少有的不安，我不由地联想到母亲。俗语说，母子连心。母亲的身体一直不好，经常是吃药打针，每次见到母亲，虽然她都是强装笑脸，但我也能看到她憔悴枯黄的脸色。她不想让我为她担心，更不想为此搅乱我的情绪影响我的学业。这一次突然叫我回家，会不会有什么状况呢？我心里越想越觉得不是个事儿，便急匆匆地请假回家了。

　　一进家门便看见母亲，她已经迎出了院子。看见微笑着的母亲，我的悬着的一颗心便放下了。母亲见我满头大汗，便知道是吓到我了。母亲一脸的歉意，拉着我的手解释说，家里商量是否买邻居家房子的事，因为是家庭大事，需要跟我商量一下。母亲特别强调说，因为你长大了，家里的大事小情都应该听听你意见了。这一刻我的思绪一下子乱了，在这之前，我一直认为我是被管理的，父母做什么事没有必要征求我的意见，今天母亲却这样郑重其事，把我从课堂上叫回来，我一下子还真的接受不了。我不晓得我的意见是否能决定买不买房子，我更难理解在父母的心里买房子与我的学业比起来哪个更重要。

　　母亲看着我说："你长大了，是我们家的男子汉了。"这时候我才认真地端详着母亲，忽然间感觉自己一下子长大了。我比母亲足足高出了一头多，母亲却变得又瘦又小，头发已经花白了，脸上的皱纹越来越多了，没有了光泽，而且每一道皱纹都是那么的深。这已经不是我记忆中那个年轻漂亮的母亲了。我心里一阵的心酸呢，本来一肚子的怨气瞬间消失了。什么时候母亲开始变老的，我怎么一点也没有察觉呢？我开始理解了母亲的那句话，我应该成为家庭的男子汉，应该学会保护母亲了，这跟我的学业比起来重要多了。

想起母亲的样子,记忆总是和那个艰难的岁月联系在一起。我的家庭似乎也从来没有怎么宽裕过,父母是老实巴交的庄户人,辛苦耕作是本分,就知道没日没夜地操持家务和那几亩薄地。日出而作,日落而息,沿袭着祖祖辈辈的生活习惯,很少见到父母有休息的时候,就是这样不停地拼命劳作,虽然节俭,但家里还是过得清贫。母亲是个勤劳的人,里里外外她都管理得井井有条,无论多么艰难,她从来不叫一声苦,即便心里难过,甚至流泪,也不会让我和妹妹看见。我所能看到的母亲一定是带着微笑的母亲。

80年代,家里日子还是很穷的,父母天天在地里干活儿,我和妹妹放学回家经常看见大门紧锁着。我和妹妹有时候饿得难受,就从栅栏门缝里钻进去。里屋的门也锁着,幸好有一扇变形的窗子是能撬开的,那窗户上有铁条做的窗棂子,我脑袋大是钻不进去的,只好把妹妹托上去,让身体瘦弱的她钻进去,从屋里找一点吃的东西,也无非是一些熟地瓜冷煎饼之类的。就这样简单吃两口再去上学了。傍晚散学回家,大门还是原样紧锁着,父母干活儿还没有回家。家里没有电,一片漆黑,我和妹妹是断然不敢再钻进家去的。说实话,那时候真的害怕。只好坐在门前的青石上等母亲,妹妹困了,我就抱着她,在我的怀里睡着了。不知道什么时候,父母拖着疲惫的身子回来了,看见我们兄妹的时候,我们已经睡着了。我清楚地记得,每回母亲抱起熟睡的妹妹就会哭出声来,那声音虽然很小,但是一直烙在我的记忆里。在那昏暗的灯光下,我看到了母亲黝黑的脸膛,虽然显得疲惫,我依然能感受到她的坚强与慈爱。

日子过得辛苦,但母亲是乐观的。她教育我们无论面对怎样的困难,都不要害怕。母亲常说好日子在后头呢。那时候,父母忙碌了一整年,也不会落下几个钱,有时候还有未还完的债务,但是母亲总是微笑着面对这一切。"不怕,不怕,有点饥荒(方言:债务)算个啥!"这是母亲常说的一句话。不知道为什么,那时候的冬天比现在的冬天显得格外的寒冷。每到冬天我家的三间小房子也如冰窖一般,没有什么取暖的设备,母亲点把柴火烧烧炕就算是取暖了。有一次我们和母亲回到家里,我和妹妹冻得浑身发抖,身上的那件空旷的棉衣已经很难抵御严寒。走进屋里,我和妹妹又冷又饿，会习惯地盯着母亲，那种眼神不知道算不算一种祈求和绝望，也不知道母亲看着可怜的我们心里又是怎样的滋味。母亲看了看我们，又环顾了屋里每一个角落，摸了摸我们的头笑着对我们说："孩子们，今天妈妈给你们炒个煎饼吃吧？很香的！"接着母亲不知从哪里找出几个冻得干巴的玉米煎饼，用水泡了一会，在大锅里倒上一点荤油给我们炒了炒。我和妹妹会蹲在锅灶口烧火，关键也是为了取暖吧。煎饼炒好了，我们狼吞虎咽的，没有了吃相，也不知道是饿了的缘故，还是母亲的手艺好，那黏糊糊的煎饼真的很香很香的。母亲看着我们吃得这么香，就会高兴地笑。

又要过年了，母亲对我们说，过年了给我们每人添一件新衣服。我和妹妹听了眼睛都会亮起来。妈妈高兴地说，今年把圈里的猪卖了，给我做一件将军服，给妹妹做一件夹克服。当时，我和妹妹并不知道什么是"将军服"和"夹克服"，光听名字就足够吸引人。于是，我和妹妹就特别期待着过年，穿我们从来没有穿过的新衣服。父亲把养了一年的猪卖了，卖猪钱多半用于还债。母亲买来布，找邻居大姑给做好了，虽然是普普通通的衣服，但对我们来说是母亲送给我们兄妹最好的新年礼物了。我们从来也不挑剔，因为我们很清楚，好多年没有见过母亲买过一件衣服，缝缝补补，在凑合和将就中过了一个一个的新年。但是无论母亲穿什么样的衣服，我们总是觉得母亲是最美的。

母亲也是爱美的，虽然家庭经济状况不好，在拮据日子里，母亲也把生活气氛搞得很愉快。家里拾掇得整整齐齐，衣服浆洗得干干净净，母亲不说我们也明白，不管穷富必须要有精神。早晨起来，母亲会给我们打热水洗脸，给小妹洗过脸，然后她自己再洗漱。家里有一面小镜子，母亲总会拿起它照一照自己，梳一下她的乌黑秀美的头发，然后拿起一小包"雪花膏"挤在手里，再用手指蘸一蘸，抹在我们的脸上，然后给我们搓开了，还笑着问："香不香呀？"然后把手里的剩余抹在自己的脸上，也不知道从我们两个脸上抹完了之后，她手里是否还有呢，但看得出母亲是幸福的。

母亲喜欢唱歌，唱得特别好听，我确信她的歌只唱给了我和妹妹听。我不知道，襁褓里的我们是不是在她的摇篮曲里入睡，但有一件事我永远不会忘记。还是在日子最穷的那几年，刚吃过晚饭，天就黑了，我和妹子也没什么事可做，天又很冷，母亲就催促着我们早睡觉。母亲习惯说，早睡吧，好容易烧热的炕，怕冷就进被窝，点灯还浪费油。于是我们就乖乖地钻进被窝，母亲干完活儿也就陪着我们入睡。我和妹妹在母亲左右两边，母亲的双手就像一双翅膀搂着我们。娘仨就这样说着有趣的话，有时候一起"格格"地笑起来。睡得早也睡不着，我就和妹妹缠着妈妈唱歌。妈妈就会给我们唱《一条大河》，唱完了，我们再要求唱《一条小河》，唱着唱着我们就睡着了。我记得我们反反复复就听了这两首歌，不知道母亲是不是就会这两首歌，但那时我们也只会点这两首歌。就是这两首歌在那样寒冷的晚上给了我们太多的温暖。

"谁言寸草心，报得三春晖。"思绪不知道什么时候走得那么遥远，那曾经的往事如一串璀璨的珍珠，一颗接一颗出现在我眼前，跟我讲述着昨天的昨天，那么久远的故事。穿过那串珍珠链光环，让我看到了母亲美丽的模样。母亲的慈爱与微笑，母亲的乐观与坚强，如同天空一颗颗璀璨的星星，点亮了我的星空，也清晰了母亲美丽的脸庞。有一首歌唱得好：天上的星星不说话，地上的娃娃想妈妈。这让我不由得更想念母亲了。

2015 年 7 月 10 日

后记

岁月如犁，犁尖深深滑过，日子在犁铧翻起的泥土里闪耀着光芒。

1947年，新中国诞生的前夕，我出生在一个普通农民的家里，从记事起的50年代至今，目睹了新中国的发展和壮大，还有社会和家庭的变迁。从50年代的人民公社化，60年代的"文化大革命"，70年代的经济复苏，80年代的改革开放，90年代的跨越发展，到今天的追梦时代，历经几辈人的艰苦奋斗，新中国已屹立于世界民族之林，成为世界上当之无愧的强国。岁月流金，我已是70岁的老人了。

政通人和，国富民强。党的富民政策好，人人发家致富都过上了幸福安康的好日子。我的家庭经济也逐渐宽裕，日子过得红红火火。儿子和女儿都进入了大学校门，毕业后都从事教育事业，这也圆了我儿时的教师梦。

年轻的时候，我就很喜欢文艺，虽因家庭条件的限制，只读了6年小学，便匆匆辍学务农了，但这一点也没有影响我对读书写文章的热爱，放下农活的间隙，我便会捧书阅读。70年代，我曾经在公社剧团里写过剧本，在宣传队里写过文章，作品很受读者喜欢，我所创作的小戏剧《勤俭之风》还在县文艺汇演中荣获二等奖，这曾经一度鼓励着我，让我在那样艰辛的年代没有放弃对文学的追求。后来，因为忙于农活儿和生计，就没有时间读书和写作了，渐渐地也就生疏了。之后虽有了些时间，但已没有了那份写作的冲动了。

直到2006年，在外工作的儿子一家和女儿都回家，为我庆祝60岁生日，一家人又欢聚在一起，老伴乐得忙里忙外，烧水炒菜，小孙子跑来跑去在我跟前问这问那。一家子其乐融融，席间谈论的大都是家庭、教育、文学那些事，我不由得被这种浓厚的文学氛围所感染。

席间儿子问我："爸，如今生活好了，您又上了年纪，以后少干些农活儿。

您年轻的时候就爱好写作，不如拿起笔杆子写写文章，写写过去的生活给后辈人看看，岂不是一件好事？"儿子的话让我思索良久。是的，生活好了，首先应感恩社会，感恩党的好政策，给农民带来的福祉。现在的年轻人都生活在蜜罐了，对过去生活的事情也不了解了，我想结合我的经历，把过去的事写一写，让现在的人了解过去生活的艰辛，和那时候人们与困难做斗争的精神，也是一件非常有意义的事。

常言道，万事开头难，写文章哪有那么容易，尤其像我仅有小学六年级的水平，好多字也差不多都忘了，文笔粗糙，下笔生疏，加之多年没有动过笔，也真的难坏了我。但经儿子再三鼓励，我才产生了写作的念头，有了写作的信心。

写什么呢，从哪里写起呢？我想庄户人家常年与土地打交道，就从我最熟悉的庄户事写起吧。写庄户人的柴米油盐，庄户人的生活悲欢，庄户人的奋斗与梦想；写我经历过的时代，遇见的人，印记心中的事；写我的家庭，我的青春，我的梦想；写我所生活的这片土地，这里的民俗民风，这里的人情百态；还写口耳相传的传奇故事……这是我的文学世界，也是虽然艰难我却依然热爱的人生。

文章便从这里写起，我家老宅院门右边是盘老碾，过去老人媳妇们都在这里磨面碾粮食，是家家户户离不开的工具；左边不远便是老井，它供给大半个村子的老百姓吃水。虽然现在都闲置不用了，甚至都荒废了，但每当我看见它们，就会想起那过去的艰辛日子，想起与老碾、老井相关的人和事。我脑海里也经常浮现老母亲踮着小脚为一家人的吃饭问题在老碾上不停地劳作；想起傍晚父亲挑着两个铁皮水桶"吱呀吱呀"去老井上排队打水。过去的岁月不由地触动了我的心弦，我便动笔写了《老井》、《老碾》，来纪念那段让人难以忘怀的岁月。

莫忘亲恩，最让我动情的是父亲母亲。父母给了我生命，一辈子含辛茹苦，把我抚养长大，面对生活中的艰难，父母始终那样坚强。想起父母在那样艰辛的岁月里，如何艰难支撑一个家，让一家人吃饱肚子，让每一个孩子不失关爱，父母的做法是现在很多为人父母的年轻人都无法做到的。

所以我在书中写父母的篇幅较多，如《父亲的背》、《母亲》，以此来表达对故去父母的思念与感恩。

父母养育了我们兄妹六人，在那个物资匮乏的年代，儿女多并不都是什么福气，一大家子人，老老小小十几张嘴都要吃饭，无形中增加了父母的生活压力。艰难岁月里，父母经常是辛苦之后的一脸无奈。在实行计划生育的今天，儿女多的现象不会再有了，没有人能够体会到那种面对大家庭生活压力的无奈与窘迫了。

兄弟姊妹，手足情深。小时候的我们在父母的呵护下长大，并各自成家立业，兄妹们之间有困难大家帮忙，已经为家族的传统。长兄如父，大家庭的逐渐强盛离不开大哥的付出，怀着对大哥大嫂的敬佩和对弟弟妹妹那份关爱，我写了《家有长兄》、《故乡在远方》、《小妹》等文章。

有人说，有喜无悲不是人生，我的小妹忽然得了脑出血抢救无果，刚刚54岁的她于2016年农历六月廿四离开人世，这让兄妹们万般悲痛。小妹走了，她留给亲人的是永久的思念。一个普普通通的农家女，能得到无数乡亲的追念和同情实则少有。是因为她的善良赢得了乡亲们的口碑，人们不忍心让好人就这么早早离去。

记得小妹病危时留给妹夫的最后一句话：谁来照看孩子。这是一位母亲的胸怀，她心里只有对儿女的爱，唯独没有想过自己。小妹没有见到我的新书面世是我的遗憾。小妹是在我的背上长大的，父母不在了，她把我当老人照顾，小妹去了，我祝福在天国的她幸福快乐。

岁月沧桑，在历史的长河中只是一瞬间。大千世界里芸芸众生，匆匆来去，短短几十年，快快乐乐就是幸福，与时间赛跑，圆好自己的梦。作品中虽不能诠释我对整个人生的解读，但亦能梳理自己的情怀。我的作品反映的是这方山水养育的一代人的生活史，但并不是写史笔法，有实有虚，是文学化了的生活，其中涉及的有些人和事，读者也许会发现其中有自己的影子，但对号入座又失之真确。作品反映的是你我他一代人的生活，如果你也能从中得到一份共鸣和启迪，那就是对我的一份犒赏。

于2007年动笔至今转眼间已是整10年，我的写作主要是在农闲时节、雨雪天和夏季午休时间完成，还有一些文稿是在建筑工地看门的时候所写。在农村，每个人的家庭背景不同，文化认知不同，志向和理想也不相同，街坊邻里有人对我讲，快别动那些脑筋了，写了又有什么用？但我不这样认为，写成此书既是缘于自己的爱好，更是一种使命的指引，写作对于我就是一种快乐。

有劳必有得，付出定有收获。10年来，我的文章在《日照日报》、《青岛日报》上发表20余篇，这是对我最大的鼓励。作为一辈子与土地打交道的农民而言，心里充满了成就感。2011年五莲电视台《小城故事》栏目组采访了我，后来节目还在日照电视台《社会零距离》以《庄户作家》为题播出，让我过了一把上电视的瘾，至今想起来，心里还是满满的幸福和自豪。

在我的文稿中曾写过这样两句词：从来忠厚传家远，唯有诗书继世长。感谢上苍的厚爱，赐予我一双儿女，是我和老伴的无价之宝，两个孩子从小懂事，在贫困的家庭中长大成才。古语说：家贫出孝子，国难显忠良。儿女们都从事教育事业，对待工作兢兢业业为人师表，在家中又是最孝顺的孩子，同时，又是鼓励我为之写作的动力和取之不尽的源泉。儿子和女儿工作之余把我的草稿捎回去打印成册，我努力写成此书也是一个父亲对儿女的一种答谢吧。

树高千尺不忘根，父母养育儿女不易，感谢父母在那艰苦岁月中为家庭为生活那份担当，为我的写作提供了丰富的素材。感谢妻子在生活中给予的关怀和照顾，使我陆续完成我的书稿。感谢兄弟妹妹亲朋挚友对我的作品给予的莫大支持和鼓励，让我在文学的道路上走得更远。感谢许孟镇副镇长吴正光为我写的新闻报道《质朴情感 温馨乡土——马耳山下郑尔奎的那些事》，让我为更多的读者熟知。感谢所有关心、支持、给予我帮助的人们，你们让我的人生美好而富足。

最后，谨以此书作为自己70岁生日的珍贵礼物。

郑尔奎
2016年8月20日于许孟